Auswanderer

von

Bernhard Künzner

Impressum

Bibliografische Information der Deutschen
Nationalbibliothek: Die Deutsche Nationalbibliothek
verzeichnet diese Publikation in der Deutschen
Nationalbibliografie; detaillierte bibliografische Daten
sind im Internet über dnb.dnb.de abrufbar.

© 2021 Bernhard Künzner
Herstellung und Verlag: BoD – Books on Demand,
Norderstedt
ISBN: 978-3-7534-9996-3

Dieter zuckte zusammen. Das Telefon im Flur läutete, schrill und unnachgiebig. Es war ein altes, analog betriebenes Gerät, bei dem man den Klingelton nicht verändern konnte, aber selbst der süßeste Flötenton hätte einen Anruf zur Unzeit nicht besser gemacht. Für einen Moment dachte Dieter darüber nach, nicht abzuheben. Doch dann besann er sich. Wenn er jetzt nicht ranginge, würde es in einigen Minuten wieder läuten. Besser, er erledigte das jetzt und hatte ein für alle Mal seine Ruhe vor dieser unwillkommenen Störung seiner Privatsphäre.

„Kaufmann?" Seine Stimme klang heiser; es war Sonntagabend, und er hatte sie den ganzen Tag noch nicht benützt. Vom anderen Ende der Leitung war nur ein schwaches Knistern zu hören.

„Hallo? Hier Kaufmann!", sagte Dieter unwirsch.

Ein lauteres Knacken, dann eine brüchige Stimme, die vermutlich einer älteren Dame gehörte: „Wer ist dort?"

„Hier Kaufmann – Dieter Kaufmann."

„Ist da nicht Gudrun Scholz?"

„Nein, hier ist Dieter Kaufmann."

„Ach so – "

Ein erneutes Knacken – die Dame hatte das Gespräch beendet.

Dieter schüttelte den Kopf. Ein unhöfliches Verhalten, einfach aufzulegen, ohne Entschuldigung, aber er war darüber nicht verärgert. Vielmehr war er erleichtert, dass sich die Sache mit dem Anruf für ihn in Wohlgefallen aufgelöst hatte. Er hätte wenig Lust gehabt, um acht Uhr noch ein unangenehmes Telefonat zu führen, denn um Viertel nach Acht wollte er seine Lieblingsserie „Der Bergdoktor" im Fernsehen schauen. Als er den Hörer auf die Gabel legte, fiel ihm auf, dass das spiralige Kabel in sich verdreht und verheddert war; höchste Zeit, es einmal wieder zu entwirren. Wenn man es in diesem Zustand ließ, würde es sich jedes Mal von Neuem verknoten und war nicht mehr zu gebrauchen. Dieter wollte sein altes Telefon noch lange benützen, denn auf eines dieser neuen strahlungsintensiven Geräte hatte er wahrlich keine Lust. Er nahm das Kabel hoch und ließ den Hörer sich so lange ein paar Mal um die eigene Achse drehen, bis es sich nicht mehr von selbst einrollte. Dann legte er den Hörer zurück auf die Gabel.

‚Es ist mein freier Tag', sagte sich Dieter. ‚Da kann man doch mal für sich in Anspruch nehmen, zu tun und zu lassen, was man will. Wenn es jetzt an der Wohnungstür klingeln würde, würde ich auch nicht aufmachen. Genauso ist es mit dem Telefon. Im Grunde sind die Leute, die einen anrufen, ungebetene Gäste, auch wenn sie sich nur verwählt haben.'

Er öffnete eine Flasche Bier und stellte sie zusammen mit einer Tüte Kartoffelchips auf den Couchtisch. Für Dieter war es der Gipfel an Gemütlichkeit, sich auf die Couch zu lümmeln, einen guten oder wenigstens unterhaltsamen Film anzukucken, sich genüsslich Chips einzuverleiben und den salzigen Geschmack bei Bedarf mit einem Schluck Bier abzulöschen. Hier war er ganz für sich, in seiner Welt und gleichzeitig auch in der Welt seines Idols, dem „Bergdoktor". Ein Unbeteiligter mochte diese Art, sein Leben zu verbringen, als primitiv oder einfältig aburteilen, aber das war sie beileibe nicht. Zu Dieters Lebensphilosophie gehörte das Recht, unter vielen möglichen Welten zu wählen. Wenn ihn diese Welt, die er mit seinen fünf Sinnen wahrnahm, nicht zufrieden stellte, durfte er sich doch in Gedanken in eine andere, in eine Fantasiewelt begeben, die ihm mehr Freude bereitete. Was kümmerte es andere, auf welche Art und Weise er sein Glück fand? Und dass der „Bergdoktor" eine heile Welt vorgaukelte, die es so in der realen Welt nicht gab – was kümmerte es ihn, solange es ihm dabei gut ging? Mochten die anderen sich mit der traurigen, erbarmungslosen, realen Alltagswelt auseinandersetzen und dort ihre Verteilungskämpfe ausfechten, er, Dieter Kaufmann, hatte keine Lust, in diesen Alltag mehr Energie zu stecken als unbedingt notwendig.

Die Episode kam in Fahrt. Dieter freute sich an den schönen Panoramabildern aus der Tiroler Bergwelt. Gleichzeitig entwickelte sich eine rührende Geschichte um eine hübsche junge Frau, die ihrem Freund verschwieg, dass sie keine Kinder kriegen konnte. Doch da! Schon wieder dieses nervtötende Telefon! Wütend knallte Dieter die Bierflasche auf den Tisch und riss den Hörer von der Gabel.

„Ja!? – Ach... Nein, ich habe niemand anderen erwartet. ... Ich weiß schon, wegen der Rolle. Also eigentlich ... Ach so. ... Mhm. ... Ich habe aber am Dienstag und Donnerstag definitiv keine Zeit! ... Na gut. Also dann! ... Ja, wird bestimmt lustig. Tschüss!"

Jetzt war es um Dieters Feierabendstimmung geschehen. Frustriert ließ er sich auf die Couch plumpsen und starrte fassungslos auf den Bildschirm. War ja logisch! Wegen dieses dämlichen Telefonats hatte er die entscheidende Szene verpasst, wo der Bergdoktor mit dem verantwortungslosen Verlobten zusammentraf; bestimmt hatte er ihm ordentlich die Leviten gelesen. Nicht plump oder bösartig, sondern mit Respekt und Einfühlungsvermögen und so souverän, dass der gar keine andere Wahl hatte, als sein Verhalten zu überdenken. So oder so ähnlich wird es sich abgespielt haben; gerne hätte er das miterlebt. Aber jetzt konnte er sich ohnehin nicht mehr auf den Film konzentrieren. Sein Kopf war mit etwas anderem beschäftigt, was ihn erbarmungslos in der Realwelt festhielt. Er hatte soeben eingewilligt, eine Rolle in dem neuen Stück seiner Theatergruppe zu übernehmen, eine Entscheidung, die er aufgeschoben hatte, solange es ging. Und das, obwohl er fest entschlossen war, in diesem Jahr nicht zu spielen. Die vielen abendlichen Proben über drei Monate hinweg zwei bis dreimal in der Woche, das war ihm einfach zu viel nach all dem Stress im Büro. Da sollten sich mal die Jüngeren mehr engagieren! Der Regisseur, ja, der hatte abends nie etwas vor, der lebte ja von solchen Regieaufträgen und konnte am nächsten Tag ausschlafen. Dem war es egal, ob die Probe um zehn, elf oder zwölf Uhr zu Ende war. Der konnte nicht verstehen, wie das ist, wenn man sowas nur hobbymäßig machte. Der glaubte doch tatsächlich, dass seine Laiendarsteller für das Theater dieselbe Leidenschaft wie er empfanden. Es war schwer bis unmöglich, ihn davon zu überzeugen, dass man manchmal einfach keine Lust hatte, Theater zu spielen. Anstatt sich auf das Geschehen auf dem Bildschirm zu konzentrierten, galoppierten seine Gedanken ungebremst davon.

Dieter trank die Bierflasche leer und holte sich gleich noch eine. Heute war es schon egal. Irgendwie musste er runterkommen, müde werden, das Denken verlangsamen, sonst grübelte er die ganze Nacht darüber nach, was er hätte sagen sollen, um die Rolle erfolgreich abzulehnen. Der „Bergdoktor" kam eben spätnachts nach Hause, wo seine Mutter mit dem aufgewärmten Essen auf ihn wartete. ‚Gemütlich!', dachte Dieter. ‚Er hat viel zu tun, aber er macht es mit ganzem Herzen. So ein Leben müsste man haben! Nicht so wie ich, der hauptsächlich das tut, wozu er überredet worden ist. Es ist höchste Zeit, daran etwas zu ändern.'

Elke blickte durch die bis zum Boden reichende Fensterscheibe nach draußen. Sie kannte viele der Leute, die am Café vorübergingen, persönlich. Zum Teil hatte sie beruflich mit ihnen zu tun; sie war Chefsekretärin bei *Elektrofix*, einer großen Firma für Elektrogeräte. Jeder hier im Ort hatte früher oder später mit dieser Firma zu tun, Elektroartikel brauchte jeder, und wenn es nur eine Sicherung oder eine spezielle Glühbirne war. Ab und zu gingen auch Paare vorbei, überwiegend ältere, solche, die höchstwahrscheinlich schon das Rentenalter erreicht hatten und jetzt gemeinsam ihren Ruhestand genießen durften. ,Beneidenswert!', dachte Elke.

„Elke? Hörst du mir überhaupt zu?"

Elke sah in das stark geschminkte Gesicht ihrer Freundin Olga, die tatsächlich für einige Sekunden aufgehört hatte zu reden. ,Sie sieht wirklich furchtbar aus!', dachte Elke. Unter einem Turban aus tiefschwarz gefärbten Haaren sah ihr bleiches Gesicht nahezu gespenstisch aus. Die dick aufgetragene Abdeckcreme konnte die Spuren des Alters nicht auslöschen. Die Haut an Stirn und Mundwinkeln war schlaff und welk, das konnte sie nicht verheimlichen. ,Wir sind gleich alt', dachte Elke. ,Ob man mir meine vierzig Jahre auch so deutlich ansieht?' Sie deutete auf ihre eigenen Augen, um Olga anzudeuten, dass sich der Eyeliner durch die Tränen verwässert und schwarze Striche auf ihren Wangen hinterlassen hatte. Olga unterdrückte einen erneuten Heulanfall und tupfte mit einem zerknüllten Papiertaschentuch die Augenlider ab, was ihr Aussehen nicht verbesserte.

„Kannst du meine Situation jetzt verstehen?", fragte Olga, und ehe Elke antworten konnte, fuhr sie fort: „Bestimmt denkst du jetzt, ich sei eine hysterische Ziege, die eigentlich den Himmel auf Erden hätte – "

‚Gut erkannt!', dachte Elke, sagte aber stattdessen: „Aber nein! Du steckst wirklich in einer üblen Zwickmühle. Du liebst deinen Mann nicht mehr, aber da du weißt, dass er ohne dich nicht sein könnte, hast du Skrupel, ihn zu verlassen."

Olga schaute sie verwundert an. „Ja, das ist richtig! Wie du das in nur einem einzigen Satz auf den Punkt gebracht hast! Da erkennt man wieder einmal die erfahrene Chefsekretärin in dir." Sie versuchte zu lachen. „Aber was soll ich denn jetzt tun? Ich erwarte ja auch gar nicht, dass du das Problem für mich löst – " ‚Tust du doch!', dachte Elke, „ – aber ein kleiner Tipp einer guten Freundin wäre jetzt echt hilfreich. Ich meine, Horst kann doch nicht von mir erwarten, dass ich ihm zuliebe auf alle sinnlichen Freuden verzichte. Da kann ich ja gleich in ein Kloster gehen. Ach, manchmal glaube ich, mein Zuhause **ist** ein Kloster. Ich bin schließlich in einem Alter, in dem man als Frau durchaus noch Chancen hat, wenn du weißt, was ich meine."

Jetzt versuchte Elke zu lachen. „Du sprichst von einer offenen Beziehung?"

„Offene Beziehung?" Olga dachte nach und sprach dann mit hörbarer Begeisterung weiter. „Ja! An so etwas habe ich auch gedacht. Du kannst wirklich meine Gedanken lesen. Also – man ist verheiratet, erlaubt sich aber gegenseitig den einen oder anderen Seitensprung, oder?"

„Ja, so machen das manche Paare."

Elke sah auf die Uhr. Ihre Mittagspause war beinahe zu Ende. Sie musste sich jetzt sputen, um pünktlich im Büro zu erscheinen.

„Du, Olga, ich muss jetzt dringend los. Hier! Darf ich dir das Geld dalassen, zum Bezahlen?"

„Kommt gar nicht in Frage! Du bist natürlich eingeladen. Elke?"

„Ja, Olga?"

„Ganz ehrlich - meinst du, ich kann das dem Horst ruhig so sagen, ohne ein schlechtes Gewissen zu haben?"

Elke stand schon in der Tür, als sie diese Frage erreichte. Irgendwie wusste sie, dass alles, was sie jetzt antwortete, falsch verstanden würde. Trotzdem, nur um einen Abschluss zu erwirken, sagte sie: „Du darfst alles tun, was dich glücklich macht." Dann beeilte sie sich, außer Hörweite zu kommen.

Eilig lief sie die Stufen zur Tiefgarage hinunter und stieg in ihr Alfa Romeo-Oldtimer-Cabrio. Wie es in Situationen, in denen die Zeit knapp ist, regelmäßig geschieht, sprang der Motor erst beim dritten Versuch an. Mit quietschenden Reifen rauschte Elke die Auffahrt hoch und musste zerknirscht feststellen, dass sie oben an der Straße in einen Stau einfädelte. Ein Polizist stand an der Straße und deutete den Autofahrern an, dass sie umkehren sollten; es hatte einen Unfall gegeben und die Straße war nun gesperrt. Die Umleitung kostete Elke fünf wertvolle Minuten; sie würde es nicht schaffen, rechtzeitig an ihrem

Arbeitsplatz zu sein. Nun ärgerte sie sich noch mehr, dass sie Olga zuliebe ihre wertvolle Mittagspause geopfert hatte.

Sie waren zusammen in die Realschule gegangen, aber kurz darauf hatten sich ihre Wege getrennt. Sie hatte gleich nach dem Abschluss eine Ausbildung bei der ortsansässigen Firma *Elektrofix* begonnen, während Olga, wie man so sagt, eine gute Partie gemacht hatte. Sie heiratete den Bauunternehmer Horst Waldschmidt und brauchte künftig nichts weiter zu tun, als ihm als Begleiterin bei repräsentativen Veranstaltungen zur Seite zu stehen. Für den Haushalt standen ihr eine Köchin und eine Haushälterin zur Verfügung, Kinder hatten sie keine bekommen. Das war jetzt über zwanzig Jahre her. Elke stellte sich vor, wie sich Frau Waldschmidt in diesem Augenblick ihren Pelzmantel reichen ließ und mit der Attitüde einer *Grande Dame* durch die offen gehaltene Tür stolzierte, während die Cafébesitzerin herbeieilte, um sie persönlich mit den Worten: „Beehren Sie uns bald wieder, Frau Waldschmidt!", zu verabschieden. Wahrscheinlich würde sie sich anschließend zum nächsten Treffen mit einer „guten Freundin" begeben und ihr dieselbe abartige Geschichte aufdrängen; vom harten Leben einer Geschäftsfrau, die doch so gerne noch einmal Schmetterlinge im Bauch hätte. Lachhaft!

Elke Meister hatte ganz andere Probleme. Sie hatte sich vorgenommen, zur Vorstandssitzung am Nachmittag bestens vorbereitet zu erscheinen. Sie wusste, dass es bei diesem Meeting für ihren Chef um sehr viel ging. Es waren Gerüchte im Umlauf, die besagten, dass unter den Aktionären die Meinung herrschte, die Verkaufsabteilung könnte effektiver arbeiten, wenn sie direkt der Produktionsabteilung unterstellt würde. Allerdings hätte das für ihren Chef eine Herabstufung zum stellvertretenden Abteilungsleiter zur Folge, was die Aktionäre reichlich wenig kümmerte, für ihn, Fritz Bremer, jedoch eine mittlere Katastrophe darstellte. Darum, und natürlich auch, weil sie dann den Job einer Chefsekretärin verlieren würde, hatte Elke Meister ihr Möglichstes getan, um Zahlen und Fakten zusammenzusuchen, die geeignet waren, um die Notwendigkeit einer eigenständigen Verkaufsabteilung zu untermauern. Nach einem kurzen Blick in ihren Handspiegel trat sie reuig in das Büro ihres Chefs und musste ihm erklären, warum sie fünf Minuten zu spät kam.

„Ein Unfall auf der Siemensstraße. Tut mir leid."

Nervös und ohne eine Miene zu verziehen, schaute Fritz Bremer auf seine Armbanduhr.

„13 Uhr 15. Wir haben nur noch eine Viertelstunde Zeit. Sie haben vielleicht Nerven."

„Tut mir echt leid. Aber ich habe gestern schon alles vorbereitet."

Eilig fischte sie einen Ordner aus der Schreibtischschublade.

„Hier! Das ist eine Liste, aus der unsere Kontakte zu den Kunden in chronologischer Reihenfolge zu ersehen sind. Daraus kann man schließen, dass in unserer Abteilung nicht nur Däumchen gedreht werden. War gar nicht so einfach, diese Daten zu erhalten. Aber die IT-Leute waren mir noch einen Gefallen schuldig. Und hier sind die Zahlen über die geschätzten Bestellungen unsere wichtigsten Kunden in Bezug zu den tatsächlichen Bestellungen; wie Sie sehen, haben wir hier eine 90prozentige Übereinstimmung. Wenn wir nicht in ständigem Kontakt mit diesen Leuten wären, könnten die von der Produktion den Bedarf nur schätzen, was naturgemäß zu erheblichen Problemen, Lieferengpässen bzw. Überkapazitäten führen würde. Aber so ein gegenseitiger Kontakt ist zeitintensiv und mit weniger Personal nicht zu schaffen. Unsere Kunden verlassen sich seit Jahren darauf, dass sie ihre Ware ohne nennenswerte Verzögerung bekommen. Das sollte so bleiben. In diesem Zusammenhang habe ich schon vor Wochen bei unseren Kunden herumgefragt, was sie am meisten an *Elektrofix* schätzen. Sie werden sich freuen, das Ergebnis zu hören: es ist unsere Zuverlässigkeit hinsichtlich Qualität und kurzfristiger Lieferung, noch vor Preisstabilität und Innovation. Das alles kann nur gewährleistet werden, wenn wir unsere Organisation beibehalten wie bisher."

Fritz Bremer räusperte sich und zog seine Stirn faltig. Wortlos holte er seine Brille aus der Tasche seines Jacketts und putzte sie mit dem beiliegenden Softtuch. Dann setzte er sie auf und sah sich die Zahlen seiner Sekretärin in aller Ausführlichkeit an. Schließlich nahm er die Brille wieder ab und steckte sie in die Tasche zurück. Er räusperte sich erneut, sah auf die Uhr und sagte: „Auf in den Kampf!"

Elke ging voraus und hielt ihrem Chef die Tür auf. Sie war erleichtert und zufrieden. Ein anerkennendes Wort hatte sie ohnehin nicht erwartet; so etwas gab es bei Fritz Bremer nicht. Eine wortlose Prüfung ohne Einspruch war mehr, als sie zu hoffen gewagt hatte. Sie hatte mehr getan, als ihr Chef von ihr erwartet hatte; nun war es an ihm. Es war sein Job, den Vorstandsmitgliedern die aufbereiteten Zahlen so zu verkaufen, dass sie ihr Vorhaben, die Abteilung aufzulösen, zumindest noch einmal überdachten.

Das Ehepaar Erwin und Erika Westerstedt ging Hand in Hand über den Bürgerpark. Oder nein! Doch nicht Hand in Hand, es sah nur so aus. Tatsächlich hatte Herr Westerstedt seine Hand in der Manteltasche verborgen und seine Gattin hielt sich an seinem Arm fest. Auf diese Weise drückten sie enge Zusammengehörigkeit aus, ohne eine würdelose Verliebtheit zur Schau zu stellen, so wie es die jungen Leute heutzutage machten, wenn sie sich an den Händen fassten, als würden sie dabei Lust empfinden. So oder so ähnlich mochten die Westerstedts gedacht haben, als sie vor etwa 30 Jahren in ihre Neubauwohnung gezogen waren und mit dem wöchentlichen Ritual des gemeinsamen Sonntagsspaziergangs durch den Park begonnen hatten. Herr Westerstedt vertrat die Auffassung, es gehöre sich, dass man sich in der Öffentlichkeit, dort, wo man sein Zuhause hat, auch sehen lässt, man habe ja nichts zu verbergen. Er war jetzt 63 Jahre alt, großgewachsen und immer noch schlank, seine Gattin war ein Jahr jünger, zart gebaut und zwei Köpfe kleiner. Er war Ingenieur bei der Firma *Elektrofix*, und das seit fast 40 Jahren. Zwar hätte er in diesem Jahr die Rente beantragen können, aber er legte großen Wert darauf, nicht aufs Altenteil geschoben zu werden. Er fühlte sich für „seine Firma", wie er zu sagen pflegte, verantwortlich. Daran würde sich auch in den nächsten Jahren nichts ändern. Frau Westerstedt hingegen war gelernte Einzelhandelskauffrau, die ihren Kindern zuliebe ihre Arbeitsstelle aufgegeben hatte und seither keine Notwendigkeit sah, sich wieder eine Arbeit zu suchen. Das Einkommen ihres Mannes reichte voll und ganz aus, um sich ein schönes Leben zu machen. Außerdem waren die Pflichten, die sie als treusorgende Hausfrau zu verrichten hatte, keineswegs unbedeutend. Es verstand sich von selbst, dass man dem Ehemann den Rücken von lästigen Alltagsaufgaben freihalten musste.

Während also die Westerstedts die vereisten Wege entlangmarschierten, die seit der vorübergehenden Schneeschmelze und anschließendem Frost kaum begehbar waren, drehten sich ihre Gedanken sicher nicht um ihre beruflichen Werdegänge oder ihren Status innerhalb der Familienhierarchie; das war alles festgeschrieben und unverrückbar. Vielmehr erfreuten sie sich an dem herrlichen Winterwetter und bestimmt auch an ihrer trauten Zweisamkeit.

„Jetzt sind wir schon 35 Jahre verheiratet und es verging kein Sonntag, an dem wir unseren sonntäglichen Spaziergang ausfallen ließen. Weißt du das, Schatz?"

„Das stimmt nicht ganz, Erwin. Unser Dominik ist an einem Sonntag geboren. Damals hatte ich wenig Lust an einem Spaziergang."

„Ja, das – "

„Und vor fünf, nein, sechs Jahren lagst du mit einer Grippe im Bett. Da war an einen Spaziergang nicht zu denken."

„Gut, das – "

„Wir dürfen uns glücklich schätzen, dass wir heute gesund und rüstig genug sind, um aus dem Haus gehen zu können. Wenn ich da an die Hubers denke!"

„Ähm? Welche Hubers?"

„Robert und Margit! Du kennst die doch! Wir waren im Sommer gemeinsam im Biergarten am Mühlenbach."

„Ach **die** Hubers!"

„Und jetzt hat sie nen Gehirntumor. So schnell kann's gehen. Die arme Frau!"

Herr Westerstedt schüttelte den Kopf. „Th, th, th…"

„Darum sag ich dir auch immer wieder, dass du zur Vorsorge gehen sollst! In deinem Alter – "

Schlagartig hielt sie inne. Als sie weitersprach, hatte sich ihre Stimme deutlich verändert. Erwin Westerstedt erkannte aufgrund jahrelanger Erfahrung, dass eine spontane Senkung der Lautstärke ein Warnsignal für eine akute Bedrohung war.

„Guck mal! Da kommt die Dings – wie heißt sie nochmal?"

„Wer?"

„Ach komm', Erwin! Tu doch nicht so! Du hast sie doch schon längst gesehen. Ist doch kein Geheimnis, dass du auf sie stehst."

Herr Westerstedt errötete. Er wusste, dass das seine Frau bemerkte und seine anschließende Bemerkung somit unglaubwürdig klingen musste.

„Unsinn! Was du dir alles so einbildest! Sie ist eine Kollegin, eine entfernte Kollegin, mehr nicht. Ich hätte sie jetzt gar nicht gekannt, mit Mütze und so…"

Dass in diesem Augenblick Elke Meister freundlich grüßte, worauf Herr Westerstedt unbewusst breit zurücklächelte, erhärtete den Verdacht, den seine Frau schon lange hegte. Nicht etwa, dass sie ihm zutraute, eine Affäre mit ihr zu haben, dazu fehlte ihrem Gatten ihrer Einschätzung nach der Mumm, sondern dass diese junge Frau der Grund für unerklärliche abendliche Überstunden in der Firma war.

„Eine entfernte Kollegin also… Sie ist doch in derselben Abteilung, oder irre ich mich?"

„Die Abteilung ist groß."

„Ich kenn doch die ganzen Fotos von Betriebsfeiern und Betriebsausflügen. Überall ist sie mit drauf. Ich bin doch nicht blöd!"

Frau Westerstedt hatte sich nun richtig in Rage geredet. Ein weiterer Grund für ihren Mann, rot anzulaufen. Eine Minute zuvor waren die Westerstedts für die anderen Spaziergänger im Bürgerpark ein einträchtig flanierendes altes Ehepaar, jetzt erweckten sie zweifelsohne den Anschein eines Paares, das an die gegenseitigen Keifereien so gut gewöhnt war, dass ihnen die Peinlichkeit ihres Verhaltens gar nicht mehr bewusst war.

„Ihr Männer seid doch alle gleich!", wetterte Erika Westerstedt weiter. „Kaum sehen sie einen kurzen Rock, einen Ausschnitt und lange blonde Haare, dann setzt das Gehirn aus."

„Aber Schatz! Ich gehör' bestimmt nicht zu dieser Art Männer."

„Aber auch nur, weil du für einen Seitensprung zu feige bist. Ich möchte gar nicht wissen, was du in Gedanken mit dieser Schlampe schon alles getrieben hast."

„Jetzt gehst du aber zu weit. Frau Meister ist eine grundanständige Person."

„Ach ja? Warum hat sie dann noch keinen Mann abgekriegt? Wie nennt man gleich wieder solche Frau, die jeder ins Bett haben möchte, aber keiner als Ehefrau?"

Und so ging das Gezänk weiter, bis sie ihre sonntägliche Pflichtrunde erledigt hatten und die Tür hinter ihnen ins Schloss fiel. Dann endete der Streit. Herr Westerstedt zog sich in sein kleines Büro zurück und erledigte einige berufliche Dinge, um für den Montag gerüstet zu sein, Frau Westerstedt schaltete den Fernseher ein und zappte zwischen den Programmen hin und her, bis ihre Lieblingsserie begann. Dann war sie ohnehin für niemanden mehr zu sprechen.

So wie die Westerstedts schlossen sich in diesen Tagen viele Ehepaare, Familien und Singles in ihren Wohnungen ein, denn es war ein sehr kalter Januar. Sobald es dunkel wurde, sank die Temperatur auf bis zu 12 Grad unter Null. Dann kam die Zeit, in der immer mehr Lichter angeknipst wurden, um den Tag noch ein wenig zu verlängern. Die größeren Straßen waren beinahe taghell erleuchtet, Autoscheinwerfer tauchten ganze Straßenzüge in Licht. Aus den Kaminen stieg warmer Dampf und Rauch. Aus der Ferne betrachtet war es eine kleine zerbrechliche Welt, die sich die hart arbeitenden Menschen aufgebaut hatten, eine Kleinstadt nannte man so etwas, einen Lebensraum für etwa 15.000 Menschen, in dem alles reibungslos funktionierte; jeder hatte seinen Platz, seine Aufgabe, seinen geschützten Privatbereich. Alles war darauf ausgerichtet, Wohlstand zu erlangen. Würde ein Riese auf diese eigenartige Ansammlung von unterschiedlichsten Bauten herabschauen, müsste er wohl denken: „Hoppla! Beinahe wäre ich draufgetreten! Was sind das bloß für emsige Menschlein, die tagaus, tagein ihre Aufgaben verrichten und nicht im Traum daran denken, dass ihre Welt vom Erdboden hinweggefegt würde, wenn ich nur ein einziges Mal kräftig nießen würde. Sie wären verloren ohne den Schutz ihrer winzigen beheizten Höhlen, sie würden jämmerlich erfrieren und niemandem würde es auffallen. Man muss sie einfach liebhaben."

Zur selben Zeit blätterte ein alleinstehender Motelbesitzer in einer kleinen Ortschaft im westlichen Kanada in einem alten Buch, das er in einem Antiquariat gefunden hatte. Der Titel „Mensch und Natur – ewige Wahrheiten" hatte ihn angesprochen. Nun saß er in seinem Ohrensessel und betastete den abgenutzten Einbanddeckel mit der kunstvollen eingeprägten Schrift. Das holzige Papier war am Rand vergilbt, auf den Innenseiten jedoch wie neu. Er schlug wahllos eine Seite auf und begann zu lesen:

Vermutlich ist jedes andere Lebewesen dem Menschen überlegen. Wieviel robuster und effektiver allein ein Ameisenhaufen ist, perfekt eingebunden in die biologischen Nahrungskreisläufe, verglichen mit den künstlich am Leben erhaltenen Menschensiedlungen, wieviel freier die Tiere sind, da sie nicht an einen Ort gebunden sind und in kurzer Zeit auf veränderte Lebensbedingungen reagieren können! Die Große Mutter Natur breitet ihre Gaben vor allen aus, auf dass jeder satt werden solle. Doch die Menschen vertrauen ihr nicht. Wie wenig sie doch verstanden haben, dass sie meinen, ihre Nahrungsquellen der Natur entreißen zu müssen, wo ihnen doch die Trauben beinahe in den Mund wachsen? Und wenn sie dann haben, was sie unbedingt wollten, entbrennt ein Bruderkrieg um das, was ihnen geschenkt worden ist. Jeder sieht seinen „Wohlstand" bedroht. Was ist das wohl für ein Wohlstand, der von der ständigen Furcht begleitet ist, geringer zu sein als im Vorjahr? Was ist das für eine unerklärbare Furcht, die im Grunde nur dem Neid entspringt, der andere könnte mehr haben als man selbst? Alles, was die Menschen auf diese Weise mühsam

errungen haben, muss folglich bis aufs Messer verteidigt wer-
den, das ist die Ideologie, nach der Menschen leben. Wen
wundert's also, dass an den Orten, wo sich die Menschen aus-
breiten, die Natur im Rückzug ist, und an den anderen, men-
schenfreien Orten alles im Überfluss wächst und gedeiht? Wie
kann es den Menschen noch deutlicher vor Augen gehalten
werden, dass sie auf dem Irrweg sind?

An dieser Stelle hielt er inne und dachte über sein Leben nach. ‚Es ist gut so, wie es ist', dachte er. ‚Ich bin dem Herrgott dankbar dafür, dass er mich an diesen Ort geführt hat.'

Der Montagmorgen begann mit einem Paukenschlag. Wie an jedem Morgen um acht Uhr betrat Elke das Büro ihres Chefs, um ihm seine Tasse Kaffee zu bringen. Das war seit über zehn Jahren ein festes Ritual. Wenn, so wie an diesem Tag, Herr Bremer nicht anwesend war, hatte das nichts Gutes zu bedeuten. Elke stellte die Tasse auf seinen Schreibtisch und bemerkte, dass seit Freitagabend nichts daran verändert wurde; sie hatte ein Gedächtnis für solche Sachen, wenn etwa die Kugelschreiber nicht in der Ablage waren oder auf der Notizunterlage herumgekritzelt wurde oder die Armlehnen des Luxusledersessels die Schreibtischkante nicht berührten, dann war das ein untrügliches Zeichen, dass der Chef noch nicht an seinem Arbeitsplatz erschienen war. Doch heute war alles genauso ordentlich wie vor zwei Tagen, als sie das Licht ausschaltete und die Bürotür abschloss. Niemals hätte sie Herr Bremer im Falle einer Erkrankung im Unklaren gelassen, sondern sie mittels SMS oder E-Mail zeitnah davon in Kenntnis gesetzt. Ein unangenehmes Kribbeln im Rücken bewirkte, dass sie unwillkürlich Schultern und Nacken anspannte. Eine düstere Vorahnung schwebte über ihr, als sie in den Flur hinausging und im Nachbarbüro klopfte, wo Walter Finsmaier, der stellvertretende Abteilungsleiter, residierte.

„Herein!"

„Guten Morgen, Herr Finsmaier – "

„Frau Meister! Guten Morgen! Ich dachte schon, dass Sie kommen. Herr Bremer hat sich heute krankgemeldet."

„Das ist sehr untypisch für ihn. Warum hat er mir nicht Bescheid gesagt? Das tut er sonst immer."

Finsmaier sah sie auf eine Art an, die nichts Gutes verhieß. Elke deutete seinen Blick als ein stummes Wie-soll-ich's-dir-schonend-beibringen?

„Sie sind eben erst gekommen, oder? Die Sache ist die, dass Herr Bremer heute Morgen kurz hier war, dann wurde ihm die Entscheidung des Vorstands mitgeteilt…"

Er sagte das, ohne Elke ins Gesicht zu sehen, was ihre böse Vorahnung bestätigte.

„Was? Der Vorstand hat schon entschieden? Es hieß doch, bis Ende der Woche – "

„Ja, hieß es. Aber dann ging alles ganz schnell. Der Vorstand hat einstimmig dafür plädiert, die Abteilungen Verkauf und Produktion zusammenzulegen."

Elke öffnete den Mund, um ihre Bestürzung auszudrücken, aber sie fand keine Vokabeln, die ihrem Gefühl entsprochen hätten.

„Die Entscheidungen des Vorstands müssen schnellstmöglich umgesetzt werden. Herr Bremer – äh… wurde sozusagen eiskalt erwischt."

„Das ist kein Grund, so blöd zu grinsen!"

Kaum hatte Elke diesen Satz ausgesprochen, hielt sie sich die Hand vor den Mund. Aber das kam natürlich zu spät. Während sie wie in Zeitlupe beobachtete, wie Walter Finsmaier zuerst erbleichte und dann rote Flecken auf Gesicht und Hals bekam, wurde ihr das ganze Ausmaß der Vorstandsentscheidung bewusst. Der Umstand, dass Finsmaier als stellvertretender Abteilungsleiter an seinem Schreibtisch saß, der Abteilungsleiter der ehemaligen Abteilung Verkauf jedoch nicht, war Beweis genug, dass für Fritz Bremer – zumindest vorerst – kein Platz mehr in der Firma war. Offenbar hatte Finsmaier in der Vorstandsetage die besseren Karten, sprich: er hatte Beziehungen zu dem einen oder anderen Vorstandsmitglied, die ihm eine führende Rolle in der neuen Gesamtabteilung sicherte. Was aber geschah mit der Sekretärin des fallengelassenen Abteilungsleiters? Hätte man gewollt, dass Elke Meister im neuen Team eine tragende Rolle spielt, wäre sie rechtzeitig davon in Kenntnis gesetzt worden. Dass sie von den Umwälzungen in der Firma erst auf eine Anfrage beim Untergebenen ihres Chefs hin erfuhr, war ein deutliches Indiz dafür, dass man sie für ersetzbar oder gar ihre Stelle für verzichtbar hielt.

„Frau Meister!", brüllte indes Finsmaier. „Sie vergessen sich! Ein wenig mehr Contenance würde Ihnen guttun. Jedenfalls wenn Sie vorhaben, weiterhin bei *Elektrofix* Ihre Brötchen zu verdienen. Ein Wort von mir und Sie stehen auf der Straße! Das ist Ihnen schon klar?"

„Tu ich das nicht sowieso? Ich bin mir sicher, dass alle wichtigen Positionen in der neuen Superabteilung bereits besetzt sind. Habe ich recht?"

„Nicht ganz. Wir bräuchten noch jemanden im Empfang. Eine nicht unbedeutende Stelle. Sie hätten das Aussehen und – wenn Sie sich Mühe geben – auch das Auftreten, um die Abteilung für Besucher auf den ersten Blick – ähm… attraktiv erscheinen zu lassen. Ich könnte da ein gutes Wort für Sie einlegen."

Das unbewusste Nervensystem ist eine sinnvolle Einrichtung, um das bewusste Gehirn von schwierigen Entscheidungsfindungen zu entlasten. Es reagiert viel schneller als der analysierende Verstand, weil es sofort erkennt, ob ein Ereignis einem vergangenen Erlebnis ähnelt, das für die Psyche unerträglich gewesen wäre. Damit das in Extremsituationen nicht geschieht, wird der Körper durch blitzartige Nervenimpulse lahmgelegt und dadurch geschützt, noch ehe das Bewusstsein begreift, was überhaupt passiert. So geschah es an diesem Morgen mit Elke Meister. Dabei kamen mehrere Faktoren zusammen, die ihre Psyche so sehr reizten, dass von einem kleinen Teil in ihrem Mittelgehirn, dem limbischen System, die Notbremse ausgelöst wurde. Sie sah geraume Zeit in Finsmaiers selbstzufriedenes Gesicht, seine kleinen, gierigen Augen, seine fettigen, schuppigen Haare, sein überhebliches Lächeln, sie roch sein aufdringliches Parfum und hörte seine unreine, bellende Stimme. Zugleich erschienen Bilder vor ihrem geistigen Auge – von Fritz Bremer, ihrem Chef, dem sie vertraut hatte, wie er unter dem Schock der unerwarteten Entscheidung zusammenbrach und in eine Depression fiel, und von ihr selbst, der ehemaligen Chefsekretärin, die genug verdiente, um sich teure Urlaube in USA und Südamerika und einen Luxussportwagen leisten zu können, und nun arbeitslos war. Hinzu kam eine Wut, die in ihr heraufzog wie ein Gewittersturm; es tobte ein Unwetter in ihr, das sie in sich einschließen musste, sodass die Blitze, die, wenn sie sie freigelassen hätte, Schlimmes angerichtet hätten, nun auf sie selbst herniedergingen. Das kostete sie den Rest an „Contenance", den sie noch aufbringen konnte. Urplötzlich hatte sie Tränen in den Augen. Kurz darauf verkrampfte sich ihr Magen so heftig, dass sie sich über Finsmaiers Schreibtisch übergab. Wie in Trance schlug sie die Tür hinter sich zu und verließ das Firmengelände für immer.

Fred Sussman stützte sich mit den Händen auf seinen Knien ab und machte einige tiefe, keuchende Atemzüge. Dann richtete er sich auf, streckte die Arme in die Höhe und sah zufrieden hinüber zur schneebedeckten Kuppe des über 2000 Meter hohen *Hagwilget Peak*. Heute war er nur seine übliche Schneeschuh-Runde gelaufen, die etwa eine Stunde dauerte, aber im Sommer war er schon öfter bis ganz nach oben auf den Gipfel gewandert. Der *Hagwilget Trail* war eine kraftraubende Tour, für die man einen ganzen Tag einplanen musste, aber der Ausblick von dort war bei klarem Wetter atemberaubend. Südlich vom Gipfel erstreckte sich die endlos scheinende Gebirgskette der *Rocky Mountains* mit dem imposanten, 2500 Meter hohen *Brian Boru Peak*, während im Westen jenseits des Küstengebirges die glänzende blaue Silhouette des Pazifiks die Grenze des nordamerikanischen Kontinents markierte. Dazwischen schlängelte sich, ganzjährlich vom Schmelzwasser der hohen Gipfel gespeist, der *Skeena River*, der Nebelfluss, der jetzt, im Januar, tatsächlich meist unter Nebeln verborgen lag, weil sein Wasser wärmer war als die Luft in jenem engen Tal, in dem Freds neue Heimat *Hazelton* lag. Genauer gesagt, wohnte er in *South Hazelton,* wo er ein Motel betrieb; es gab auch noch ein *New Hazelton*, aber im Grunde reichte es aus, wenn man von *Hazelton* sprach, denn die ganze Gemeinde hatte nicht mehr als 250 Einwohner. Während die Bevölkerung in British Columbia in den letzten zwanzig Jahren stetig wuchs, hatte *Hazelton* einen Bevölkerungsschwund zu verzeichnen. Dass der Ort seit dem Ende des Goldrauschs überhaupt noch eine Einnahmequelle hatte, war den indianischen Ureinwohnern zu verdanken, die *Gitxsan*, was so viel wie „Volk vom Nebelfluss" heißt. Ihre Kultur ist viele tausend Jahre alt. Darum hatte man in *Old Hazelton* ein Museumsdorf mit sieben Stammeshäusern aus dem 18. und 19. Jahrhundert errichtet, auf der Landzunge, wo sich der wilde *Bulkley River* in den ruhigeren, breiteren *Skeena River* ergießt. Das Museum präsentierte über 600 Exponate aus allen Lebensbereichen, darunter zeremonielle Masken, Insignien von Schamanen sowie antike Angel- und Jagdausrüstung. Auf dem Gelände gab es eine Schnitzschule, einen Souvenirladen, Totempfähle und Langhäuser, also genügend, um etliche Touristen nach Hazelton zu locken, oder *Gitanmaax* in der Sprache der Ureinwohner, was so viel wie „Volk der Birkenrinde-Fackel" heißt. Ihr traditionelles Stammesgebiet umfasste ca. 33000 Quadratkilometer im Einzugsgebiet des *Middle Skeena River* von seinem Quellgebiet bis zu den nördlichen Nebenflüssen. Heute gibt es zwar ein Reservat für die *First Nation*, aber die Hälfte der Ureinwohner lebt außerhalb des Reservats. Darum herrscht seit längerem ein Rechtsstreit darüber, ob die *Gitxsan* dem *Indian Act* unterstehen müssen oder ihre Sprache und Kultur unbeschränkt ausüben dürfen.

Es gab für Fred keinen Ort, an dem er sich freier gefühlt hätte als auf diesem Aussichtsberg, aber nun war es Zeit, sich auf den Rückweg zu machen, da sich für den Nachmittag neue Gäste angekündigt hatten. Sein kleines Motel war im Winter selten ausgebucht, derzeit waren nur zwei der fünf Zimmer belegt, wie immer um diese Jahreszeit von Rucksacktouristen, Trampern mit monströsen Rucksäcken, schmutzig, verschwitzt und unrasiert. Sie waren froh um ein heißes Bad, so wie er, Fred, froh über jede Art von Gast war, selbst wenn es nur für eine Nacht war. Im Sommer und Herbst kamen relativ viele

Gäste, nicht nur wegen des Freilichtmuseums, sondern wegen der unberührten Natur und der zahlreichen Wanderwege. Dafür hatte Fred im Winter mehr Zeit für seine eigenen Hobbys, Wandern, Laufen, Yoga, Meditieren. Wenn die Temperaturen auf unter zehn Grad minus fielen, blieb Fred auch gerne mal im Haus und las stundenlang alle möglichen Bücher, meist solche mit spirituellem Inhalt. Während er darüber nachdachte, wie er den neuen Gästen einen längeren Aufenthalt schmackhaft machen könnte, stapfte er zügig über seine eigenen Spuren vom Aufstieg bergab, entlang des halb verwilderten Pfades, der zwischen turmhohen Hemlocktannen und Douglasien ins Tal führte. Es war sehr kalt, der Reif an den Nadeln verlieh den Bäumen edle, strahlendweiße und glitzernde Hochzeitskleider und es war so still, dass Fred ab und zu stehenblieb und seinen Atem zurückhielt, um die Stille nicht zu zerstören. Er genoss es, seinem Körper wieder etwas abverlangen zu können. Mit seinen 42 Jahren konnten seine Beine solch einen Marsch in der Kälte locker wegstecken, ohne am nächsten Morgen einen Muskelkater zu beklagen. Das war nicht immer so.

Drei Jahre zuvor leitete Fred, damals hieß er noch Alfred Süßmann, eine eigene Software-Firma, die sich auf Programme für Kleinunternehmer spezialisiert hatte. Sie lief hervorragend, doch Fred hatte nicht damit gerechnet, dass der Support der Kunden zeitaufwändiger war als die Entwicklung der Software. Die Firma florierte und warf einen hohen Gewinn ab, doch der Preis, den Fred dafür bezahlen musste, war hoch. Bald wurde aus seinem 10-Stunden-Tag ein 16-Stunden-Tag. Auch das bewältigte er tapfer, bis ihm sein Körper die Grenzen aufzeigte. Er erlitt einen Burn-Out und fiel ein halbes Jahr aus. Als er sich wieder einigermaßen erholt hatte, folgte er dem Rat seines Arztes. Er verkaufte die Firma und ließ alles, was sich irgendwie nach Stress anfühlte, hinter sich. Er suchte nach alternativen Lebensweisen und stolperte über die Schriften des Paramahansa Yogananda, der vor einem halben Jahrhundert die Amerikaner mit seinen Vorträgen über das Kriya-Yoga begeisterte. Fred war von der Lebensweise des indischen Gurus begeistert und beschäftigte sich eingehend mit den hinduistischen Werken, den Veden und der Baghavad Gita. Er begriff, dass die Gier nach Reichtum, von der auch sein früheres Leben geprägt war, in eine Sackgasse führen musste. ‚Im Grunde', sagte sich Fred, ‚ist es egal, was ich tue und wo ich es tue, weil ich den wahren Reichtum nur in mir selbst finden kann. Also werde ich mir etwas suchen, was mir Spaß macht. Hauptsache, ich gerate nicht wieder in denselben Abwärtssog, dem ich soeben entkommen bin. Lassen wir den Zufall entscheiden!' Er holte seinen alten Schul-Globus vom Dachboden, gab ihm ordentlich Schwung, bis die Welt vor seinen Augen verschwamm, und stoppte ihn mit dem Zeigefinger: Kanada! Damit war es entschieden.

Mit dem Erlös aus den Firmenanteilen erkaufte er sich eine Arbeitserlaubnis. Dann buchte er einen One-way-Flug nach Vancouver. Dort mietete er sich einen Wagen und fuhr auf dem *Sea-to-Sky-Highway* Richtung Norden, zuerst an der Pazifik-Küste entlang, dann in die Berge, vorbei an klingenden Namen wie *Brandywine Falls*, *Whistler Mountain*, *Mount Brew*, dann weiter auf dem British Columbia Highway 97, der auch mit dem viel schöneren Namen *Caribu Highway* bezeichnet wird. Die endlosen, menschenleeren Wälder und die beeindruckende Bergwelt schenkten seiner geschundenen Seele genau das Gefühl von Freiheit, nach dem er sich in Deutschland vergebens gesehnt hatte. Je weiter er nach Norden vordrang, desto einsamer wurde die Gegend. Doch das störte Fred wenig, im Gegenteil, es spornte ihn sogar an. Er hätte ewig so weiterfahren können, mit gemächlichen 55 Meilen, während der V8-Motor seines Dodge Challenger bei niedrigen Drehzahlen schnurrte wie eine Katze auf der Ofenbank. Als es Abend wurde, leuchteten in der Ferne die Lichter einer Stadt auf. „Prince Georg", las Fred auf der Ortstafel. Es war eine saubere Stadt mit hübschen Häusern. Es gab einen großen Supermarkt, ein Museum und sogar einen kleinen Flughafen. Fred suchte sich ein Hotel, aß mit großem Appetit zu Abend und schlief wie ein Stein. Als er am nächsten Tag die Gardinen an den Fenstern seines Hotelzimmers zur Seite zog, war er ein bisschen enttäuscht. Das hektische Treiben und der Verkehrslärm erinnerten ihn zu sehr an Deutschland. Außerdem schien die Stadt viel größer zu sein, als es nachts den Anschein hatte. Sofort war ihm klar, dass er sich wieder in das Auto setzen und seine Reise fortsetzen würde. An der nächsten großen Straßenkreuzung musste er erneut eine Entscheidung treffen. Auf dem Highway 27, der nach Westen führte, war deutlich weniger Verkehr als auf dem 97; das war ein Hinweis darauf, wohin seine Reise führen sollte, weit weg von Menschenansammlungen, dorthin, wo es so still war, dass man den eigenen Herzschlag wieder hören konnte. So fuhr er noch einige Stunden weiter, immer tiefer in die nördlichen Rocky Mountains hinein. Irgendwann fiel ihm auf, dass er seit etwa einer Stunde allein auf der Straße war. Während er die Fenster seines Autos herunterkurbelte und die kühle, reine, nach Tannenharz duftende Luft einsog, sagte er sich: ,Bei der nächsten Ortschaft halte ich an und – so Gott will – lasse ich mich dort nieder.'

Der *Yellowhead Highway* führte ihn an *Hazelton* vorbei, einer Siedlung, die so nichtssagend und unbedeutend war, wie es sich Fred seit seiner Erkrankung immer gewünscht hatte; sein Unterbewusstsein schützte ihn davor, auch nur annähernd mit einer Atmosphäre von Druck und Stress in Berührung zu kommen, wie es tags zuvor in *Prince George* geschehen war. Hier jedoch gab es nichts, was seinen inneren Frieden störte.

Er parkte seinen Wagen vor einem Haushaltswarengeschäft und erkundigte sich nach Wohnungen oder Häusern. Wie es der Zufall wollte, war der Besitzer eines Motels in *South Hazelton* kürzlich gestorben, und das Haus suchte einen Nachfolger. Niemals zuvor hatte sich Fred mit dem Gedanken getragen, ein Motel zu betreiben, und doch hatte er in diesem Augenblick nicht den geringsten Zweifel, dass es genau das war, was er gesucht hatte. Seine neue Existenz war ihm quasi in den Schoß gefallen. In einer Gemeinde mit negativer Bevölkerungsentwicklung ist der Bürgermeister in der Regel um jeden neuen Bürger dankbar, sodass es auch keinerlei bürokratische Barrieren gab. In wenigen Tagen war der Verkauf abgewickelt und Alfred Süßmann erhielt unter dem Namen Fred Sussman eine Arbeits- und Aufenthaltserlaubnis. Seine Englischkenntnisse waren gut genug, um sich mit den Einheimischen anzufreunden, und da Fred kein Mensch mit hohen Ansprüchen war, wurden ihm von niemandem Steine in den Weg gelegt. Um das Motel betreiben zu dürfen, war es erforderlich, dass er dem Touristenverband beitrat. Das kostete ihn ein paar Dollar im Monat, aber auf diese Weise brauchte er sich nicht um Werbung zu kümmern. Ein weiterer Pluspunkt, der ihm besonders entgegenkam, war, dass dadurch Konkurrenz zu anderen Motelbetreibern von vornherein ausgeschlossen war, weil die freien Betten von der Tourismuszentrale vergeben wurden.

Als er schweißnass an seinem Motel ankam, einem schlichten eingeschossigen Holzhaus mit rotem Ziegeldach und einem dekorativen, aus Naturstein gemauerten Kamin, stand bereits ein Wagen davor. Aus der Ferne konnte er zwei Insassen ausmachen. Zwar war er eine halbe Stunde vor dem vereinbarten Termin um 14 Uhr zurückgekehrt, aber es war nicht ungewöhnlich, dass die Gäste vor der Zeit ankamen.

‚Was soll's?', dachte Fred, ‚sie werden es überleben, mich in Sportkleidung zu sehen.'

Mit seiner freundlichsten Miene trat er auf das Auto zu. Die Tür sprang auf und ein indianisch aussehender Herr mittleren Alters stieg aus.

„Mister Fred?", fragte er.

„Ja, das bin ich. Fred Sussman."

„Mein Name ist Theodore Smith. Ich bin der Cousin von Francis Smith."

„Francis Smith? Hmm… Egal! Ich glaube, wir kennen uns. Ihnen gehört die *Pinewood Ranch* im Osten, nicht wahr? Ein herrliches Fleckchen Erde!"

Der Mann lachte verschmitzt.

„Oh ja! Das stimmt. Aber Sie kennen meinen Cousin ganz sicher. Er arbeitet im Tourismusbüro. Sie haben schon oft mit ihm gesprochen."

Fred kratzte sich verlegen am Kopf. Er konnte mit Namen noch nie viel anfangen, während er sich Gesichter sehr gut merken konnte.

„Er ist etwas kleiner als ich – **noch** kleiner! – und trägt meistens ein rotes Hemd. Na?"

„Ach ja! Jetzt dämmert's mir! Sie meinen Frank!"

Frank war einer der ersten Ansprechpartner für Fred, als er in *Hazelton* ankam. Er hatte ihm bei der Beschaffung der nötigen Lizenzen für die Niederlassung sehr geholfen. Und er war ein direkter Nachfahre der Ureinwohner in British Columbia, ein *Gitxsan*.

„Ja, Frank! Er heißt eigentlich Francis, aber er mag den Namen nicht, klingt zu weiblich, sagt er. Darum nennen ihn alle Frank."

„Ja, den kenne ich natürlich. Ich wusste nicht, dass er einen Cousin hat. Verzeihen Sie mein Aussehen, ich war eben beim Schneeschuhwandern. Wollen Sie hereinkommen?"

„Oh danke! Ich will nicht stören. Aber wenn ich Ihnen das geben dürfte…"

Er öffnete den Kofferraum seines Wagens und hob einen Metallkasten heraus, den Fred schnell als PC identifizierte.

„Ich habe immer wieder Probleme mit diesem Gerät. Ich schreibe oder surfe im Internet und nach zehn Minuten ist der Bildschirm schwarz. Ich weiß nicht, ob ich etwas falsch mache, ich kenne mich mit diesem Computerzeug nicht aus. Aber Frank sagte mir, dass Sie alles über Computer wissen und mir bestimmt helfen können."

Es war nicht die erste Bitte dieser Art, die an Fred herangetragen wurde, und er war von solchen Bitten nicht begeistert. Alles, was mit Computern, EDV etc. zu tun hatte, erinnerte ihn an seinen früheren Beruf. Als er dem kleinen Mann den PC aus den Händen nahm und die kühle Box berührte, begann er zu zittern und urplötzlich stand kalter Schweiß auf seiner Stirn, und der fühlte sich anders an als der, der durch sportliche Betätigung verursacht wird.

„Ich – ich weiß nicht, ob ich da helfen kann. Ich hatte mehr mit Software zu tun. Ich bin kein Elektroniker. Wenn da ein Bauteil kaputt ist, die Festplatte oder so, dann müsste man das erst bestellen…"

Mister Smith sah ihn lächelnd an und Fred war klar, dass er kein Wort von dem, was er eben sagte, verstand.

„Bitte!", sagte er nur und hielt den Kopf schief wie ein bettelnder Hund. Dazu konnte Fred nicht nein sagen.

„Ich schau mir das mal an. Ich kann aber nichts versprechen."

Mister Smith bedankte sich überschwänglich, stieg in sein Auto und fuhr davon. Genau in diesem Moment kamen die Motelgäste an, auf die Fred einen guten Eindruck machen wollte, um sie eventuell dazu zu bewegen, länger als eine Nacht zu bleiben. Und nun stand er in seinem Trainingsanzug, verschwitzt und nervös, mit einem alten PC in seinen Armen vor seinem Haus, als hätte er ein Geschäft mit Hehlerware am Laufen.

„Wir suchen einen Mistel Fled Sussman", sagten die Leute, ein japanisches Paar auf Hochzeitsreise.

„Steht vor Ihnen!", antwortete Fred und stellte rasch den PC auf den nackten Teer, um die Hände zur Begrüßung frei zu haben. „Ihr Zimmer ist schon hergerichtet. Nummer 4 am Ende des Flurs links. Es ist das Kaminzimmer, sehr schön."

„Wil danken Ihnen sehr! Wil wollen morgen auf den Mount Hagwilling. Dalum übelnachten wil in Hazelton, um sehr flüh losgehen su können."

„Eine gute Idee! Von dort oben hat man eine wundervolle Aussicht. Aber eine gute Kondition müssen Sie schon mitbringen, um auf den Gipfel zu kommen und am selben Tag wieder herunterzugehen. Haben Sie und Ihre Frau denn Erfahrung im Bergwandern?"

„Ich denke schon. Mein Flau hat schon am Tokyo Marathon teilgenommen."

„Oh! Dann – äh – steht dem Vergnügen nichts mehr im Weg. Trotzdem sollten Sie in Erwägung ziehen, noch eine Nacht dranzuhängen. Sie werden nach der Tour erschöpft sein. Wohin führt Sie denn Ihre Reise?"

„Wil möchten dann weitelfahlen nach…"

Der Mann entfaltete eine arg zerknitterte Straßenkarte, drehte sie nach allen Richtungen, fand sich aber nicht zurecht.

„Nach Norden oder nach Süden?", fragte Fred.

„Noden, ja, Noden!"

„Okay. Wenn Sie die 37 nehmen, kommen Sie nach knapp drei Stunden nach *Medziadin Junction*, dort könnten Sie übernachten. Ein beliebtes Reiseziel ist auch *Tatogga Lake Resort –* "

„*Tatogga*!", rief seine Frau. „Dahin wollen wir! Soll sehr schön sein."

„Zweifellos", bestätigte Fred. „Aber das schaffen Sie morgen nie und nimmer. Das sind von hier aus etwa sieben Stunden Fahrzeit. Und – wenn Sie mich fragen – die Gegend hier ist viel zu schön, um sie bei Nacht anzuschauen. Ich würde Ihnen raten: Gönnen Sie sich nach der Bergtour ein heißes Bad, entspannen Sie sich, gehen Sie essen. In *Old Hazelton* gibt es ein hervorragendes Lokal. Und dann fahren Sie übermorgen in aller Ruhe nach *Tatogga*. Dann haben Sie auch Zeit, zwischendurch anzuhalten und ein paar Fotos zu schießen."

‚Der Trick mit den Fotos zieht bei Japanern immer', dachte Fred und tatsächlich begannen die beiden nach wenigen Sekunden stiller Beratung einvernehmlich zu nicken.

„Wir glauben, Sie haben lecht!", sagte der Mann. „Wir sind ja nicht auf der Flucht, sondern auf Hochzeitsleise."

„Eben! Ich bin mir sicher, das ist die richtige Entscheidung. So, aber jetzt darf ich Sie auf Ihr Zimmer begleiten. Ich bin so frei und nehme Ihr Gepäck."

Nachdem das japanische Paar die Tür hinter sich geschlossen hatte, nahm sich auch Fred endlich Zeit für eine heiße Dusche. Er brauchte jetzt selbst etwas Ruhe und legte sich in seinem Bademantel auf die Couch. Er war zufrieden mit seinem bisherigen Tag. ‚Jetzt noch eine abschließende Meditation zur Gedankenhygiene...', dachte er, doch das Pflichtbewusstsein schaffte es nicht, seinen Körper von der Couch herunterzubekommen. Er musste sich eingestehen, dass er sich sehr müde fühlte. ‚Um fünf Uhr hundemüde zu sein, ist ein Warnzeichen', überlegte er. ‚Es ist nicht gut, wenn ich mir zusätzliche Jobs aufhalse. Ich weiß, wohin mich das bringt. Am Ende bist du nur noch damit beschäftigt, anderen Gefälligkeiten zu erweisen, die du dir selbst nicht gönnst. Du und das Motel – das passt. Das läuft von selbst. Ich werde nicht reich davon, aber das ist in Ordnung. So habe ich immer Zeit für mich… und Ruhe. Ruhe ist das Wichtigste…‘

Als er erwachte, war es schon dunkel. Von seinen Gästen war nichts zu hören. Warum hatte er das seltsame Gefühl, etwas vergessen zu haben? Der Computer! Er hatte ihn vorhin auf dem Parkplatz abgestellt und total vergessen. Rasch eilte er mit einer Taschenlampe hinaus – Gott sei Dank! – der PC stand noch am selben Fleck. Er trug ihn ins Haus und da er gerade nichts Besseres zu tun hatte, schaltete er ihn ein, um das Problem zu analysieren.

Da sie seit ihrer Kündigung auf der Stelle trat und nicht viel zu tun hatte, brachte Elke ihren Haushalt in Ordnung. Gründlich reinigen, Staubfänger und Überflüssiges entsorgen, Böden wischen, Fenster putzen, Kleidung aussortieren – was als Beschäftigung für einen Tag geplant war, wuchs zu einem Wochenprojekt an. Je mehr sie sich bemühte, Ordnung in das Chaos zu bringen, desto mehr unordentliche Ecken und Nischen taten sich auf. Darum kam es ihr gerade recht, als Olga anrief und sie einlud, einen gemeinsamen Abend zu verbringen.

Und so fand sie sich in einer Bar wieder, in der sie das letzte Mal vor 15 Jahren war. Erstaunlicherweise hatte sich in dieser Zeit kaum etwas verändert. Elke fand sogar, dass es noch genauso roch wie damals, nach altem Tabak, einem Gestank, den auch jahrelanges Rauchverbot nicht beseitigen konnte, und nach einer undefinierbaren Mischung aus Raumspray, frisch angebratenen Hamburgern und verschüttetem Bier. Doch was sie noch mehr überraschte, war ihre emotionale Reaktion auf die altbekannte Umgebung. Kaum hatte sie auf dem Barhocker Platz genommen, fühlte sie sich wieder wie damals. Aus irgendeinem Instinkt heraus bestellte sie sogar ihr Lieblingsgetränk aus jener Zeit, eine Limonade mit einem Schuss Wodka.

„Alkohol so früh am Abend?", fragte Olga. „Du willst es heute wissen, was?"

„Hab heute einfach Lust darauf. Ich habe seit Tagen nichts anderes als Spülwasser gesehen."

„Oder willst du die Zeit zurückdrehen und nachholen, was du versäumt hast?"

Olga zwinkerte mit einer ihrer schweren Wimpern.

„Ich glaube eigentlich nicht, dass ich etwas versäumt hätte, oder doch? Warum meinst du eigentlich, ich hätte was versäumt?"

Elke war ein tatsächlich ein wenig eingeschnappt, weil Olga so über sie dachte, und nahm einen Schluck von ihrem Glas. Olga kannte Elke lange genug, um mit ihren wechselnden Launen zurechtzukommen, und wusste, wie sie den unglücklichen Beginn ihres Abends geradebiegen konnte.

„Aber nein! Was rede ich denn? Tut mir leid! Wie könnte **ich** mir ein Urteil darüber erlauben? Ich fürchte, ich habe aus Angst, etwas zu versäumen, viel zu früh geheiratet. Was dabei herausgekommen ist, sieht man ja."

An Olgas Trauermiene las Elke ab, dass ihre Freundin drauf und dran war, ihre Ehe zum Gesprächsthema des heutigen Abends zu küren; sie musste schnell reagieren.

„Das Getränk hier schmeckt echt nicht übel! Was trinkst du eigentlich?"

„Ich? Ich weiß noch nicht… Vielleicht Sekt? Ach nee! Den trinke ich immer. Also gut! Ich trinke dasselbe, was du hast. Heute ist es egal. Wir können ja auch mit dem Taxi heimfahren."

Elke bestellte ein weiteres Getränk für Olga und beeilte sich, ein Thema anzuschneiden, bei dem es nicht um Beziehungen ging.

„Ähm – Hättest du gedacht, dass es so schwer ist, als Sekretärin einen ordentlichen Job zu finden? Ich habe inzwischen fünf Bewerbungen abgeschickt und noch keine einzige Antwort erhalten, nicht einmal das übliche ‚Ihre Bewerbung ist eingegangen. Wir werden sie eingehend prüfen und uns zeitnah bei Ihnen melden. In der Zwischenzeit bitten wir Sie von Rückfragen abzusehen.‘ Was soll's? Ist wahrscheinlich eine ungünstige Zeit, um nach Arbeit zu suchen."

„Das dauert…", meinte Olga und gähnte. Es war offensichtlich, dass sie das Thema nicht interessierte.

„Vielleicht sollte ich mich einfach persönlich dort melden. Frechheit siegt, heißt es doch, oder?"

„Hast du Geldsorgen?", fragte Olga und warf ihr langes Haar lässig aus der Stirn.

„Nein, ich habe was gespart."

„Dann würde ich doch einfach sagen: Chill mal dein Leben! Du hast, seit ich dich kenne, immer nur gearbeitet. Mach doch mal ne Pause! Fahr in Urlaub!"

„Ich glaube nicht, dass ich das kann. Wenn ich mir vorstelle, ich liege irgendwo am Strand und ausgerechnet dann kommt ein Anruf wegen der Bewerbung. Sie würden fragen: ‚Können Sie morgen früh vorbeischauen?‘ und ich müsste antworten: ‚Der nächste Flug geht erst übermorgen.‘ Wie klingt denn das?

Nicht gerade so, als wollte ich unbedingt einen Job haben. Nein, das geht gar nicht."

„Du denkst zu linear, Elke! Hast du schon mal die Möglichkeit erwogen, im Urlaub einen Millionär kennenzulernen? Dann könntest du am Telefon sagen: ‚Danke! Hat sich erledigt!'"

„Das wäre natürlich die optimale Alternative; vorausgesetzt, der Typ sieht gut aus, ist halbwegs intelligent und himmelt mich an. Ja, freilich, möglich ist alles. Aber das bin nicht ich, Olga. Ich kann an so etwas einfach nicht glauben."

„Ich weiß, meine Liebe. Wir sind, was wir denken."

„Du bist ja heute so philosophisch."

„Das hat Buddha gesagt. Wenn wir unsere Gedanken verändern würden, würde sich auch die Welt verändern."

„Wenn das so einfach wäre."

„So schwierig ist das gar nicht. Wenn man das Denken nicht ändern kann, hilft es, mal etwas ganz anderes zu machen als das Übliche, so einfach aus dem Bauch raus. Ganz gleich, ob es unsinnig oder komplett abgedreht aussieht. Plötzlich kommen dann die richtig guten Ideen. Das sag ich auch zu Horst immer, wenn er nur noch seine Firma im Kopf hat – "

„Man kann auch das Eine mit dem Anderen verbinden."

Die beiden Frauen drehten sich gleichzeitig zu dem Sprecher um.

„Verzeihen Sie, dass ich mich einmische! Linus Westerstedt mein Name."

Vor ihnen stand ein attraktiver Mann Ende dreißig, gelocktes Haar, graue Schläfen, Dreitagebart. ‚Etwas zu sehr verlebt', dachte Elke. ‚Westerstedt… Westerstedt… Das könnte ein Sohn von dem Westerstedt in der Entwicklungsabteilung sein', mutmaßte sie. Olga hingegen überlegte nicht lange.

„Sind Sie mit den Westerstedts aus der Kolpingstraße verwandt?", fragte sie.

„Meine Eltern."

„Ach, entschuldigen Sie! Ich habe mich noch gar nicht vorgestellt. Ich bin Olga Waldschmidt und das ist meine liebe gute Freundin Elke Meister."

„Sehr erfreut."

„Hallo!", sagte Elke steif, um die Distanz zu wahren, solange sie diesen Mann nicht besser kannte. „Ich kannte mal einen Dominik Westerstedt. Ungefähr in Ihrem Alter…"

„Mein älterer Bruder."

„Ich dachte schon, dass mir ihr Gesicht bekannt vorkommt. Sie sehen Ihrem Bruder schon ähnlich, nicht wahr?"

„Das sagen jedenfalls die Leute."

„Bitte setzen Sie sich doch zu uns", bettelte Olga und bot ihm den Platz neben ihr an. „Man kriegt hier so selten einen gutaussehenden Mann zu Gesicht."

Elke war froh darüber, dass Olga ein Opfer für den Abend gefunden hatte. Trotzdem wollte sie wissen, was dieser Westerstedt mit seiner Bemerkung gemeint hatte.

„Sie haben vorhin gesagt, das Eine ließe sich mit dem Anderen verbinden. Was meinten Sie damit."

„Ich habe unfreiwillig ihr Gespräch belauscht und erfahren, dass Sie auf Jobsuche sind, Frau – ähm…"

„Elke. Sagen Sie einfach Elke."

„Schön. Ich bin Linus. Also – wo soll ich anfangen? Ich war vor einem halben Jahr in Kanada. Beruflich. Ein tolles Land! Mit Europa überhaupt nicht zu vergleichen. Ich dachte mir, wer den nötigen Mumm und das entsprechende Kleingeld hat, dem bieten sich dort enorme Entwicklungschancen. Also, hab ich mir gesagt, jette ich mal rüber und schau mir das an. Ich muss erwähnen, dass ich Bergführer von Beruf bin, aber das wurde mir auf Dauer zu langweilig. Immer dasselbe mit den Touristen, wollen hoch hinauf, können aber keine Stunde zu Fuß gehen. Drüben in Kanada, da gibt es Gegenden – für jemanden, der die Berge und die Natur liebt, ein Paradies. Aber das Ganze müsste halt erschlossen werden! Ich war da in so einem kleinen Kaff in British Columbia… unfassbar! Die Leben zum Teil noch wie vor hundert Jahren. Ich gehe also zu diesem Bezirkschef und präsentiere ihm meine Pläne; Hotelanlage, Wellnesstempel, und natürlich Gondeln und Skilifte. Ich hab von Anfang an Klartext gesprochen. In zehn Jahren – ach, was sag ich? – in fünf Jahren könnt ihr alle in Dollars baden! So hab ich mit denen gesprochen! Aber die haben das einfach nicht verstanden! Da war plötzlich die Rede von den Rechten der First Nation, den Eingeborenen, die geschützt werden müssten. Mann! Die müssen doch auch von irgendwas leben!"

Nach der Hälfte seines Vortrags hatte sich Elke von ihm abgewandt, während Olgas große Augen fasziniert an Linus' Lippen hingen. ‚Was auch immer der Kerl in Kanada erlebt hat‘, dachte Elke, ‚von so einem Aufschneider brauche ich keine Ratschläge.‘

„Die Banken waren von meinen Plänen angetan", redete dieser munter weiter, „die Kredite wären eine reine Formsache gewesen. Und ich bin mir sicher, wenn mir nichts dazwischengekommen wäre, würden die Baumaschinen jetzt schon anrollen."

Er schwieg und trank einen großen Schluck von seinem Bier. Elke wusste, dass jetzt der Punkt kommen würde, wo sie auf Olga aufpassen musste.

„Olga!" Sie tippte ihr auf die Schulter, aber Olga sah und hörte nichts mehr um sich herum.

„Was ist dir denn dazwischengekommen?", fragte sie mit mitleidiger Stimme.

„Die Eltern! Sie sind nun mal in einem Alter, wo man sich als Sohn kümmern muss. Meine Mutter hatte einen Schlaganfall, nicht schwer, aber beim nächsten kann es schon ganz anders aussehen. Ich erhielt ein Telegramm und gleich am Tag darauf hab ich die erste Maschine zurück nach Deutschland genommen. Mein Vater ist ja in solchen Dingen sowas von hilflos. Tja! Und somit bin ich erstmal wieder in Good old Germany! Aber was soll man machen? Wenn es um die eigene Mutter geht..."

„Das tut mir leid. Aber ich bin mir sicher – du hast richtig gehandelt."

„Danke."

„Olga! Kommst du mal bitte!", sagte nun Elke eindringlicher, aber Olga reagierte nicht, sondern starrte ihr Gegenüber an, als wäre sie hypnotisiert.

„Aber was wird jetzt aus dem Projekt?", fragte sie und hatte auf einmal eine sehr weiche Stimme.

„Das ist ja das Traurige."

Linus schüttelte den Kopf, als hätte er eine traumatische Erfahrung zu verarbeiten.

„Inzwischen sind die meisten Sponsoren abgesprungen. Ist ja auch verständlich. Die wollten in diesem Jahr Geld sehen. Mir sind ja jetzt sozusagen die Hände gebunden. Erst fallen mir die Einheimischen in den Rücken, dann wollen die Banken plötzlich auch noch neue Sicherheiten. Ich bräuchte halt einen Partner, der nach Möglichkeit auch noch finanzkräftig ist und der noch den nötigen Mumm in den Knochen hat, um so etwas durchzuziehen! Aber wahrscheinlich gibt es so jemanden heute gar nicht mehr. Haha!"

„Olga!", rief Elke noch einmal so eindringlich, wie sie konnte.

„Ich könnte ja mal mit meinem Mann reden. Er ist Bauunternehmer."

Linus schlug sich mit der Hand auf den Kopf.

„Natürlich! Jetzt weiß ich auch, warum mir der Name Waldschmidt so bekannt vorgekommen ist. Waldschmidt OHG! Klar! Das ist mir ein Begriff! Und das ist dein Mann? Wahnsinn! Das nenn ich mal einen Zufall."

„Olga!", rief nun Elke energisch. „Würdest du mich bitte auf die Toilette begleiten?"

„Elke! Doch nicht jetzt!"

„Vielleicht kannst du mich deinem Mann mal vorstellen. Also nur, wenn es euch passt! Es könnte ja eine Partnerschaft zu beiderseitigem Nutzen daraus entstehen, wer weiß?"

„Aber gerne!", jubelte Olga.

Das war für Elke das Zeichen, dass sie hier nichts mehr verloren hatte. Sie verließ die Bar, ohne dass Olga davon Notiz genommen hätte.

„So können wir das nicht stehen lassen. Leute! Jetzt konzentriert euch noch mal! Den zweiten Akt will ich noch einmal sehen, aber mit Schmackes! Danach seid ihr für heute entlassen. Los! Zackzack! Zweiter Akt, erste Szene, Auftritt Jack!"

Er klatschte in die Hände, als würde das helfen, die unmotivierte Schauspielertruppe aufzumuntern.

Dieter glaubte, seinen Ohren nicht zu trauen. Es war schon halb elf, er war hundemüde und dieser Idiot von Regisseur will noch einen Durchlauf machen? Der dauerte doch mindestens noch eine halbe Stunde. Er sah sich unter den Spielerkollegen um; da waren mit Sicherheit welche dabei, die morgen auch wieder früh raus mussten, so wie er. Die müssten doch was sagen! Aber es kam nichts. Folgsam gingen alle wieder auf ihre Position und beteten ihre Texte mehr oder weniger gut herunter. ‚Motiviert kann man das nicht nennen', dachte Dieter und warf dem Regisseur einen bösen Seitenblick zu. ‚Wundert dich das etwa?'

„Leute!", sagte dieser flehend. „Ich weiß, ihr seid alle schon k.o. Versteh ich! Ich muss ja morgen auch wieder ran. Aber es hilft nichts. In drei Wochen ist Premiere und wir haben den dritten Akt noch gar nicht angefangen. Also los! Gebt nochmal alles!"

„Dann wäre es hilfreich, dass du uns nicht ständig unterbrichst", sagte Dieter gerade so laut, dass es nur sein Nebenmann Ralf verstand. Der grinste und gab flüsternd zurück: „Das letzte Mal, dass ich unter dem seiner Regie mitmache. Der hat doch wohl 'nen Knall!"

Dann kam Dieters Einsatz. Er sagte seine zwei Sätze fehlerfrei, doch anschließend hatte Ralf einen Hänger und der Regisseur verlangte, dass Dieter noch einmal von vorne beginnt. Dieter schaute zornig auf die Uhr: Viertel vor elf! ‚Bin ja selbst schuld!', dachte er. ‚Warum lasse ich mich immer wieder breitschlagen?' Da fiel ihm ein, welchem Stress der „Bergdoktor" immer ausgesetzt war, und beruhigte sich ein wenig. Dennoch! Was hatte es für einen Sinn, an einem schlechten Theaterstück mitzuwirken, das von einer noch schlechteren Laiengruppe gespielt wird, wenn es einem gar keinen Spaß machte? Aber das Niederschmetterndste daran war, dass er sich ohne größeren Druck dazu entschieden hatte. Wem also konnte er die Schuld daran geben außer sich selbst? Gut, es gab auch nette Leute in der Gruppe, die er gerne um sich hatte. Ralf zum Beispiel war ein unkomplizierter, lustiger Typ. Der konnte sich zwar auch mal ärgern, aber er ging anders damit um. Er ließ mal kurz Luft ab, dann war er wieder genauso gut gelaunt wie zuvor. Wie machte der das bloß?

Als die Probe um Viertel nach elf endlich zu Ende war, sagte Dieter mürrisch in die Gruppe: „Man hätte sich ja auch einen schönen Abend machen können. Es ist ja nicht so, dass ich tagsüber so richtig Spaß in der Arbeit habe. Da möchte man wenigstens seine Freizeit auskosten."

„Wie sind schon ganz schön bescheuert, was?", entgegnete Ralf. „Statt *Dolce Vita* machen wir *Deutsche Vita*: Wir ackern die ganze Woche durch, manchmal auch noch samstags, und hoffen, dass wir im Urlaub alles an Vergnügen reinholen, was wir im restlichen Jahr versäumt haben. Das ist doch krank!"

„Natürlich ist das bescheuert! Aber was willst du machen?"

„Das kann ich dir sagen! Sobald meine Kinder aus dem Haus sind, hau' ich ab! Irgendwohin, wo es warm ist. Thailand oder so. Für das Geld, was mir der Verkauf meiner Hütte bringt, kann ich dort unten ein Luxusleben führen."

„Thailand?" Dieter gingen die Augen auf. Dieser Ralf hatte mehr auf dem Kasten als er dachte. „Aha… Hast du denn das schon durchgerechnet, ob sich das finanziell ausginge?"

„Nö. Ist doch egal! Wenn's nicht reicht, finde ich schon irgendwo Arbeit. Einen Elektriker kann man überall brauchen. Notfalls werde ich Drogendealer! Haha! Alles besser, als hier zu versauern."

„Mhm. Stimmt."

Dieter schlief in dieser Nacht schlecht. Zum einen gingen ihm immer noch die Theatertexte durch den Kopf, zum andern musste er darüber nachdenken, was Ralf gesagt hatte. Ja, Ralf hatte gut reden! Der hatte einen ordentlichen Beruf gelernt: Elektriker. Aber wer brauchte schon einen Verwaltungsbeamten? ‚Arzt, das wäre was Sinnvolles gewesen! Da ist man sein eigener Herr. Man ist überall auf der Welt anerkannt. Ob ich in meinem Alter noch studieren könnte? Vielleicht berufsbegleitend, machen heute viele. Ich könnte halbtags arbeiten und in der restlichen Zeit studieren. Aber wie sollte ich das mit den Praktika machen? Urlaub nehmen? Puh! Das könnte ganz schön stressig werden. Ob ich das überhaupt schaffen würde, so viel zu lernen? Seit der Beamtenausbildung musste ich nichts Neues mehr lernen. Und man wird ja auch nicht jünger…' So verging Minute um Minute, ohne dass er eine Entscheidung traf. Er wurde lediglich immer müder. ‚Jetzt will ich einschlafen!', sagte er sich energisch. ‚Tief schlafen und dann als neuer Mensch aufwachen. Ganz von vorne anfangen. Warum sollte das nicht möglich sein?'

Als sein Wecker am Morgen läutete, hatte sich nichts verändert. Dennoch sollte er an diesem Tag eine Begegnung haben, die ihn zu neuen Ideen inspirierte.

Erwin und Erika Westerstedt hatten ihren jüngeren Sohn schon lange nicht mehr so aufgedreht erlebt, genauer gesagt, hatten sie ihn in letzter Zeit überhaupt sehr selten erlebt. Der letzte Besuch lag schon ein halbes Jahr zurück. Sie hatten sich immer wieder gefragt, was er beruflich eigentlich machte. Und das war schließlich auch ihr gutes Recht! Nachdem der Junge seinen letzten Studiengang „International Business" mit fast dreißig beendet hatte, dachten sie, ihre Sorgen hätten nun ein Ende. Doch alles, was ihr Sohn anfing, stand unter einem schlechten Stern. Nach mehreren Jahren enttäuschter Hoffnungen kamen bei ihnen Zweifel auf, ob seine mangelnden Erfolge tatsächlich auf die ungünstigen Rahmenbedingungen, die unzuverlässigen Partner, die gesamtwirtschaftlichen Verwerfungen, die Mafia-Methoden der Konkurrenz, die korrupten Politiker oder worauf auch immer zurückzuführen waren. Aber wie immer, wenn sich Linus zu einem persönlichen Besuch bei seinen Eltern herabließ, konnte er sie beruhigen und ihre Zweifel zerstreuen. Es war ja nicht so, dass er auf der faulen Haut läge, er hatte in der Vergangenheit immer wieder interessante und vielversprechende Projekte, an deren Verwirklichung er leidenschaftlich arbeitete; lauter gute Ideen, wie seine Mutter meinte: die Veggie-Bar, das Immobilienbüro, der Antik-Laden, das Reisebüro, die Import-Export-Zentrale. Und ganz aktuell das Riesenprojekt in Kanada, das er zusammen mit einem renommierten kanadischen Bauunternehmen ins Leben rief und verantwortlich leitete. Erika Westerstedt war stolz auf ihren jüngeren Sohn, er traute sich was! Ganz anders als sein Vater, der es nur zum einfachen Angestellten gebracht hatte.

Erwin Westerstedt konnte sich mit den Aktivitäten seines Sohnes nicht anfreunden. Er hätte seinen Spross lieber als Angestellten in einer soliden heimischen Firma gesehen.

„Jetzt soll das plötzlich funktionieren?", fragte er aufgebracht. „Ich dachte, das *Hazelton*-Projekt ist gestorben. Hast du doch selbst gesagt! Engstirnige Bevölkerung und so."

„Lass doch den Jungen erst mal in Ruhe essen!", schimpfte Erika zornig dazwischen, um sofort wieder zum ungleich sanfteren Tonfall zurückzukehren, den sie ihrem Sohn gegenüber anwendete. „Westfälischer Sauerbraten, dein Lieblingsgericht!"

„Danke, Mutter! Köstlich wie immer! Von so einer Delikatesse können die Amis nur träumen."

„Also was ist jetzt mit dem Kanada-Geschäft?", bohrte Erwin nach.

„Vater! Das ist jetzt fast ein Jahr her. Die Hillbillys haben wohl inzwischen spitzgekriegt, dass ihnen die Felle davonschwimmen, wenn sie weiterhin blockieren. Andere Bezirke haben da viel schneller reagiert. Die gesamte Tourismusbranche ist im Aufwind. Du solltest mal die Börsenkurse checken. Außerdem hat sich etwas Entscheidendes ereignet."

„Ja?", fragte seine Mutter mit großen leuchtenden Augen. Dieser Ausdruck war Linus nicht unbekannt.

„Nein, Mutter, heiraten werde ich noch nicht. Aber immerhin habe ich jemanden kennengelernt. Der Haken an der Sache – ist gleichzeitig eine Riesenchance."

„Wenn ich sowas schon höre!", argwöhnte Erwin Westerstedt.

„Jetzt lass doch den Jungen endlich ausreden, Erwin! – Also, was wolltest du sagen?"

„Sie – Olga – ist noch verheiratet, aber unglücklich. Sie will sich eigentlich schon lange scheiden lassen."

„Und wo ist da die Riesenchance?"

„Nun hör doch erst mal zu, Vater! Sie ist mit einem stinkreichen Bauunternehmer verheiratet; Namen will ich hier keinen nennen. Wenn sie es geschickt anstellt, erhält sie bei der Scheidung eine Abfindung in Millionenhöhe!"

Jetzt zeigten sich auch auf Erika Westerstedts Stirn Sorgenfalten.

„Liebt ihr euch denn?", fragte sie hoffnungsvoll.

Linus war schlau genug, um zu wissen, dass er mit der richtigen Antwort die Unterstützung seiner Mutter gewinnen konnte. Und damit war ihm zumindest teilweise auch die Unterstützung seines Vaters sicher.

„Es war Liebe auf den ersten Blick, Mutter. Wir haben uns zufällig in einer Bar getroffen. Ich kam dazu, als sie mit einer Freundin ihre Eheprobleme besprach. Ich sah auf Anhieb, wie fertig sie mit den Nerven war. Da musste ich mich einmischen. Wir haben uns dann den ganzen Abend lang glänzend unterhalten, über ihre Ehe, über meine Pechsträhne, über Gott und die Welt. Wir haben bis in den frühen Morgen hinein nur geredet. So etwas habe ich noch nie erlebt."

„Wie mich das freut, Linus! Du weißt ja, dein Bruder bereitet uns schon genug Kummer. Darum setzen dein Vater und ich unsere ganze Hoffnung auf dich. Ein Enkelkind – das wäre die größte Freude für uns."

Ihre feuchten Augen suchten den Blick ihres Mannes, doch der verdrehte die seinen und verließ den Raum.

„Mach dir nichts draus! Du kennst ja deinen Vater. Er kann sich nicht vorbehaltlos freuen. Lass ihm noch etwas Zeit, dann wird er seine Meinung ändern."

„Natürlich, Mutter."

„Als Nachspeise gibt's noch Schokopudding. Und wenn du sonst etwas brauchst, kannst du dich jederzeit an mich wenden. Das weißt du ja, nicht?"

Nachdem sie Linus eine Weile stumm angesehen hatte, öffnete sie eine Tür im Küchenschrank und holte hinter einem Stapel Teller eine Keksdose hervor.

„Wieviel brauchst du?"

„Herein!", rief Dieter mit bewusst unfreundlicher Stimme. Seine Nerven waren angespannt. Er wollte eben die Unterschriftenmappe zu seinem Chef in den zweiten Stock bringen, die dieser unbedingt noch vor Mittag haben wollte. Aber wieder einmal klopfte es und er musste für den Bürger parat stehen. Das war eben die Krux mit dem Kundenverkehr, dass man nie wusste, welche Leute zu welcher Zeit in das Büro strömten, um seine Dienste in Anspruch zu nehmen. Im Grunde sollte das Einwohnermeldeamt mit mindestens zwei Mitarbeitern besetzt sein, aber der Kollege war wieder einmal nicht da, wenn man ihn brauchte.

‚Der feine Herr gönnt sich wohl ein Schwätzchen mit den Damen von der Kasse!', schimpfte Dieter in Gedanken vor sich hin. ‚Ist ihm völlig schnurz, was hier unten los ist. Aber mit mir kann man's ja machen.'

„Was wünschen Sie?", stieß er zwischen den zusammengepressten Zähnen hervor, ohne von seinem Schreibtisch aufzusehen. Er hatte genug damit zu tun, das Bedürfnis nach einem Schreikrampf zu unterdrücken.

„Ich habe meine Geldbörse verloren. Hier ist doch auch das Fundbüro, oder?"

Elkes wohlklingende Stimme rief in Dieter verloren geglaubte Instinkte wach, die ihn dazu veranlassten, seinen Blick zu heben. Er sah in zwei faszinierende kupfergrüne Augen und in ein Gesicht, das man ohne Übertreibung „bildhübsch" nennen musste.

„Ja. Dies ist auch das Fundbüro. Bitte, nehmen Sie doch Platz! Ich schau gleich mal nach. Eine Geldbörse, sagten Sie…"

Er zog die Schublade mit den Fundsachen auf und brauchte nicht lange zu suchen.

„Da ist erst gestern eine abgegeben worden. Hmm… Ich nehme an, dass sich der Ausweis auch darin befindet."

„Ausweis, Führerschein, Scheckkarten… Ich verstehe gar nicht, wie mir das passieren konnte. Es wäre eine mittlere Katastrophe, wenn das alles weg wäre."

Dieter hatte die gesuchte Geldbörse schon gefunden. Im Schutze des Schreibtisches hatte er rasch den Ausweis herausgezogen und die Dame anhand des Fotos identifiziert.

„Sie müssten mir sagen, wie die Geldbörse aussieht."

„Hellbraun mit einem Karomuster. Normale Größe, würde ich sagen."

„Und wieviel Geld etwa befand sich zuletzt darin?"

„Ungefähr sechzig Euro."

„Ah ja! Ich glaube, das ist heute Ihr Glückstag, Frau…"

„Meister. Elke Meister."

„Ja, richtig! Steht auch so im Ausweis. Da haben wir das gute Stück."

Er zückte die Geldbörse und freute sich darauf, dieses schöne Antlitz lächeln zu sehen.

„Ja, das ist sie!" Dieter fand ihr Lächeln hinreißend.

„Schauen Sie bitte nach, ob alles noch drin ist."

„Ja, alles vollständig. Wo wurde sie denn gefunden?"

„In dieser Bar in der Altstadt; Rosenheimer Hof, glaub ich, heißt sie immer noch. Ich war schon ewig nicht mehr dort."

„Ich auch nicht. Das heißt, letzten Dienstag seit Jahren wieder einmal. Dabei war das früher mein Stammlokal."

„Echt? Meins auch. Ich war fast jedes Wochenende dort. Aber eines noch, Frau Meister, worauf ich hinweisen muss... der Finder wollte einen Finderlohn haben. In der Regel sind das 5 Prozent vom Wert. Also, zehn Euro wären fair, würde ich sagen."

„Selbstverständlich. Wer ist der Finder?"

„Der Wirt selbst. Ich kann ihm das Geld geben, wenn Sie wollen. Oder Sie gehen mal wieder dorthin, dann können Sie es auch persönlich abgeben, ganz wie Sie das für richtig halten."

Elke war in diesem Augenblick sehr glücklich darüber, dass sie ihre Geldbörse wiederhatte, aber auch dankbar, dass sie hier im Rathaus einen Herrn antraf, der gar nicht so in das Klischee des typischen Beamten passte. Nur so ist der folgende Vorschlag zu erklären.

„Wir könnten aber auch gemeinsam in unser altes Stammlokal gehen, um den Finderlohn abzugeben. Es war ja auch irgendwie eine gemeinsame Erfolgsgeschichte. Aber nur, wenn Sie wirklich wollen. Oh Gott! Was rede ich da? Ich wollte Sie nicht überfallen. Ist ja auch eine blöde Idee."

In Anbetracht der netten Idee und des nun leicht geröteten hübschen Gesichts war Dieter Kaufmann wehrlos.

„Nein! Ich meine – ja! Gerne würde ich mit Ihnen dort hingehen. Wäre morgen Abend recht? Heute kann ich leider nicht. Theaterprobe."

„Sie spielen Theater?"

„Ja. Nur so laienhaft. Nichts Besonderes."

„Respekt. Das habe ich auch mal gemacht, als Schülerin. Na, da haben wir ja für morgen genügend Gesprächsstoff."

„Ja. Bis morgen also!"

Als kurz darauf der Chef bei Dieter anrief und ihn zur Rede stellte, warum die Dokumente noch nicht auf seinem Schreibtisch lägen, fühlte sich Dieter so cool wie noch nie. Er hatte das sichere Gefühl, dass sich von nun an in seinem Leben vieles verändern würde.

‚Der stammt wohl noch aus dem letzten Jahrhundert‘, dachte Fred, während er minutenlang darauf wartete, dass der PC hochfuhr und alle Programme gestartet hatte. ‚Und nicht einmal passwortgesichert. Ich fürchte, der nächste Schritt wird sein, dass ich diesem Theodore Smith die Grundlagen der Datensicherung erkläre. Jetzt rede ich schon wie früher... Als ob es Mühe bereiten würde, jemanden etwas zu lehren! Wozu bin ich denn auf der Welt? Ich habe etwas zu geben und das sollte ich auch tun. Er hat mich freundlich um Hilfe gebeten und ich habe Zeit, alles andere wären dumme Ausreden. Ich sollte nie fragen, was ich kriegen kann, sondern was ich zu geben habe‘, rezitierte er einen seiner Wahlsprüche.

Als der PC endlich bereit war, sah sich Fred die installierten Programme an und schüttelte den Kopf. Gleichzeitig musste er lachen.

‚So sind sie eben, die Leute von *Hazelton*. Die würden nie etwas wegwerfen, was noch irgendwie zu gebrauchen ist. Tss! Alles total veraltet. Und hier – diese WORD-Datei ist sogar noch geöffnet.‘

Er wollte das Dokument schließen, doch als er die ersten Worte eines Briefes las, konnte er nicht mehr wegsehen.

Liebe Sheila!

Es sind nun schon 3 Wochen vergangen, seit du in die Stadt gezogen bist...

‚Nett! Ein Brief eines besorgten Vaters an seine Tochter. Sie studiert in Vancouver… Hmm… Die automatische Rechtschreibung hätte ja auf die Fehler hingewiesen, aber wenn man die korrekte Schreibweise nicht kennt, hilft das alles nichts. Ist egal! Wenn ich seine Tochter wäre, würde ich mich freuen. Was für ein liebevoller Vater, dieser Theodore!'

Fred fragte sich, ob die Programme und das veraltete Betriebssystem überhaupt kompatibel miteinander waren. Das könnte die „Abstürze" erklären. Er öffnete den Explorer und wunderte sich, dass da jede Menge an Ordnern erschienen, die schon älter als sechs Monate waren. Das Knarzen der Fußbodendielen ließ ihn aufhorchen. Sofort klickte er auf das Kreuz oben rechts, um den Ordner wieder zu schließen. Aber nein, es war niemand im Raum, die Geräusche kamen von nebenan. Die Japaner hielten sich wohl gerade im Badezimmer auf, das direkt neben seiner Wohnung lag. Es war ja nicht seine Art, in fremden Dateien herumzuspionieren, aber die Bezeichnungen ließen bei ihm sämtliche Alarmglocken schrillen: „Pläne aktuell", „Einsprüche", „Stellungnahme Naturschutzbehörde", „Finanzierungsangebot", „Bürgschaften", „Musterbriefe". Und dann waren da noch zwei Ordner mit dem Namen „Bob Forrester" und „ICC". Fred folgte seinem Instinkt und öffnete die Dateien. ‚Nur mal überfliegen', dachte er sich. ‚Wenn mich jemand fragen würde, warum ich das mache, könnte ich erklären, warum ich es in diesem Fall mit dem Datenschutz nicht so genau nehme. Wenn auf einem Uralt-PC offensichtlich wichtige Informationen ungesichert gespeichert sind, noch dazu als einfache Dokumente und nicht als PDF, dann ist da irgendetwas faul.'

Es blieb nicht bei einem flüchtigen Überfliegen der Dateien. Je mehr sich Fred in die Informationen vertiefte, umso mehr stieg sein Interesse für die Details. Es war schon nach Mitternacht, als er den PC herunterfuhr und sich erst einmal ein Tasse Tee machte. Obwohl er hundemüde war, zwang er sich nachzudenken.

Im Laufe des Abends hatte sich seiner ein Gefühl bemächtigt, das ihm Unbehagen bereitete. Er wusste genau, in welche Kategorie dieses Gefühl einzuordnen war. Es glich einem schlecht gelüfteten Konferenzraum, in dem sich der Geruch von zwanzig schwachen, ängstlichen Menschen ausgebreitet hatte. Man konnte ihn noch so euphorisch betreten – wenn sich dieser Geruch erst einmal in den Wänden und Möbeln eingenistet hatte, ergriff er von jedem Menschen Besitz, der ihn betrat. Ohne zu wissen, warum, würde dieser Mensch sich verstohlen umsehen, ob er nicht bei etwas Verbotenem beobachtet würde. Dadurch würde er jedem anderen, der mit ihm in diesem Raum wäre, mit Misstrauen begegnen. Ja, das Gefühl, das Fred wahrgenommen hatte, gehörte in die Kategorie „niedrig schwingend, ohne Selbstbewusstsein, bösartig". In den Jahren seit seinem Burnout hatte er gelernt, den Menschen ausnahmslos Respekt entgegenzubringen, um ihr Selbstbewusstsein zu heben. Er hatte begriffen, dass eine Welt, in der man sich nicht vertraute, große Ähnlichkeit mit der Hölle hatte. Wie paradox doch das Verhalten vieler Menschen war, ausgerechnet die Vertrauensseligen unter ihnen hinter vorgehaltener Hand zu verlachen! Leider hatten die Angestellten seiner Firma davon keine Ausnahme gemacht. Er hatte gedacht, Offenheit sei der Schlüssel zum Erfolg, erst viel zu spät erkannte er, wie blauäugig diese Vorstellung war. Wenn er geahnt hätte, wie weit die kollektive Schizophrenie in der Gesellschaft fortgeschritten war, hätte er sich niemals auf das Wagnis einer eigenen Firma eingelassen. Als ihm bewusst wurde, dass die „zivilisierten" Menschen Glückseligkeit durch Einsatz ihrer Ellenbogen, mit Treten, Stechen und Hauen, mit Manipulation, Verrat und Intrige zu erreichen suchen, ganz nach dem Motto „erlaubt ist, was nicht verboten ist", und ihr absurdes Verhalten gar noch unter dem Deckmantel wirtschaftswissenschaftlicher Theorien praktizierten, rief ihm sein letzter Rest an Vernunft mit aller Kraft zu: „Lauf!" Seine Emigration war seine Rettung. Er sehnte sich nach der Naivität der „geistig Armen" und suchte nach einem Ort, fernab vom falschen Zeitgeist von Moderne und Globalisierung, und er fand *British Columbia*. Der Finger auf dem Globus hatte die richtige Wahl getroffen. Seine Skepsis gegenüber seinen Mitmenschen schmolz angesichts der natürlichen Freundlichkeit und Menschlichkeit der Landbevölkerung dahin wie Eiscreme in der Sonne. Hier durfte er wieder so sein, wie es seinem Naturell entsprach: humorvoll, bisweilen sogar albern, vergesslich, verträumt, hilfsbereit, ehrlich, ganz den Augenblick genießend. Gleichzeitig verbesserte sich seine Gesundheit in einem Maße, das er – und vor allem seine Ärzte – niemals für möglich gehalten hätte. Nicht zu vergessen die indianischen Ureinwohner, die ihm nach und nach ihre Kultur nahegebrachten! Von ihnen hatte er gelernt, dass es unverzichtbar war, sich mit der Natur zu verbinden, um wahres Glück zu erreichen.

Und nun drückte ihm dieser Aborigine Namens Theodore Smith einen PC aufs Auge, der mit all den schlechten Eigenschaften gefüttert war, die er mehr als alles verachtete. War das Zufall? Eine spirituelle Prüfung? Was sollte ihm damit vor

Augen geführt werden? Dass er der Welt nicht einfach entfliehen konnte?

Der Wasserkessel pfiff und riss Fred aus seinen trüben Gedanken. Bedächtig goss er das heiße Wasser über den Teebeutel. Er durfte jetzt nicht in Panik verfallen. Es war der Zeitpunkt, sich auf seine Stärke zu besinnen. Er versuchte, sich an den Bewusstseinsgrad zu erinnern, den er während seiner allmorgendlichen Meditationen erfuhr. Er war der Schöpfer seiner Realität, er allein und niemand sonst. „Wenn du eine Welt willst, in der die Liebe über die Angst siegt", sagte er laut zu sich selbst, „dann betrachte diese Welt mit den Augen der Liebe. Die Welt der Angst ist eine Illusion."

Was hatte er bisher an unzweideutigen Informationen herausgefunden? Auf den meisten Daten war als Verfasser ein „Wesley" angegeben. „ICC" war die Abkürzung für „International Construction Company Ltd.", einer in Vancouver ansässigen Baufirma; ob sie tatsächlich existierte, war ungewiss. Auf *Google* war nicht viel mehr zu finden als der Name und die Adresse. Eines war jedoch sicher: Es existierte ein Plan, das ganze Gebiet zwischen dem *Bulkley River* und dem *Skeena River* in einen Nobel-Skiort zu verwandeln und die umliegenden Berge für den Skitourismus zu erschließen, was bedeutete, dass umfangreiche Rodungen vorgenommen werden mussten und das Tal mit Hotels verbaut wurde. Ein gewisser Bob Forrester spielte dabei eine gewichtige Rolle. Fred vermutete, dass er ein hohes Tier in der Politik war und seinen Einfluss gelten machen sollte, der mit Sicherheit nötig war, um so ein einschneidendes Projekt durchzusetzen. Und dann gab es da noch einen langen Schriftwechsel mit verschiedenen Banken um die Gewinnerwartung und die Finanzierung. Das

Schlimmste jedoch, was Fred schließlich dazu brachte, seinen Tee mit Whisky aufzugießen, war der geplante Umgang mit der *First Nation*, den indianischen Ureinwohnern und rechtmäßigen Besitzern des Landes. Diese sollten, sofern sie sich nicht in den „prosperierenden Arbeitsmarkt" eingliedern ließen, in ein neues Reservat 500 Meilen nördlich umgesiedelt werden. Immer wieder las Fred die betreffenden Passagen, bis die Buchstaben vor seinen Augen verschwammen, was nicht nur auf den Whisky zurückzuführen war. Als er schon im Bett lag und kurz davor war, ins Reich der Träume hinüberzugleiten, fiel ihm ein, dass der Bildschirm kein einziges Mal schwarz geworden war, wie Theodore behauptete. Eigentlich funktionierte er seit Stunden einwandfrei.

„Sie waren also Chefsekretärin bei… Wie hieß die Firma gleich nochmal?"

„*Elektrofix.*"

„Ach ja. Ziemlich große Firma, nicht wahr?"

„Etwa 600 Mitarbeiter."

„Wenn Sie mir die Frage erlauben, Frau Meister – Sie haben als gelernte Bürokauffrau sozusagen eine steile Karriere hingelegt, nicht wahr? Und als Chefsekretärin haben Sie im Grunde das Höchste erreicht, was eine Bürokauffrau erreichen kann. Jedenfalls in dieser Gegend hier. Sie sind sich wirklich darüber im Klaren, dass ein beruflicher Wechsel sehr wahrscheinlich einen gewissen Abstieg mit sich bringt?"

„Das muss ich wohl in Kauf nehmen."

„Kann es sein, dass Ehrgeiz nicht zu Ihren Stärken gehört?"

Elke hatte die Nase schon vor diesem Bewerbungsgespräch voll. Voll von diesen Unterstellungen, von diesen stumpfsinnigen Klischees, ein geeigneter Bewerber müsse engagiert, belastbar, flexibel, loyal und bereit sein, sich jederzeit für seinen Arbeitgeber „den Arsch aufzureißen", am besten jung mit Berufserfahrung und ohne Kinderwunsch. Als ob es jemals solch einen Bewerber gegeben hätte! Aber diese unprofessionelle Art der Fragestellung trieb ihren Blutdruck in ungesunde Höhen.

„Ich bin nicht weniger ehrgeizig als irgendjemand sonst, der erkennt, wann sich der Einsatz lohnt."

„Sie spielen auf die Bezahlung an. Ich verstehe. Aber mehr als die genannten 2500 können wir nicht zahlen. Tut mir leid."

„Geld spielt für mich nicht die entscheidende Rolle bei einem Job. Das Umfeld sollte passen, die Tätigkeit sollte abwechslungsreich sein. Ich wäre auch gerne bereit, Verantwortung zu übernehmen."

Die Personalchefin, eine Endfünfzigerin, hatte verschwollene Augen und ein aufgequollenes Gesicht. Elke hätte darauf gewettet, dass sie dem Alkohol übermäßig zusprach. Wenn sie sich vorstellte, mit dieser Frau noch jahrelang zusammenarbeiten zu müssen, sträubten sich ihr die Nackenhaare.

„Sehen Sie, Frau... äh..."

„Meister."

„... Frau Meister, wir haben etwa zwanzig Bewerbungen auf diese Stelle, die Hälfte davon junge engagierte Frauen, die uns die Füße küssen würden, wenn wir sie einstellen. Warum sollten wir ausgerechnet Sie nehmen?"

„Weil ich die größte Erfahrung und das nötige Knowhow habe."

Die Personalchefin spielte jetzt ihrerseits die ganze Erfahrung aus und schwieg lange, während sie direkt in die Augen der Bewerberin sah, so, wie sie es schon viele Male gemacht hatte, um eine selbstsicher erscheinende Person aus dem Konzept zu bringen. Doch Elke kannte diese Tricks und wusste, dass sie nicht in ihre Augen blickte, sondern auf ihre Stirn. Sie konnte sich eine spöttische Bemerkung nicht verkneifen.

„Das ist ein Pickel. Hab ihn erst heute Morgen bemerkt. Leider konnte ich ihn nicht komplett abdecken. Schmälert das meine Chancen nun?"

„Das – ähm – ja, wenn Sie keine Fragen mehr haben, dann würde ich sagen, wir besprechen das intern und wir melden uns dann bei Ihnen."

Sie klappte die Bewerbungsmappe zusammen und ließ sie mit der Unterkante ein paar Mal auf den Tisch fallen, als hätte sie einen dicken Stapel ungeordneter Blätter in den Händen.

„So machen wir's. Danke, dass Sie sich Zeit genommen haben."

„Aber gerne doch!"

Elke traute ihren Augen kaum, als sie sah, wie sich diese unsensible Frau doch tatsächlich von ihrem Sessel erhob und die Hand zum Gruß ausstreckte. Sie tat, was sie tun musste, um nicht doch noch etwas Ungebührliches zu sagen – sie ging mit zwei großen Schritten zur Tür und verließ das Büro.

Als sie die große Glastür des Bürokomplexes öffnete, machte sie einen tiefen Atemzug. Die kalte Luft tat gut, auch wenn sie an einer Hauptstraße im Rushhour-Getriebe stand. In diesem engen Büro zusammen mit dieser kleinkarierten Frau glaubte sie, ersticken zu müssen. Je mehr Bewerbungsgespräche sie führte, umso deutlicher formte sich in ihr die Erkenntnis, dass ihre Zeit als Chefsekretärin vorüber war. Sie kam sich etwas verloren vor, und nicht nur das war anders als früher. Sie konnte sich nicht daran erinnern, dass sie jemals, wenn sie ein Gebäude verließ, nicht sofort eine bestimmte Richtung eingeschlagen hätte, um den nächsten Punkt ihres Tagesplans zu erledigen. Die Leute, die an ihr vorübergingen oder -fuhren, sahen so überaus beschäftigt aus, sie schauten nicht nach links und nicht nach rechts und ihre Mienen schienen auszudrücken, dass sie sich schon auf die nächste Sache konzentrierten, obwohl sie noch gar nicht an dem Ort des Geschehens angekommen waren. Wenn man diese Menschen beobachtete, schien es, als wäre es der Höhepunkt der persönlichen Entwicklung, beschäftigt zu sein. War es das, was sie wollte?

War es ein Zufall, dass ausgerechnet in diesem Moment Dieter Kaufmann auf der anderen Straßenseite stand und nicht beschäftigt aussah?

Auch wenn sie ihm aus dem Weg gehen hätte wollen, war es jetzt zu spät. Er hatte sie erkannt und winkte ihr zu. Er wartete auf eine Lücke im Verkehrsgetriebe, um die Straße überqueren zu können.

Elke fragte sich, was sie an diesem Mann interessierte. Wenn er ihr früher auf der Straße begegnet wäre, hätte sie ihn glatt übersehen. Im Grunde war er farblos. Er sah weder besonders gut aus, noch war er auf andere Weise auffallend; nicht zu groß, nicht zu klein, nicht zu dick, nicht zu dünn, ein richtiger Durchschnittstyp. Doch wenn man mit ihm sprach, war gerade diese Durchschnittlichkeit attraktiv. Er war in kein Klischee einzuordnen und versuchte auch gar nicht, eines zu erfüllen. Darin war er anders als die meisten Männer. Er blieb sich in seiner Durchschnittlichkeit treu. ‚Ist das nicht ein Zeichen von starkem Selbstbewusstsein', fragte sich Elke, ‚wenn man sich traut, als Durchschnittsmensch durchs Leben zu kommen? Wenn man den Mut hat, so zu sein, wie man ist?'

Heftig winkend und lachend kam er auf sie zu.

„Hallo Elke! Ein schöner Zufall! Darf ich raten?" Er deutete auf das Gebäude, vor dem sie stand. „Du hast dich bei dieser Firma beworben?"

„Gut getippt! Wenn du mir jetzt noch sagen kannst, wie es gelaufen ist, bin ich schwer beeindruckt."

„Deinem Gesichtsausdruck nach zu urteilen, würde ich sagen, weder gut noch schlecht. Und selbst wenn es eindeutig gut gelaufen wäre, wüsstest du nicht, ob du zusagen sollst."

„Der Kandidat hat 100 Punkte! Ja, es stimmt. Ich weiß nicht einmal mehr, ob ich auch künftig Sekretärin sein will."

„Klingt – irgendwie – interessant. Gehen wir ein Stück zusammen? Ich habe heute frei."

„Gerne."

Da war es wieder: Dieses ganz natürliche Interesse eines Menschen, der nicht in erster Linie darauf bedacht ist, sich selbst in ein gutes Licht zu rücken. Seit ihrem ersten Date hatten sich Elke und Dieter noch zweimal verabredet und immer dachte Elke hinterher, dass ein weiteres Treffen lohnend wäre. Dieter schaffte es auf seine „harmlose" Art, die scheinbar frei von Hintergedanken war, ihre Zurückhaltung gegenüber Männern aufzugeben. Elke war fünf Jahre lang mit einem Mann liiert, doch nie konnte sie sich in dieser Zeit so frei äußern wie in den Gesprächen mit Dieter. Das Gefühl, sich in Gegenwart eines Mannes wohlzufühlen, war tatsächlich neu für sie. Entweder sie fürchtete, etwas Falsches zu sagen und die Partnerschaft damit zu zerstören, oder sie entlarvte das Reden ihres Partners als billige Fassade, hinter der das Triebhafte längst die Oberhand gewonnen hatte. Beide Varianten waren nicht geeignet, eine vertrauensvolle Basis für eine dauerhafte Beziehung herzustellen. Vielleicht war sie aber auch zu skeptisch geworden und, wie sie zugeben musste, auch zynisch und launisch. Ein Mann, der ihr Komplimente machte, erschien ihr schon suspekt. Dieter war diesbezüglich zurückhaltend. Und das gefiel ihr.

‚Wäre ein Zusammenleben mit Dieter möglich', fragte sie sich. ‚Freilich vermisse ich die Verliebtheit… Doch es könnte ja sein, dass Verliebtheit nur eine Einbildung ist, das Resultat eines biologisch bedingten Hormoncocktails, der nur eine begrenzte Zeit wirkt. Dann wäre eine Beziehung ohne Verliebtheit ehrlicher und wahrscheinlich auch dauerhafter. Wie soll man das herausfinden? Ach Elke! Du solltest nicht so viel denken!'

Sie gingen durch den frisch beschneiten Bürgerpark, der heute, an einem Werktag, kaum besucht wurde.

„Nun kommt doch tatsächlich die Sonne heraus!", freute sich Dieter. „Als hätten wir sie bestellt. Schau, wie der Schnee glitzert!"

„Wenn du das jetzt nicht gesagt hättest, wäre es mir wahrscheinlich gar nicht aufgefallen. Da siehst du, wie sehr es mich beschäftigt, dass ich keine Arbeit habe. Ich laufe durch die Gegend wie ein Zombie."

„Das verstehe ich. Das heißt, eigentlich fehlt mir das Verständnis dafür."

Elke schüttelte verwundert den Kopf. „Also was jetzt?"

„Ich bin Beamter. Ich habe mir noch nie ernsthaft Gedanken darüber gemacht, wie es ist, keine Arbeit zu haben."

„Dann erfährst du heute etwas Neues. Arbeitslos zu sein ist ein bisschen so, wie ausgestoßen zu sein. Du gehörst einfach nicht mehr dazu. Du gehst zum Beispiel in den Park und triffst entweder Mütter mit ihren Kindern oder alte Leute. Und auch zu denen gehörst du nicht."

Dieter hob den Zeigefinger. „Und Beamte! Aber zu denen gehörst du auch nicht."

„Eben!"

„Und... wenn du jetzt andere Arbeitslose treffen würdest? Die sind ja auch eine zahlenmäßig beachtliche Gruppe."

„Zu denen will ich nicht gehören. Ich werde wieder Arbeit finden, ganz sicher!"

„Klar doch! Denkst du darüber nach, was die Leute von dir denken?"

„Ja, auch. Obwohl das Unsinn ist. Trotzdem habe ich das Gefühl, man sieht es mir jetzt an, dass ich auf Kosten derer lebe, die heute nicht im Park spazieren gehen, sondern bis zum Abend in ihrem Büro sitzen müssen."

„Oder sich auf einer Baustelle den Arsch abfrieren müssen."

„Oder das, natürlich!"

„Ist schon komisch, dass es einem so schwerfällt zu akzeptieren, wenn es einem besser geht als anderen."

„So kann man es auch sehen." Elke dachte nach. „Du hast recht. Warum fühlt man sich immer irgendwie schuldig? Was stimmt mit uns nicht? Siehst du, ich habe heute schon viel gelernt. Als ob es jemandem nützen würde, wenn ich heute Trübsal blase! Bist du denn heute glücklich?"

Elke biss sich auf die Lippen. Diese Frage war, zwischen Mann und Frau gestellt, nicht nur verfänglich, sondern auch unfair. Welche Antwort man auch darauf gab, sie hinterließ immer einen faden Nachgeschmack. Doch nun war sie gestellt, und Dieter ließ sich mit der Antwort Zeit, die sich für Elke quälend lang anfühlte.

„Ich habe tatsächlich allen Grund, glücklich zu sein", sagte Dieter schließlich. „Ich bin gesund, leide keine Not und bin mit einer charmanten Begleitung im Park."

„Danke! Das hast du nett gesagt. War ja auch eine dumme Frage."

„Nein, warum dumm? Die Frage sollte man sich immer wieder stellen. Wenn ich zurückblicke, muss ich sagen, dass ich fast mein ganzes Leben lang Grund genug hatte, glücklich zu sein. Ich habe es nur nicht so wahrgenommen. Ich dachte immer, man muss bestimmte Dinge tun, um glücklich zu sein. Das Unglück stellte sich immer nur dann ein, wenn ich mehr wollte als ich hatte; Erfolg auf der Theaterbühne zum Beispiel."

„Warum wolltest du das denn?"

„Ich war irgendwann mal in einer Theateraufführung. Da ist mir aufgefallen, wie sehr die Darsteller bejubelt wurden. Sie waren richtige Stars. Leute, die sich von anderen abhoben, die mit ihrer Kunst Frauen zum Weinen brachten oder zum Lachen. Da war mir klar, dass ich das auch wollte. Ich dachte mir, das kann doch nicht so schwer sein."

„Und so hast du dich einer Laiengruppe angeschlossen. Warum nicht professionell?"

„Davon leben zu müssen ist etwas anderes, als es zum Spaß zu machen. Obwohl..."

„Was?"

„Eigentlich macht es mir keinen Spaß."

„Also wie jetzt? Du entscheidest dich, etwas zu machen, weil es dir gefällt, doch dann gefällt es dir doch nicht?"

„Blöd, nicht wahr? Ich war halt naiv. Hab mir vorgestellt, das Theaterspielen besteht nur aus dem Schlussapplaus."

„Du hast Profis gesehen, die dich mit ihrer Kunst beeindruckt haben. Sie haben eine Seite in dir zum Schwingen gebracht, die mit angenehmen Gefühlen verbunden ist. Nach diesen Gefühlen hast du dich gesehnt. Du hast geglaubt, du kannst sie selbst in dir hervorrufen, wenn du auch auf die Bühne gehst."

„Ja. So wird es gewesen sein. Klingt nicht sehr weise."

„Um weise zu werden, muss man erst erfahren, wie es ist, nicht weise zu sein."

„Ist das von dir?"

„Ist mir gerade in den Sinn gekommen."

„Schön. Weise."

Elke musste lachen und steckte Dieter damit an.

„Wahrscheinlich", sagte Dieter, „hätten wir viel mehr Spaß am Leben, wenn nicht alles so ernst nehmen würden."

„Ich vermute, das ist eine menschliche Unart, die wir nur sehr schwer ablegen können."

Inzwischen waren sie den Rundweg durch den Park bis zum Ende gegangen. Als hätten sie es abgesprochen, setzten sie die Runde fort. Ihre Unterhaltung hätte einen schönen Abschluss gefunden, doch irgendetwas trieb sie dazu, den Pfad der Harmonie zu verlassen.

Nach längerem Schweigen setzte Dieter das Gespräch wieder fort.

„Die Buddhisten sagen ja, wir sind glücklich, wenn wir aufhören, etwas zu wollen."

„Aber wenn wir aufhören, etwas zu wollen, fehlt uns dann nicht jeglicher Antrieb zum Leben?"

„Das ist wohl so... ja, das glaube ich auch. Ich könnte kaum so leben, ohne den Wunsch nach mehr."

„Und warum bist du dann Beamter geworden? – Entschuldige! Das war jetzt gemein. Vergiss die Frage, bitte!"

„Haha! Du hast Angst, ich könnte beleidigt sein, weil du meine Beamtenehre verletzt hast? Ach was! Ich werde dir sagen, warum ich Beamter geworden bin. Ich habe eingesehen, dass man Geld braucht, um in dieser Welt überleben zu können. Und eine der bequemsten Arten, um zu Geld zu kommen, ist es nun mal, Beamter zu sein. Ich will nicht behaupten, dass ich nicht auch so richtig stressige Tage erlebe, aber Existenzsorgen sind mir weitgehend fremd. So kann ich nach Dienstschluss auch mal unsinnigen Gedanken nachhängen."

„Danke für die ehrliche Stellungnahme! Trotzdem nehme ich es dir nicht ab, dass dich nur das Bedürfnis nach Geld antreibt."

„Geld allein ist es natürlich nicht. Ich glaube, es sind meine Träume."

Elke sah ihn fasziniert an. Irgendwie hatte sie geglaubt, ein Beamter sei Beamter mit Leib und Seele. Dass so einer auch Träume hatte, kam ihr unwirklich vor.

„Und... welche Träume sind das so?"

Dieter zuckte mit den Achseln.

„Träume von einem anderen Leben. Von einem Leben, wie man es führen würde, wenn man nichts auf der Welt fürchtet. Wenn man wüsste, dass man nie scheitern kann. Verstehst du, was ich meine?"

Elke nickte und war fasziniert von diesem durchschnittlichen Mann. Offenbar musste man ihn nur aus der Reserve kitzeln und er begann über Weltsichten zu philosophieren, die man eher einem Künstler als einem Beamten zugetraut hätte. Sie musste sich an die eigene Nase fassen. Wie sah denn ihre Welt bisher aus? Ihr wichtigster Gesprächspartner in den letzten Jahren war ihr Chef, Fritz Bremer. Doch worüber drehten sich diese Gespräche? Über Gewinnerwartungen, über den Zustand der Weltwirtschaft, über Mobbing, Privatfehden im Unternehmen, Aktienkurse und Luxusurlaube. Nach jeder dieser Unterhaltungen fühlte sie sich, als wäre ihr Leben ein Spießrutenlauf, bei dem man Schläge einstecken musste, um weiter zu kommen als die Gegner.

„Sicher kannst du mir auch sagen, wie du dir dieses Leben vorstellst."

Dieter zögerte mit seiner Antwort. Verlegen sah er zu Boden.

„Du musst es mir nicht sagen. Ich dachte nur…"

„Nein, schon gut. Weißt du, es sind keine großen Ideen, eher so Bilder, die immer wieder auftauchen."

„Ich würde deine Bilder gerne sehen."

„Naja – da kommt zum Beispiel immer wieder eine Hütte vor, eine Hütte an einem See mitten im Wald. Oder auch ein gemütliches Holzhaus, bunt bemalt, die Sonne scheint und da wohne ich dann mit Familie oder guten Freunden…"

„So wie bei ‚Unsere kleine Farm'?"

„Ja, genau! Irgendwo, wo es viel Land gibt, bis zum Horizont nur Felder, Wiesen und Wälder, und wo du weit und breit der einzige Mensch bist. Nordamerika oder so. Tiere dürfen natürlich auch dabei sein."

„Klingt schön! Was noch?"

„Lach mich bitte nicht aus!"

„Nein!"

„Doch! Du wirst mich auslachen!"

„Mach ich nicht! Versprochen!"

„Na gut. Ich möchte manchmal so sein wie der ‚Bergdoktor‘. Du kennst den ‚Bergdoktor‘?"

„Diese Fernsehserie? Ja. Ein wenig…"

„Etwas richtig gut zu können und mit ganzer Leidenschaft auszuüben, so wie eben der ‚Bergdoktor‘, das möchte ich. Das Gefühl haben, wichtig zu sein und gleichzeitig zu lieben, was man tut."

„Aber das ist nur ein fiktiver Charakter. So jemanden gibt es nicht."

„So jemanden gibt es nicht – so reden alle Leute. Aber es ist auch völlig egal! Wenn ich es mir vorstellen kann, muss es auch möglich sein, oder nicht?"

„Jetzt bist du beleidigt, hm? Weil ich es dir verdorben habe."

„Was heißt hier beleidigt? Du hast mich gefragt, wovon ich träume, und ich habe es dir gesagt. Tut mir leid, dass du damit nichts anfangen kannst."

„Doch, du bist beleidigt. Ich habe doch gar nicht gesagt, dass ich damit nichts anfangen kann."

„Musst du auch gar nicht. Ich hab schon verstanden! Wer von einer kitschigen Fernsehserie träumt, wird nicht ernst genommen. So was machen doch nur total naive Leute. Aber ich sag dir was: Besser, von einer erfundenen Welt zu träumen als über die Wirklichkeit zu jammern."

„Ich jammere doch gar nicht. Habe ich heute einmal gejammert?"

„Du würdest aber gerne. Weil du keinen Job hast und nicht weißt, wohin deine Reise geht. Das nervt dich gewaltig, gib's zu!"

„Im Augenblick bist du es, der mich nervt. Du unterstellst mir Dinge, die völlig aus der Luft gegriffen sind."

„Das sehe ich anders. Aber egal – ich muss jetzt sowieso weiter."

„Ich dachte, du hast Urlaub."

„Na und? Das heißt ja nicht, dass ich nichts zu tun habe."

„Serien kucken?"

Dieter enthielt sich eines Kommentars und ging weg, ohne sich umzusehen.

Elke stand wie erstarrt. Sie war im Augenblick unfähig, sich zu bewegen. Wie konnte das jetzt passieren? Was hatte sie falsch gemacht? Sie verstand nicht, wie jemand so empfindlich reagieren konnte, nur weil man schlecht von einer Fernsehserie gesprochen hatte. Das war in ihren Augen einfach nur unreif. Sie fühlte sich mit einem Schlag entsetzlich müde und ließ sich auf der nächsten Parkbank nieder.

‚Naja', dachte sie. ‚Hab ich mich eben in ihm getäuscht. Ist ja auch gar nicht so wichtig. Ich sollte mich jetzt lieber um einen Job kümmern, anstatt von einer kleinen Farm zu träumen.'

Für einen Moment ertappte sie sich dabei, bei der Idee von einer Farm zu lächeln. Doch sie ließ es gar nicht erst zu, dass weitere Bilder dieser Art in ihrem Kopf auftauchten. Sie hatte gelernt, ihre Gedanken zu kontrollieren. Sie war sich sicher, dass sie nur dank ihrer Disziplin verhindert hatte, ein seelisches Wrack zu werden. Zum Teufel mit den Männern, die sie mit schönen Worten einlullen wollten, um sie dann so zu manipulieren, wie es ihnen gefiel! Mit dem Gedanken an ihr kürzliches Vorstellungsgespräch drückte sie alles unter die Oberfläche, was gefährlich erschien. Sie, Elke Meister, die Chefsekretärin, eine Farmerin! Was für ein ausgemachter Unsinn!

Wer solche inneren Kämpfe austrägt, vergisst meistens zwei Dinge: Erstens, dass er von Menschen umgeben ist, auch wenn er diese gerade komplett ausblendet, zweitens, dass sich seine Anstrengung auf dem Gesicht abzeichnet. So geschah es, dass Elke für eine andere Person ein offenes Buch war.

„Elke! Hallo!?" Olga bewegte ihre offene Hand vor Elkes Gesicht hin und her. „Jemand zu Hause?"

Jetzt erst bemerkte Elke, dass Olga schon länger neben ihr gestanden hatte.

„Ach, du bist es!" Das klang unfreundlicher als beabsichtigt. „Entschuldige, ich war gerade in Gedanken."

„Das habe ich gemerkt. So ernst? Man könnte glauben, du planst gerade einen Mord."

Elke versuchte zu lachen.

„Nein. So weit ist es noch nicht. Ich... äh... hatte gerade ein Vorstellungsgespräch; ist nicht so gut gelaufen."

„Aha! Und wer war der Typ, mit dem du dich gestritten hast?"

„Du hast das gesehen? Hast du uns belauscht?"

„Es ging nicht anders. Ich saß die ganze Zeit über auf der Bank gegenüber. Also?"

„Das war ein Bekannter. Es war auch gar kein richtiger Streit. Mehr eine Meinungsverschiedenheit."

„Und worum ging es dabei?"

„Na hör' mal! Du bist doch sonst nicht so an meinen Angelegenheiten interessiert."

„Aber hallo! Wenn es um Beziehungskram geht, bin ich ganz Ohr."

Demonstrativ setzte sie sich neben Elke auf die Parkbank.

„Dann würde ich vorschlagen, du erzählst mir erst einmal, was zwischen dir und diesem Angeber aus dem Rosenheimer Hof läuft."

„Das wollte ich dir sowieso ganz dringend erzählen. Ich sag dir! Es ist der Wahnsinn! Ich habe noch nie einen Menschen mit so viel Enthusiasmus kennengelernt. Rück' mal zur Seite, das muss ich dir erzählen. Also! Du weißt doch noch, dass du mir geraten hast, alles zu tun, was mich glücklich macht."

„Hab ich das?"

„Und ob! Dieser Angeber, wie du ihn nennst, Linus, er hat etwas an sich, worauf ich total stehe. So einer steht immer da, wo das Leben pulsiert, wo ich auch sein will. Neben Horst bin ich ein unbedeutender Statist, ruhiggestellt, und das werde ich immer sein. Solange ich ihn bei seinen Angelegenheiten nicht störe, werde ich geduldet. Linus hat mir gezeigt, dass es nichts bringt, zu warten, bis das Leben zu dir kommt, du musst dir nehmen, was du willst! Und da habe ich mir gesagt: ‚Den stellst du jetzt deinem Mann vor und wartest ab, wie er darauf reagiert.' Vielleicht, habe ich mir gedacht, ist das mit der offenen Beziehung gar keine schlechte Idee. Was soll ich sagen? Die beiden haben sich auf Anhieb verstanden. Und nun halt dich fest! Es ist noch nicht hundertprozentig sicher, aber so wie es aussieht, fahren wir im Sommer nach Kanada!"

In ihrer Begeisterung packte Olga ihre Freundin an den Schultern und schüttelte sie ordentlich durch.

„Ist das nicht der Wahnsinn!?"

„Das ist jetzt ein Scherz, oder?"

„Seh ich so aus, als würde ich scherzen?"

„Olga! Du kennst den Typen doch erst seit ein paar Wochen. Er könnte ein Betrüger sein."

„Ich glaube, du hast von Linus einen ganz falschen Eindruck. Du, der hat echt was auf dem Kasten. Wenn es anders wäre, hätte Horst doch gar nicht mit dem geredet. Die waren zwei Stunden in seinem Büro! Mein Mann würde das doch sofort merken, wenn der Linus nur ein Aufschneider wäre."

„Dein Wort in Gottes Ohr! Aber komisch ist das jetzt schon."

„Was ist bitte daran komisch?"

„Du wolltest doch ursprünglich wissen, worüber ich mit meinem Bekannten vorhin gesprochen habe."

„Jaja! Genau!"

„Er hat mir von – naja, von seinen Träumen erzählt. Und da kam eine Hütte im Wald vor oder eine Farm irgendwo in Nordamerika."

„Wirklich!? Das ist doch – phantastisch! Denkst du auch, was ich denke? Wir beide in Kanada?"

„Das ist ja nur so ein Hirngespinst; **sein** Hirngespinst! Ich bin da außen vor."

„Hmm… Was ist das überhaupt für ein Typ? Kann man dem trauen?"

‚Du hast es nötig, so etwas zu fragen', dachte Elke.

„Der ist durch und durch solide. Ein Beamter. Scheint aber noch was vom Leben zu wollen."

„Und nun? Wo ist das Problem?"

„Ich weiß auch nicht. Ich habe für einen Moment überlegt, ob sein Traum auch meiner sein könnte. Je länger ich aber darüber nachdenke – "

„Elke! Denk nicht so viel! Das ist ein Zeichen! Hab ich nicht erst neulich gesagt, dass du dir eine Auszeit gönnen solltest? Glaubst du, es ist Zufall, dass du keinen Job findest? Du willst doch in Wahrheit etwas ganz anderes als in einem Büro sitzen, bis du alt und grau bist. Siehst du das denn nicht? Überleg' doch mal! Wir fünf gemeinsam in Kanada! Linus, Horst, dein Typ und wir beide – das wäre doch der absolute Burner!"

„Nun komm mal wieder runter, Olga! Erstens ist das noch gar nicht spruchreif, wie du selber gesagt hast, und zweitens habe ich mich mit dem Typ, der übrigens Dieter heißt, gestritten."

„Aha. Ich dachte, das war nur eine Meinungsverschiedenheit."

„Wie auch immer. Ich kann mich für Sachen, die noch nicht einmal geplant sind, nicht so Hals über Kopf begeistern wie du."

„Warum nicht? Ich habe mal irgendwo gelesen, ein Mensch, der keine Leidenschaft mehr entwickeln kann, ist im Grunde schon tot."

„Ich danke recht schön! Wahrscheinlich kennt dein Linus auch zufällig einen günstigen Bestatter."

„Och, Elke… Jetzt schmoll doch nicht gleich. Denk einfach mal darüber nach, hm? Ganz entspannt, ohne Druck. Und dann versöhnst du dich wieder mit deinem Dieter und dann schaut die Welt gleich anders aus, wetten?"

„Ja, aber bis es so weit ist, bis ich mich zu einer Entscheidung durchringe, ist deine Euphorie möglicherweise verflogen, du bist mit Horst zerkracht, Linus entpuppt sich als Arsch und du bist ein Häuflein Elend."

„Du bist gemein! Ich wollte dich doch nur aufheitern."

„Entschuldige! Ich hab das nicht so gemeint. Scheint, ich kann heute nicht mit Menschen. Sei mir nicht böse! Ich werde drüber nachdenken, versprochen!"

„Mehr wollte ich doch gar nicht von dir hören! Bist doch meine Liebe! Komm! Lass uns noch ein bisschen gehen. Heute ist so ein schöner Tag."

Sie legte den Arm um Elke und zog sie von der Bank hoch. Elke war noch nie der Typ, der diese berührungsintensiven Umgangsformen schätzte, aber dieses Mal musste sie zugeben, dass es ihr sehr gut tat.

„Haben Sie gut geschlafen?", fragte Fred freundlich und versuchte, möglichst frisch zu wirken. Die kurze Nacht und der Tee mit Whisky bewirkten eine ungewohnte Veränderung seiner Stimme, die ihn selbst vermutlich mehr störte als die japanischen Gäste. Um sechs Uhr hatte er wie üblich eine halbe Stunde meditiert, danach ging es ihm etwas besser. Die damit verbundene Anregung der Blutzirkulation befreite das Bindegewebe wenigstens teilweise von Schlackenstoffen. Er wusste Bescheid, was alles in einem Körper passiert, wenn der Schlaf fehlt und die Leber zusätzlich Alkohol entsorgen muss. ,War eine Ausnahmesituation', sagte er zu sich selbst. ,Wird so bald nicht mehr vorkommen.'

„Schönes Wetter heute!", plauderte er mit seinen Gästen weiter. „Wenn Sie bei so einem klaren Himmel ins Küstengebirge fahren, werden Sie einen traumhaften Ausblick auf den Pazifik erleben. Aber Sie sollten sich beeilen. Wenn Sie die Sonne im Rücken haben, können Sie die besten Fotos schießen."

Er zeigte ihnen den Weg auf der Straßenkarte und markierte die Orte, an denen es sich lohnte, anzuhalten und Fotos zu schießen. Nicht immer machte er sich die Mühe, sich in die Reisepläne der Gäste einzumischen, aber bei diesem Pärchen schien es ihm angebracht. Gerade bei neuen Gästen war das Frühstück eine Visitenkarte für sein Motel, das galt sowohl für das Speisenangebot als auch für sein Verhalten. Manche schätzten es gar nicht, während des Frühstücks angesprochen zu werden, andere wiederum empfanden es als unfreundlich, wenn sich der Gastgeber nicht blicken ließ. Seine Meditationspraxis half ihm sehr, den jeweiligen Typus zu erkennen.

Die Japaner waren an seinen Vorschlägen überaus interessiert, sodass es schon nach zehn Uhr war, ehe sie mit ihrem Wagen in Richtung Westen losfuhren. Fred hatte sich für den Vormittag noch etwas vorgenommen. Er räumte die Lebensmittel in den Kühlschrank und das Geschirr in die Spülmaschine und wischte die Tische sauber. Im Zimmer der Japaner schüttelte er die Betten auf und saugte kurz durch. Dann packte er Thedores PC in seinen alten Pickup und fuhr nach *Old Hazelton*.

Es war sonnig, aber auch eisig kalt. Das Thermometer zeigte 15 Grad Celsius unter null an. Die Luft in dem kleinen Ort war genauso neblig wie über dem *Skeena River*, was an dem kondensierten Feinstaub aus den Auspuffanlagen der Autos lag. Das war einer der Gründe, warum Fred ungern mit dem Auto fuhr. Als er aus Deutschland hierherkam, war er so naiv, zu glauben, er könne ohne Auto zurechtkommen. Doch das funktionierte nicht. Der Lebensmittel-Store in *Hazelton* hatte keine frische Ware und auch sonst nur die nötigsten Dinge, aber Fred wollte seine Gäste nicht mit Fastfood abspeisen. Frisches Obst und Gemüse gehörten für ihn zur Standardversorgung. Dabei versorgte er sich im Sommer und Herbst mit Produkten der *Gitxsan*, die noch Landwirtschaft betrieben. Außerdem bot er seinen Gästen eine Rundum-Betreuung an, was bedeutete, dass er zur Stelle sein musste, wenn sie auf schnelle Hilfe angewiesen waren, etwa wenn sie eine Panne hatten, sich verlaufen hatten oder einen Arzt brauchten. Ohne ein Auto war das nicht machbar. Fred tröstete sein schlechtes Gewissen mit dem Vorsatz, seine Autofahrten auf das unbedingt notwendige Maß zu beschränken.

Am Tourismus-Büro, einem Neubau mit viel Glas und Beton, hielt er an und fragte nach Frank Smith, Theodores Cousin, wie er inzwischen wusste. Ein anderer Mitarbeiter sagte ihm, er sei eben im Lager, um Prospektmaterial zu holen.

„Ich warte hier inzwischen", sagte Fred, froh, sich im Tourismusbüro ein wenig aufwärmen zu können. Er schaute sich in der Empfangshalle ziellos um, bis sein Blick an einer Pinwand mit Werbeanzeigen hängenblieb. Hatte er richtig gesehen? Er ging darauf zu und las noch einmal. Tatsächlich! Der Name war ihm die ganze Nacht hindurch nicht mehr aus dem Sinn gegangen: Bob Forrester.

„Guten Morgen, mein Freund! Was kann ich für dich tun?"

Frank Smith klopfte Fred wohlwollend auf die Schulter, wobei er sich strecken musste, weil ihn dieser mit seinen eins neunzig deutlich überragte. Er selbst war von untersetzter Statur und bereits über fünfzig, aber er bewegte sich immer noch geschmeidiger als die meisten der „Weißen". ‚Ein Hansdampf in allen Gassen – so hätte man einen Menschen wie Frank in Deutschland genannt', dachte Fred. ‚Er taucht überall auf und kann in allen Lebenslagen helfen, ja, er ist ein Vorbild für mich.' Frank hatte sein langes graues Haar in der Tradition der *Gitxsan* zu einem Pferdeschwanz zusammengebunden, die schmalen Augen in seinem markanten, breiten Gesicht mit dem kupferfarbenen Teint waren pure Freundlichkeit.

„Guten Morgen, mein Freund! Da bist du ja! Sag mal... Ich habe hier zufällig diese Anzeige entdeckt; kennst du diesen Bob Forrester, Real Estate, aus *Prince George*?"

„Ich habe ihn nie persönlich getroffen. Es kam immer einer seiner Angestellten, um sein Werbematerial abzugeben.

Scheint ein hohes Tier zu sein, wenn er nicht persönlich kommt."

„Das denke ich auch. Aber aus diesem Grund bin ich nicht hier. Hast du einen Moment? Ich habe etwas Interessantes in meinem Wagen."

„Na, dann hol es her!"

„Geht nicht. Du musst mit rauskommen."

Frank verkniff das Gesicht.

„In meinem Wagen ist es warm. Komm!"

Als die beiden in Freds Pickup saßen, deutete Fred auf den PC auf dem Rücksitz.

„Was ist damit?"

„Dieses seltene Exemplar gehört deinem Cousin Theodore."

„Ja! Jetzt erinnere ich mich! Ich kenne mich mit diesen Dingern nicht gut aus, darum habe ich ihn zu dir geschickt. Konntest du ihn reparieren?"

„Das ist ja das Interessante. Ich konnte keinen Fehler entdecken."

Fred versuchte, in Franks Gesicht zu lesen. Wieviel wusste er von dem Inhalt der Daten auf dem Rechner?

„Das ist doch immer so mit diesen Geräten. Vorführeffekt! Wenn du jemandem den Fehler zeigen willst, funktionieren sie immer einwandfrei."

„Hast du ihn dir auch schon angesehen?", fragte Fred wie beiläufig.

„Nein. Von so etwas lasse ich lieber die Finger. Wenn ich daran herummurkse, ist am Ende mehr kaputt als zuvor."

Franks Gesicht sah ehrlich aus. Fred glaubte ihm.

„Das Problem dabei ist nämlich nicht der PC, sondern das, was darauf gespeichert ist."

„Fred! Ich bin ein alter Mann, der von EDV und solchen Sachen keine Ahnung hat. Du musst schon klar aussprechen, was du von mir willst."

„Na gut. Auf diesem PC sind Pläne von einer touristischen Erschließung *Hazeltons*. Und damit meine ich nicht nur ein Hotel hier und eine Seilbahn da, sondern ein Wellness- und Freizeitzentrum auf höchstem Niveau. Ich werde noch deutlicher. Wenn diese Pläne durchgesetzt werden, war es das mit der *Gitxsan*-Kultur."

Frank runzelte die Stirn. „Von solchen Plänen war schon einmal die Rede, letztes Jahr. Sicher kannst du dich noch an diesen Deutschen erinnern. Linus hieß er. Der ist überall im Dorf herumgegangen und hat den Leuten den Floh von einer besseren Zukunft ins Ohr gesetzt. Bis er es zu bunt getrieben hat und ihn keiner mehr hier haben wollte."

„Ja! Jetzt, wo du es sagst... War aber nur heiße Luft, soweit ich mich erinnern kann."

„Nicht für alle. Theo hatte ihm ein Zimmer vermietet. Er hat immer davon geredet, dass er sein Land für einen guten Preis verkaufen könnte."

„Tatsächlich? Hmm… Vielleicht war Theo in die Pläne eingeweiht. Das würde erklären, wie die Daten auf den PC deines Cousins kamen. Aber interessant wäre es schon, ob diese Pläne nun *ad acta* gelegt sind oder noch weiterverfolgt werden.“

„Ich habe nicht die geringste Ahnung. Ich denke, wir sollten Theo fragen.“

Dominik Westerstedt bekam selten Besuch, und das war ihm nur recht. In der Einrichtung, die ihn vor fünf Jahren aufgenommen hatte, fühlte er sich sicher. Jeder kannte ihn, niemand erwartete etwas von ihm. Er brauchte sich um nichts zu kümmern, das Essen war zwar eintönig, aber nicht ungesund, es gab Unterhaltungsprogramme, an denen er teilnehmen konnte oder nicht, ganz, wie es ihm beliebte. Er erhielt regelmäßig seine Computerfachzeitschrift und hatte genügend Zeit und Papier, um sich zu notieren, wonach ihm der Sinn stand. Natürlich wusste er, dass er diesen Sonderstatus nicht bis an sein Lebensende behalten konnte; Ziel der Einrichtung war es, ihm so bald wie möglich ein Leben in Selbstverantwortung zu ermöglichen. Ab und zu redete sein Betreuer mit ihm, ob er sich denn bereit fühle, eine eigene Wohnung zu beziehen.

„Dominik, ich habe das Gefühl, dass es dir inzwischen sehr gut geht. Oder täusche ich mich?"

„Nein, du täuschst dich nicht. Mir gefällt es hier."

„Das ist schön. Trotzdem kannst du nicht immer hier bleiben, denn es gibt viele wie dich, die unsere Hilfe brauchen. Es gibt da eine Warteliste, wir haben nun mal nicht unbegrenzt Platz. Darum müssen wir immer wieder Bewohner entlassen. Das verstehst du, ja?"

„Ich muss hier raus."

„Macht dir das Angst?"

„Ich weiß nicht. Es kommt darauf an."

„Worauf?"

„Ob ich in Ruhe gelassen werde."

„Ich weiß, was du meinst. Könntest du dir vorstellen, dass du nur die Leute in dein Leben lässt, die du da drin haben willst?"

Dominik schwieg lange. Dann sagte er: „Das ist eine schöne Idee."

Dominik sprach immer schon langsam und bedächtig. Man hätte als Außenstehender glauben können, dass er einfach eine gewisse Zeit brauchte, um einen Satz zu verstehen und eine Antwort zu formulieren, weil er etwas langsam im Kopf sei. Aber es verhielt sich anders. Dominik hatte sich angewöhnt, nicht mehr als unbedingt nötig zu reden, weil er die Erfahrung gemacht hatte, dass durch vieles Reden nur Missverständnisse entstanden. Als Jugendlicher hatte er geglaubt, dass man jedem Menschen alles erklären könnte, wenn man es nur geschickt genug anstellte. Sein Problem war, dass er immer irgendwelche Ideen in seinem Kopf hatte; er musste sich nicht darum bemühen, sie fielen ihm einfach zu. Die Schwierigkeiten ergaben sich daraus, dass nur Wenige sie hören wollten und noch Weniger sie verstanden. In seinem Bemühen, sich für alle verständlich auszudrücken, übersah Dominik, dass mathematisch-logisches Denken für die meisten Leute ein Buch mit sieben Siegeln war. In seinem verzweifelten Bemühen versuchte Dominik, in Analogien zu sprechen; die Folge davon war, dass ihn niemand mehr verstand. Es tat ihm weh, feststellen zu müssen, dass sich die Leute wiederum nicht im Geringsten bemühten, ihn zu verstehen. Sogar seine Eltern betrachteten ihn als „nicht ganz richtig im Kopf". Er musste das selbst mitanhören, als seine Tante zu Besuch war. Er hatte durch die Tür gelauscht und mitbekommen, wie über ihn als Problemkind gesprochen wurde. Ausgerechnet seine

Tante, diese bigotte Jungfer, die hinter allem und jedem den Teufel sah! Aber ihr hatte man geglaubt! Seine Eltern hatten nicht einmal widersprochen! Dominik spürte von da an immer deutlicher, dass es seinen Eltern unangenehm war, mit ihm zu reden, was auf Gegenseitigkeit beruhte, da er selbst nicht mehr wusste, wie er sich ausdrücken sollte, um als normal zu gelten. In der Folge vermieden es seine Eltern sogar, ihn zu berühren. Obwohl er das Abitur mit einer eins vor dem Komma abschloss, wurde es für Dominik offensichtlich, dass seine Eltern eigentlich gar keinen Kontakt mehr zu ihm haben wollten. Wenn es sich nicht umgehen ließ, mit ihm zu kommunizieren, schickten sei seinen kleinen Bruder vor. Linus war der Einzige, der keine Scheu hatte, sich mit ihm abzugeben.

Auch später, an der Uni, war Dominik schnell in den Ruf eines verqueren Genies geraten. Ohne zu wissen, warum, wurde er in wenigen Wochen aus allen Gemeinschaften gedrängt. Es wollte einfach niemand etwas mit ihm zu tun haben. Das tat ihm weh. So blieb es nicht aus, dass er sich selbst fragte, ob nicht doch von einem Dämon besetzt war.

Als er wieder einmal den Mut aufbrachte, seine Mutter zu fragen, ob sie sich das vorstellen konnte und ob sie wüsste, was man gegen einen Dämon tun könnte, brachten sie ihn zu einem Psychologen, der ihm starke Medikamente verschrieb, die ihn sehr schläfrig machten. Irgendwann wachte er aus einem langen Schlaf auf und fand sich in einer Einrichtung wieder, in der alle Menschen freundlich zu ihm waren und vorgaben, ihn bestens zu verstehen. Dominik begriff schnell, dass sie nicht mehr von ihm wussten als die Menschen außerhalb der Einrichtung und er arrangierte sich mit diesem Zustand. Sobald er aufgehört hatte, jemand sein zu wollen, der den anderen gefiel, fiel eine große Last von ihm ab. Er durfte die Einrichtung wieder verlassen und setzte das Studium fort; wie gewohnt, erhielt er fast immer Bestnoten. Dadurch wurde er seinen Eltern noch unheimlicher. Nach dem Abschluss fand er einen Job als Programmierer. Das war genau das Richtige für ihn. Er durfte in Ruhe seine Arbeit tun und war zufrieden.

Doch dann kam dieses Mädchen in sein Büro, die es darauf anlegte, den ‚komischen Typen' zu verführen. Er dachte, sie mag ihn wirklich, doch als er versuchte, sie zu küssen, fing sie an zu schreien. Sie behauptete, er wollte sie vergewaltigen. Kurz darauf befand er sich wieder in einer Einrichtung. Seine Versuche, seine Unschuld zu beweisen, stießen auf taube Ohren. Und wieder hatte Dominik eine wichtige Lektion gelernt. Er sah er ein, dass es klüger war, diese Leute glauben zu lassen, dass sie alles über ihn wussten. So hatte er seinen Frieden. Doch dieser Friede war trügerisch. Je unauffälliger er sich verhielt, umso öfter wurde sein Frieden gestört. Es war heute nicht das erste Mal, dass man ihm androhte, dass er nun so weit sei, auf eigenen Beinen zu stehen. Was sollte er dazu sagen? Seine Meinung zählte nicht. Die Betreuer waren Fachleute für Menschen wie ihn und wussten, was das Beste für ihn war. Der Mann, der ihn dieses Mal besuchte, war ein „hohes Tier", jemand, der viel zu sagen hatte.

„Mach dich mit dieser Idee vertraut. Es wird Zeit zu gehen. Du bist jetzt schon doppelt so lange bei uns, wie es offiziell erlaubt ist."

„Es geht nicht noch ein bisschen?"

Dominik fiel auf, dass sich seine Stirn mit einem Mal eiskalt anfühlte.

„Es gab schon viele Bisschen, Dominik. Die Bisschen haben wir schon überstrapaziert."

„Und wohin soll ich gehen?"

„Ich habe eine gute Nachricht für dich! Dein Bruder ist hier. Er wird sich jetzt um dich kümmern."

Dominik war erst einmal erleichtert. Mit seinem Bruder kam er klar. Schlimmer wäre es gewesen, wenn seine Mutter oder gar sein Vater gekommen wären, um ihn abzuholen. Dann hätte er wieder einen Anfall vortäuschen müssen wie beim letzten Mal.

„Gut," sagte er nur.

„Dann würde ich sagen, du packst alles zusammen, was du brauchst. Inzwischen regle ich mit deinem Bruder die Formalitäten."

„Gut."

Linus hatte nicht den Mut und vielleicht auch nicht die Strenge, um seinem Bruder beizubringen, dass seine Zeit als Betreuer zu Ende war. Daher hatte er den Leiter der Anstalt gebeten, mit ihm zu reden.

Er erinnerte sich an jene Situation, als Dominik das letzte Mal als gesund beurteilt wurde und wieder in sein Elternhaus zurückkehren musste. Nicht, dass er einen Wutanfall oder einen Schreikrampf bekommen hätte, nein, er sagte gar nichts mehr und begann zu zittern. Er – Linus – dachte, das wäre ein vorübergehendes Symptom, das sich nach einer Stunde auflösen würde, aber er täuschte sich. Es war schrecklich, jedes Mal, wenn er seinen Bruder besuchte, diese zittrigen Hände beobachten zu müssen. Leute setzten das Gerücht in die Welt, er sei ein Drogensüchtiger auf Entzug und niemand wollte etwas mit ihm zu tun haben. Er sprach mit seinen Ärzten, doch die verwiesen nur auf die Tranquilizer, die er weiter nehmen sollte, dafür hatten sie sie ihm verschrieben.

Entsprechend angespannt hatte Linus auf dem Stuhl vor dem Büro des Anstaltsleiters gewartet. Sollte Dominik heute erneut in diesem zerrütteten Zustand erscheinen, würde er alle Hebel in Bewegung setzen, um den Heimaufenthalt zu verlängern. Er würde es nicht ertragen, hilflos zuzusehen, wie sein Bruder Schritt für Schritt vor die Hunde ging. Dann erschien der Anstaltsleiter und sagte:

„Er hat es akzeptiert. Sie können jetzt zu ihm."

Wenig später stand sein Bruder in der Tür zu dem winzigen Zimmer, das er – mit Unterbrechungen – fünf Jahre lang bewohnt hatte.

„Hallo Dominik."

„Hallo Linus."

„Alles klar?"

„Ja."

Linus jubelte innerlich. Sein Bruder schien ruhig und ausgeglichen.

„Können wir? Musst du dich noch bei jemandem verabschieden?"

Dominik schüttelte den Kopf und nahm seinen einzigen Koffer.

„Wohin gehen wir?", fragte er, als sie unten auf dem Gehweg standen.

„Zu meinem Auto. Ich wollte nicht direkt vor dem Eingang parken; hätte einen falschen Eindruck erwecken können."

Als Linus per Fernbedienung die Tür eines silbergrauen Porsche Cayenne öffnete, ahnte Dominik, was er mit seiner Bemerkung gemeint hatte.

„Es könnte so aussehen, als würde ein Millionär seinen Bruder in ein Heim stecken, verstehst du?", fragte Linus.

Schweigend stiegen sie in Linus' Auto.

„Wohin fahren wir?", fragte Dominik.

„Ich habe dir eine Wohnung besorgt, die du dir mit staatlicher Unterstützung leisten kannst. Ist das okay für dich?"

„Ich musste früher oder später hier raus. Danke."

„Bitte."

„Wo ist die Wohnung?"

„In einem renovierten Mehrfamilienhaus in der Altstadt, also sehr weit weg von den Alten."

„Passt."

„Dachte ich mir."

„Du siehst glücklich aus."

„Wie bitte?"

„Du siehst glücklich aus."

„Du hast mich monatelang nicht gesehen und erkennst auf Anhieb, dass ich glücklich bin?"

„Es stimmt also?"

„Ja, ich glaube, ich habe eine Glückssträhne."

„Wieder einmal."

Täuschte er sich, oder war das der Anflug eines schelmischen Grinsens auf Dominiks Mund?

„Wie geht es dir überhaupt?" Er knuffte seinen Bruder gegen die Schulter. „Hast du schon einen Plan, was du jetzt machen wirst?"

Dominik schwieg lange. Er war es nicht mehr gewohnt, mehr als eine Frage zusammen gestellt zu bekommen.

„Erstens geht es mir gut. Ich möchte aber von den Medikamenten wegkommen. Zweitens weiß ich noch nicht, was ich in Zukunft machen werde."

„Du warst gut als Programmierer."

„Ist zu lange her. Die Entwicklung hat mich überholt. Wirklich ein schöner Wagen."

„Wie? Ach so! Du weißt ja, es war immer mein Traum, so einen Luxusschlitten zu fahren. War auch gar nicht so teuer. Gebraucht sind die günstig zu haben. Aber die Versicherungsprämie frisst mich auf."

„Musst du ihn wieder hergeben?"

„Das kommt darauf an, ob mein neuester Plan funktioniert."

„Aha."

Linus musste nun eine Frage stellen, vor der er sich gerne noch länger gedrückt hatte.

„Und wie stehst du jetzt zu den Alten?"

Dominik reagierte überraschend lebhaft. Linus vermutete, dass er in der Therapie gelernt hatte, sich nicht mehr klein zu machen.

„Die können mich. He! Es wäre mir wichtig, dass du ihnen klar machst, dass ich sie nicht sehen will. Kriegst du das hin?"

„Kein Problem."

‚Das beruht auf Gegenseitigkeit', dachte Linus.

„Vielleicht gehe ich im Sommer wieder nach Kanada."

„Aha."

„Das heißt, dass ich dann nicht mehr auf dich aufpassen kann."

„Macht nichts."

Linus lächelte. Er musste sich eingestehen, dass er seinen seltsamen großen Bruder sehr gern hatte. In seiner Nähe fühlte er sich geborgen. Er nahm sich vor, ihn wieder öfter zu besuchen.

Die vorerst letzte Folge vom „Bergdoktor" näherte sich dem Ende. Dieter fragte sich, ob die Drehbuchautoren es hinbekommen würden, alle „offenen Baustellen" in dieser Folge zu einem befriedigenden Abschluss zu bringen. Er hoffte inständig, dass sie es nicht schafften, denn das hätte bedeutet, dass es voraussichtlich keine weitere Staffel mehr geben würde und dass es das war mit dem „Bergdoktor". Gebannt folgte er der arg konstruierten Handlung. Da eine Versöhnung, dort ein endgültiger Bruch, hier eine Wiedervereinigung, da ein folgenschwerer Entschluss. Als die letzte Szene mit dem üblichen Panoramablick über die Berge endete, war Dieter genau so klug wie zu Beginn. Diese Episode könnte alles bedeuten – neue Herausforderungen, die in einer weiteren Staffel angepackt werden müssen, oder ein absichtlicher psychologischer Wink an die Zuseher, dass ein allzu perfektes *Happy End* nicht der Alltagsrealität entspräche; vermutlich könnten sich die Fans besser in ihren Helden einfühlen, wenn sie miterleben würden, wie auch bei ihm nie alles rund lief und man eben mit einem Leben voller Kompromisse klarkommen musste. Ein letzter Versuch, das Niveau der Serie zu heben? Eine Relativierung der Illusion von den „Halbgöttern in Weiß"?

Unbefriedigt schaltete Dieter das Gerät ab. Durch die plötzliche Stille im Raum wurden die wirren Stimmen in seinem Kopf umso lauter. Soeben gemerkte Wortfetzen wechselten sich mit Gedanken über die Logik der Handlungsverläufe ab. Wenigstens hatte er eineinhalb Stunden lang nicht an sein missglücktes Treffen mit Elke denken müssen. Dafür kam die Erkenntnis, dass ihn diese Zeit keinen Millimeter näher an eine

Lösung gebracht hatte, umso vernichtender und der Schmerz in seiner Körpermitte bohrte jetzt umso heftiger. Er bereute seine Reaktion von damals zutiefst, wie ein Kind gleich einge-schnappt zu sein, weil sie etwas gegen seinen „Bergdoktor" gesagt hatte. Wenn er ehrlich zu sich war, musste er ihr recht geben. Der „Bergdoktor" war kein Heiliger, das hatte die letzte Folge bewiesen. Und ob er in seinem Job immer glücklich war? Nicht einmal die Drehbuchautoren schafften es, für alle seine Probleme zufriedenstellende Lösungen zu finden.

Dieter atmete tief ein und aus. Das Klügste war zweifellos, sich bei Elke zu entschuldigen. Aber allein der Gedanke, sich ihr zu stellen, verursachte bei ihm heftiges Herzklopfen. Was nun, wenn sie seine Entschuldigung nicht akzeptierte, ihn „abblit-zen" ließ? Könnte er diese Demütigung ertragen? Dieter kann-te diese Endlosschleifen, wenn man beginnt, Selbstgespräche über alle Wenn-und-aber zu führen und hofft, nach der 99. Runde müssten endliche neue, handfeste Argumente auftau-chen, obwohl man genau weiß, dass es keine gibt. Er wusste, dass die einzige Abwägung, die Sinn ergab, die war, ob entwe-der die Qual der Ungewissheit oder die Angst vor einer end-gültigen Abweisung leichter zu ertragen sei. Eine weitere Nacht grübelnd zu verbringen, würde er nicht aushalten. Er griff kurzerhand zu seinem Handy und drückte auf den Kontakt von Elke.

Ein Klingelton … noch einer … noch einer … noch einer … Diet-ers Herz schien direkt in seinem Hals zu schlagen… noch ein Klingelton … noch einer … Sollte er auflegen?

„Hallo?" Es hörte sich sehr verschlafen an, dieses „Hallo". Richtig, es war schon kurz vor zehn.

„Hallo Elke. Entschuldige, dass ich noch so spät anrufe…"

„Was ist denn?"

„Ich wollte mich für mein kindisches Verhalten entschuldigen."

Pause. Herzklopfen.

„Schon gut. Ist ja nichts passiert."

„Ich habe erkannt, dass du recht hattest. Der ‚Bergdoktor' ist auch kein Heiliger."

„Wenn du das sagst. Ich kenne ihn zu wenig. Aber wer ist schon ein Heiliger? Ich bestimmt nicht. Es war unnötig von mir, dir deinen Traum zu zerstören."

„Es war ein dummer Traum, da gibt es nichts zu entschuldigen."

„Sehen wir uns morgen?"

„Ja! Gerne! Um halbsechs im Park?"

„Gut. Sehr gut."

„Dann – gute Nacht!"

„Danke. Schlaf gut."

Dieter drückte auf den roten Punkt im Display und begann über sich selbst zu lachen. Er hatte in seinem Kopf ein schreckliches Drama veranstaltet. Das beherrschte er so gut, dass er abwechselnd Magenkrämpfe und Durchfall davon bekommen hatte. Selbst jetzt zitterten seine Hände noch so stark, als hätte er ein Gespenst gesehen. Dabei hatte es nie ein Drama gegeben! Ein kleines Wort der Vergebung und alle Zweifel waren aus der Welt geräumt. So einfach funktionierte das Zusammenleben. Man sagt verletzende Dinge, weil man sich selbst verletzt glaubt, aber wo ist die Henne und wo das Ei? Jedes Gefühl des Angegriffenwerdens beruht auf einen Irrtum über den „Angreifer" oder über sich selbst.

Dieter nahm sich fest vor, sich diese Wahrheit zu merken.

„Möchten die Herren noch ein kleines Dessert?"

Olga war ganz in ihrem Element als fürsorgliche Gastgeberin. Sie verfolgte die Besprechung zwischen Linus und ihrem Mann am Rande, während sie zwischen Küche und Wohnzimmer hin und her lief. Sie verstand nicht alles, aber doch viel genug, um zu verstehen, dass die beiden am selben Strang zogen. Es ging um ein kleines, verschlafenes Nest im Westen Kanadas, das zum Leben erweckt werden sollte. Elke wusste, dass sich ihr Mann für solche Projekte begeistern konnte. Schon immer sprach er davon, dass es ihn nicht zufrieden stellte, ein Bauunternehmer von den vielen zu sein, die bemüht waren, Einfamilienhäusern und Reihenhaussiedlungen ihren Stempel aufzudrücken. Jeder verfolgte seinen Stil, seine eigene Philosophie, was dazu führte, dass die Städte aussahen wie Flickenteppiche. Eine ganze Stadt aus dem Boden zu stampfen, das würde ihm Spaß machen, das hatte Horst schon immer gesagt, eine Stadt, in der alles aus einem Guss stammt, das wäre mal was Ordentliches. Da kam ihm die Idee von Linus gerade recht.

„Ah! Tiramisu! Danke, mein Schatz!"

Horst Waldschmidt bemühte sich nicht, seiner Frau beim Darreichen der Schüsselchen zu helfen, er wusste, dass es ein hoffnungsloses Unterfangen wäre, seine Leibesfülle aus einer halbliegenden Position von der weichen Couch hochzuhieven.

„Ich kenne diese hastig errichteten Schuhkartonhäuser in der amerikanischen Provinz. Ein kräftiger Windstoß und den Leuten fliegen die Wände um die Ohren..."

„Und hässlich sind sie auch noch!", ergänzte Linus.

„Und dann diese vorsintflutlichen Oberleitungen! Ich denke mal, die Amis sollten froh sein, wenn sie in Sachen Ästhetik Nachhilfe bekommen. Sag mal, Linus, hast du zu diesem Forrester noch Kontakt?"

„Natürlich!", log Linus. Tatsächlich hatte er seit seiner Abreise vor einem halben Jahr nicht eine Silbe von Forrester gehört.

„Kann man dem trauen? Ich könnte mir vorstellen, dass der ganz schön sauer ist, weil du ihm das Geschäft kaputt gemacht hast."

„Aber aber! Von ‚kaputt gemacht' kann gar keine Rede sein. Das Projekt wurde nie aufgegeben, dazu ist es zu rentabel. Es wurde nur noch einmal gründlich überarbeitet, damit es auf eine größere Akzeptanz stößt."

„Du meinst die Sache mit den Indianern?"

„Genauer gesagt, den *Gitxsan.*"

„Ach – kann doch kein Mensch aussprechen. Für mich sind das alles Indianer."

Linus lachte, weniger, weil er die Aussage spaßig fand, als vielmehr, um sich bei Horst einzuschmeicheln.

„Jedenfalls hat man die Bedenken der – Indianer ernst genommen und ihnen versprochen, ein großzügiges, supermodernes *Heritage Center* hinzustellen."

„Was soll denn das sein?"

„Eine Art Museum über die Kultur der *Gitxsan*. Mit Exponaten, Schautafeln, interaktiven Medien und so. Damit erfüllen wir unsere Pflicht zur Erhaltung ihrer Kultur."

„Na, wenn du mich fragst, rausgeschmissenes Geld."

„Irgendwer muss es halt bauen…" Linus zwinkerte mit dem Auge, worauf Horsts Augen zu leuchten begannen.

„Eine aufwändige Sache sowas…"

„Die mit Sicherheit von aus irgendeinem Kulturtopf bezahlt wird."

Jetzt war es Horst, der lachte. Linus hatte eine Karte ausgespielt, die bei einem geldgierigen Geschäftsmann wie Horst Waldschmidt immer stach: die Aussicht auf noch mehr Rendite.

„Dann werden wir wohl demnächst gemeinsam bei diesem Bob Forrester antanzen und die Details besprechen."

„So sehe ich das auch!"

„Prost!"

„Prost!"

„Olga! Komm doch mal rüber, Schatz!"

Bei der Art, wie Horst Waldschmidt seine Frau rief, lief es Linus kalt über den Rücken. Linus war es nicht entgangen, dass Olga keine Köchin war. Das meiste, was heute auf den Tisch kam, waren bestellte Gerichte oder solche, die man nur in der Mikrowelle aufzutauen brauchte. Aber Olga verstand sich darauf, den Tisch kreativ zu dekorieren und ihre Gäste perfekt zu bewirten. ‚Was für ein rücksichtsloser Egomane, dieser Horst‘, dachte er. ‚Ich kann verstehen, dass man an der Seite eines solchen Tyrannen verzweifelt. Wahrscheinlich muss man so sein, wenn man in diesem Metier Erfolg haben will. Im Grunde sind wir uns sehr ähnlich, Olga und ich. Beide verachten wir ihn, doch die Aussicht auf Geld und ein bequemes Leben lässt es uns ertragen.‘

„Olga, wir haben doch vor ein paar Tagen über eine mögliche Reise nach Amerika gesprochen.“

„Ja?“ Ihre Augen schimmerten feucht.

„Jetzt ist es so weit. Noch ein paar Telefonate und ich würde sagen, in vier, fünf Monaten geht‘s los.“

„Das ist ja wunderbar! Wohin geht‘s denn?“

„In die kanadischen Rockies. Eine der schönsten Gegenden auf der ganzen Welt“, antwortete Linus.

„Aber ich muss dich vorwarnen“, ergänzte Horst. „Das wird kein Shopping-Ausflug. Es geht um Geschäfte – Männersachen. Vielleicht suchst du dir einen Guide, der dir die Schönheiten der Landschaft zeigt.“

Linus bedauerte diese arme Frau, die im Grunde immer nur abgeschoben wurde wie ein störendes Haustier. Man nahm es mit, weil es alleine nicht überleben würde.

„Es findet sich bestimmt Zeit, um das gemeinsam zu machen – wir alle“, wendete Linus ein.

„Wir werden sehen!", sagt Horst und sah Linus an, als wolle er ihm den Hals umdrehen. Dieser verfasste unterdessen in Gedanken Pläne, die er für sich behielt.

Theodore Smith wohnte mit seiner Frau in einem geräumigen Farmhaus ganz am östlichen Teil von *New Hazelton*. Früher züchtete er *Cream Draft Horses*, Kaltblüter, große, kräftige Pferde, die für den Transport gefällter Bäume unverzichtbar waren. Sie konnten die schwersten Stämme aus dem Wald herausschleppen, ohne dass der Boden großen Schaden nahm. Doch seit die modernen *Harvester* zum Einsatz kamen, die in derselben Zeit die zehnfache Menge an Bäumen fällten und entasteten, wollte seine Pferde niemand mehr haben. Seitdem lebte Theodore von der Verpachtung seiner großen Wald- und einiger Weidegrundstücke, immerhin 400 ha, die er von seinen Vorfahren geerbt hatte. Seine Nachbarn waren wie er direkte Nachfahren der *Gitxsan*, auf deren Jagdgründen *Hazelton* entstanden ist, und auch sie verfügten über beträchtlichen Grundbesitz.

Er hatte den Pickup von Fred schon erwartet. Und dass sein Cousin mit von der Partie war, konnte ihm nur recht sein. Er würde seine Rolle vor zwei Zeugen gut spielen. Mit ausgebreiteten Armen empfing er die beiden auf der Veranda.

„Hi, Frank! Hi, Fred! Schön, euch zu sehen! Kommt doch rein!"

„Hi, Theo!"

„Habt ihr Hunger? Amie macht gerade Essen."

„Da sag ich nicht nein", antwortete Frank. Fred widersprach nicht.

So saßen sie eine Weile am Tisch zusammen und redeten über dies und das. Amie saß dabei und schwieg die meiste Zeit. Dann fasste sich Fred ein Herz und kam auf den Grund ihres Besuchs zu sprechen.

„Übrigens habe ich mir den PC angeschaut."

„Ah! Gut!"

„Ich habe mindestens zwei Stunden gesessen und dies und jenes probiert."

„Oh! So schlimm?"

„Der PC ist alt, aber er funktioniert einwandfrei."

Fred warf Frank einen Seitenblick zu, der schaute kurz zurück. Beide wussten: wenn sie jetzt nichts weiter von den brisanten Daten erwähnten, musste Theo nachhaken, außer, er wusste wirklich nichts davon. Es entstand eine Pause, in die man viel hineininterpretieren konnte. Dann sagte Theo: „Ich danke dir trotzdem, Fred, dass du dir die Mühe gemacht hast. Vielleicht liegt es ja an mir und ich kann mit dem Ding gar nicht richtig umgehen."

„Ja, vielleicht. Wenn du willst, kann ich dir ja ein paar Kniffe erklären. Wenn mal wieder was nicht funktioniert…"

„Das wäre sehr freundlich."

„Den Kindern geht's gut?", fragte Frank, nur um das Gespräch am Laufen zu halten.

„Ja, danke. Die machen ihren Weg. Wir haben wirklich Glück mit unseren Kindern, nicht wahr, Amie?"

„Oh ja! Obwohl sie mir fehlen. Aber ich verstehe, dass sie hinaus in die Welt wollen. Was sollten sie denn hier in unserem Dorf anfangen?"

„Jaja", bestätigte Theo. „Wir müssen froh sein, dass überhaupt noch Touristen kommen."

„Die meisten reisen leider nur durch", ergänzte Amie. „Wenn sich hier nicht bald was verändert, bleiben gar keine mehr hier."

„Wir tun, was wir können", sagte Fred. „Gut! Dann wollen wir mal wieder."

„Ja!", erwiderte Frank. „Ich muss wieder ins Büro. Danke für das Essen, Amie. Schmeckte wie immer hervorragend!"

‚Was für eine fadenscheinige Unterhaltung!', dachte Fred. Doch dann hakte Frank nach.

„Ach ja! Eine Frage noch, Theo! Wie bist du eigentlich an den PC gekommen? Du hattest doch noch nie Interesse an solchen Dingern."

„Den habe ich entdeckt, als ich meinen Dachboden entrümpelt habe. Ich wusste gar nicht, dass ich so etwas habe. Ich denke mal, dass ihn einer meiner Gäste zurückgelassen hat."

„Okay. Verstehe. Danke."

Damit war die Unterhaltung endgültig zu Ende.

Nachdem die beiden sich verabschiedet hatten, fassten sich Theo und Amie an den Händen.

„Und jetzt?", fragte Amie.

„Jetzt wissen wir, was wir zu tun haben. Plan A ist hinfällig. Wir wollen zu Plan B übergehen."

„Ach Theodore! Ist das alles richtig?"

„Natürlich. Wir tun es für unsere Kinder, vergiss das nicht."

Zwei Tage zuvor hatte Theodore Smith einen Anruf erhalten.

„Hallo?"

„Hier ist Bob Forrester."

„Hallo Bob."

„Theo, ich muss dir sagen, dass ich alles andere als zufrieden bin. Ich habe mir kürzlich unseren Vertrag angesehen, und dabei bin ich auf etwas gestoßen."

„Ja?"

„Du weißt, dass eine der Vertragsparteien vom Vertrag zurücktreten kann, wenn der andere seine Verpflichtungen nicht erfüllt."

„Ja, aber – "

„Theo, deine Verpflichtung war es, deinen Einfluss geltend zu machen, um deine Nachbarn zum Verkauf ihrer Grundstücke zu bewegen."

„Ich weiß, aber…"

„Theo! Weißt du, wie lange ich darauf gewartet habe, dass das passiert? Neun Monate, Theo! Neun Monate! In dieser Zeit wächst ein Kind im Bauch seiner Mutter heran. Theo! Niemand kann sagen, ich wäre nicht geduldig gewesen. Oder denkst du, ich war nicht geduldig genug?"

„Nein…"

„Und was hast du in dieser Zeit gemacht? Du hast mein Geld ausgegeben. Den Vorschuss, den ich dir großzügigerweise gewährt habe, im Vertrauen darauf, dass du dein Versprechen hältst."

„Aber der Verkauf über mein Grundstück ist doch rechtskräftig. Wir waren beim Notar. Dort ist alles beurkundet."

„Natürlich, Theo. Wir wollen ja, dass alles korrekt und rechtlich einwandfrei abläuft. Aber wie überall gibt es auch in diesem Vertrag etwas Kleingedrucktes. Theo, der Notar hat alles vorgelesen, ehe wir es beide unterschrieben haben. Du hättest genau hinhören sollen. Da steht – warte! Ich lese dir die Passage vor. ‚Kommt eine Partei ihren Verpflichtungen gemäß § 3 Absatz 2 Nr. 1 binnen einer Frist von sechs Monaten nicht nach, so wird der Vertrag unwirksam und alle bis zu diesem Zeitpunkt gewährten Leistungen müssen zurückerstattet werden.' So steht es in unserem Vertrag. Was also würdest du an meiner Stelle tun?"

Urplötzlich fühlte sich Theodores Mund vertrocknet an. Er wusste, was das bedeutete. Und dennoch war es ihm in diesem Augenblick unmöglich, die Konsequenz daraus zu akzeptieren.

„Aber Bob! Ich bitte dich! Was passiert jetzt mit meinem Grundstück? Wir waren uns einig, dass es an die ICC verkauft wird. Die wollen es doch immer noch haben. Bob, ich habe mich darauf verlassen."

„Und ich habe mich darauf verlassen, dass deine Nachbarn ebenfalls verkaufen. Das war dein Part der Abmachung, den du leider nicht eingehalten hast. Also – zahl mir den Vorschuss zurück und wir vergessen das Ganze."

„Das war nicht meine Schuld! Wenn Linus sich nicht so ungeschickt angestellt hätte…"

„Wie auch immer. Ich kann dir dein Grundstück nicht abkaufen, wenn aus dem Projekt nichts wird. Das siehst du doch ein?"

„Ich brauche das Geld! Meine Tochter studiert in Vancouver, mein Sohn braucht meine Unterstützung. Du kannst mich jetzt nicht hängen lassen."

„Auch ich habe Kinder, Theo! Kinder kosten Geld, so ist das nun mal. Tut mir leid, Mann."

„Dann lass ich euch auffliegen. Du weißt, dass das Projekt illegal ist. Es wurden etliche Behörden umgangen."

„Ach Theo. Du musst noch viel lernen. So läuft das nun mal in der Geschäftswelt. Außerdem sollte dir klar sein, dass du dann ebenfalls auffliegst, das weißt du, oder? Ich könnte ja auch deinen Stammesbrüdern erzählen, dass du ihr heiliges Land für deinen eigenen Vorteil verkaufen wolltest. Ich glaube, dann kannst du dich gleich am nächsten Baum aufhängen. Also, mach keinen Blödsinn! Ich meine es doch nur gut mit dir. Hör mal, Theo! Ich sehe ja, dass du in der Zwickmühle steckst. Daher mach ich dir einen Vorschlag, ein wirklich großzügiges

Angebot. Wenn du es schaffst, dass deine Nachbarn unterschreiben, kauf ich dir dein Grundstück definitiv ab, zu dem vereinbarten Preis, und zusätzlich richte ich dir einen Fonds ein, mit dem deine Tochter ihr Studium finanzieren kann. Na? Ist das ein Angebot?"

„Einen Fonds?"

„Ja, ein Sondervermögen. Ich zahle – von meinem eigenen Geld! – einen Betrag an einen sicheren Anlagenfonds ein, sagen wir mal 200.000 Dollar, und den Ertrag bekommt deine Tochter, das wären also nach derzeitigem Zinssatz ca. 6.000 Dollar pro Jahr."

Theodore kratzte sich am Kinn. Das Angebot war zu verlockend, als dass er es rundheraus ablehnen hätte können.

„Und für wie lange?"

„Bis sie ihr Studium erfolgreich beendet hat. Das kann 3 Jahre dauern, oder 5 oder meinetwegen auch 10, ganz egal."

„Ich gebe zu, das Angebot gefällt mir. Du weißt, dass ich sofort bereit war, mein Grundstück zu verkaufen, aber was kann ich den Nachbarn bieten, damit sie auf den Deal eingehen? Sie sind jetzt übervorsichtig. Da sie schon einmal erlebt haben, dass man sie übers Ohr hauen wollte, werden sie nicht ohne weiteres umschwenken."

Bob Forrester grinste breit, als hätte er die Frage vorausgesehen.

„Das ist richtig. Darum machen wir einen Plan, einen schönen neuen Plan, der ihre Bedenken zerschlagen wird. Kleinere Hotels, weniger Liftanlagen, alles in traditionellem Look. Das wird ihnen gefallen. Und als Sahnehäubchen obendrauf ein fabelhaftes *Heritage Center*, das ihr verstaubtes Museumsdorf in den Schatten stellt! Mal ehrlich: Die wären doch blöd, wenn sie sich auf den Handel nicht einlassen würden. Wenn es dann hinterher ein bisschen anders aussehen wird, wird sich keiner mehr beschweren. Alle werden begeistert sein! Und mit gefüllten Bankkonten senkt sich die Toleranzschwelle enorm."

Theodore nickte.

„Ich verstehe. Dann bekomme ich demnächst einen geänderten Plan?"

„Nächste Woche. Deal?"

„Lass mir noch Zeit."

„Eine Woche. Dann will ich mein Geld zurück."

Die Premiere des Theaterstücks „Eine spanische Affäre" war wie erwartet ein voller Erfolg. Die Zuschauer im voll besetzten Saal des Gasthofs „Zur Traube" jubelten und bescherten den Darstellern drei Vorhänge. Unter ihnen saß auch eine ehemalige Chefsekretärin der Firma *Elektrofix*, die besonders laut und lange klatschte. Dann leerte sich der Saal unter lautem Stühlerücken, die Bedienungen wurden von Tisch zu Tisch gerufen, um die Speisen und Getränke abzukassieren.

Hinter der Bühne wurde eine Flasche Sekt geköpft, um auf den Erfolg anzustoßen. Der Regisseur fiel allen Darstellern um den Hals und versicherte ihnen, wie großartig sie waren. Dieter war erleichtert, dass er seine Einsätze ohne Panne hinbekommen hatte, aber so recht von Herzen mochte er sich nicht freuen. Er wusste, dass der Applaus nichts bedeutete, weil mindestens zwei Drittel der Zuschauer Angehörige oder Freunde der Darsteller waren. Sie hätten ein mieses Stück ebenso beklatscht. Außerdem wurde bei diesen Wirtshausauftritten immer ordentlich Bier ausgeschenkt, was die Hemmschwelle zum Lachen und Applaudieren deutlich senkte. Daher empfand Dieter die unvermeidlichen Gratulationen und Lobeshymnen eher als peinlich. Wer hatte schon genügend Mumm, um einem Darsteller ins Gesicht zu sagen, dass er nicht gut war? Er wusste selbst, dass seine Rolle, mit mehr Leidenschaft gespielt, durchaus lebendig hätte sein können; er hatte im Grunde nur seine Pflicht erfüllt, oder besser gesagt, den Anforderungen des Regisseurs gerade so entsprochen. Er fragte sich immer wieder einmal, warum er denn beim Theater nicht engagierter ins Zeug legte. Die Antwort, die er sich gab, überzeugte ihn selbst nicht. Es war eine schlechte Ausrede, wenn er seinen Vollzeitjob dafür verantwortlich machte, dass ihm für mehr Einsatz im Theater die Energie fehlte. Und nicht zu vergessen die Aversion gegenüber dem Regisseur, das schlechte Stück usw.! Wenn Dieter ehrlicher zu sich selbst gewesen wäre, hätte er vielleicht sogar bemerkt, dass er umgekehrt das Theater als Ausrede dafür benützte, dass er im Büro immer so müde war.

Dabei war er bei der heutigen Premiere sogar überdurchschnittlich motiviert, weil er wusste, dass Elke im Publikum saß. Einerseits hatte er sich gefreut, dass Elke das Stück sehen wollte, andererseits fürchtete er, dass sie aus Höflichkeit wie viele andere mit ihrer ehrlichen Meinung hinterm Berg hielt. Es dauerte zwanzig Minuten, bis er abgeschminkt und umgezogen war. Als er endlich hinter der Bühne hervorkam, saß sie alleine; ihre Tischnachbarn waren schon gegangen. Es rührte ihn, dass Elke nur ihm zuliebe wartete, um ihm persönlich zu gratulieren.

„Elke! Entschuldigung, dass es so lange gedauert hat. Du weißt schon – abschminken, umziehen, noch schnell mit den anderen anstoßen...“

„Macht doch nichts.“

Dieter war verunsichert. Kein „Toll gemacht!“ oder „Super gespielt!“

„Und? Ganz ehrlich – hat es dir gefallen?“

„Ich fand es interessant, dich in einer anderen Rolle zu sehen, mal nicht als Beamten, sondern als Ganoven. Aber ganz habe ich es dir nicht abgenommen. Vielleicht bist du einfach... zu brav."

Diese ehrliche Stellungnahme schmerzte Dieter. Aber er konnte ihr keinen Vorwurf daraus machen. Er hatte ja selbst um Ehrlichkeit gebeten. Außerdem wusste er, dass er seine Rolle hätte besser spielen können.

„Okay. Ja – zugegeben. Es war nicht meine Traumrolle."

„Was wäre denn deine Traumrolle?"

„Puh! Diese Frage hat mir noch nie jemand gestellt. Ähm – ich weiß nicht. Ob es überhaupt eine Traumrolle für mich gibt? Ach, was soll ich mir darüber den Kopf zerbrechen. So wichtig ist das Theater auch wieder nicht. Hast du noch ein bisschen Zeit? Möchtest du noch was trinken?"

„Machen die nicht schon zu?"

„Wir Spieler dürfen noch länger bleiben."

„Na gut. Was trinkst du?"

„Wein. Der Hauswein hier ist nicht schlecht."

„Ich schließe mich an."

Eine Stunde später saßen die beiden immer noch am Tisch und unterhielten sich prächtig. Der Wein hatte seinen Anteil daran, dass sie so leicht aussprechen konnten, was ihnen ansonsten schwerer über die Lippen gekommen wäre. Und bekanntlich trägt Alkohol auch dazu bei, dass man sich unverhohlen bei Menschen anbiedert, die man gerne in seinem Leben hätte. Vernunft und Scham bleiben dann in der Regel außen vor.

Dieter hatte schnell vergessen, dass er keinen Grund hatte, auf irgendetwas, was mit der Bühne zu tun hatte, stolz zu sein.

„Es ist nichts Besonderes, sich auf eine Bühne zu stellen und einen auswendig gelernten Text zu deklamieren."

„Aber so eine Menge Text! Ich könnte das nicht. Ich würde mir vor Angst in die Hosen machen", meinte Elke.

„Ach was! Das könntest du mindestens so gut wie irgendeine von unseren Frauen. Du kannst ja irgendwann mal bei einer Probe vorbeischauen, mal ein paar szenische Übungen mitmachen. Vielleicht macht es dir ja Spaß. Mit dir zusammen würde ich schon gerne mal wieder auf der Bühne stehen."

„Das würde dir so passen! Du als Romeo, ich als Julia, was?"

Dieter spürte die Hitze in seinen Kopf aufsteigen.

„Nö. Kein Happy End."

„Dann lieber *Der Widerspenstigen Zähmung*?"

„Um Gottes Willen! Bist du denn widerspenstig?"

„Ich weiß nicht. Willst du es herausfinden?"

„Äh… Lieber doch kein Shakespeare! Viel zu schwer!"

„Feigling!"

„Das ist nicht deswegen… Theater ist halt immer nur Theater."

„Siehst du? Ich glaube, du willst im Grunde gar nicht Theater spielen."

„Phh… Was soll ich sagen? Es ist schon irgendwie eine gute Erfahrung…"

„Eine Erfahrung? Und wozu? Um hinterher darüber zu jammern, wie armselig und wertlos das Ganze ist?"

„Hab ich das gesagt? Du darfst nicht alles so ernst nehmen, was ich sage."

Plötzlich stand Ralf neben ihr, legte ihr die Hand auf die Schulter und sagte: „So ist er, der Dieter. Ein grundsolider Mensch, aber wenn man ihn auf etwas festnageln will, macht er ganz schnell einen Rückzieher. Machen Sie sich nichts draus, schöne Frau, er ist ein guter Kerl, aber ein Abenteurer ist er nun mal gar nicht."

„Ralf! Was erzählst du da für Sachen? Ihm darfst du nichts glauben, Elke. Er ist auch im echten Leben ein Hochstapler."

„Sie sind also Ralf?", fragte Elke. „Übrigens großes Kompliment! Hat mir gut gefallen, Ihre Darbietung."

Bei diesen Worten geriet Dieters Blut in Wallung. Aber ehe er etwas erwidern konnte, redete Elke weiter.

„Sie scheinen Dieter gut zu kennen? Ich hatte bisher gar nicht den Eindruck, dass es ihm an Wagemut fehlt. Immerhin traut er sich auf die Bühne."

Ralf grinste. „Verglichen mit seiner spektakulären Büroarbeit ist das schon eine Riesenleistung."

„Das ist gemein!", protestierte Elke. „Immer geht's gegen die Beamten. Was machen Sie denn beruflich?"

Statt einer Antwort wandte er sich Dieter zu.

„Willst du mir die Dame nicht endlich vorstellen?"

„Ach ja. Das ist also Elke. Elke – Ralf hast du ja schon kennengelernt."

„Und ihr beide seid…?"

„Befreundet!", antwortete Elke wie aus der Pistole geschossen.

„Darauf stoßen wir an!" Ralf streckte sein Glas in die Höhe. „Auf dich, Elke! Der charmantesten Zuschauerin des Abends!"

„Und ich dachte wirklich, du spielst so gut Theater. Dabei bist du ja im wahren Leben genauso ein Schleimbeutel wie in deiner Rolle!"

Jetzt lachte Dieter laut heraus.

„Nana!", konterte Ralf. „Die Rolle, die man wochenlang geübt hat, kann man nicht so leicht ablegen. Man hat sie sozusagen verinnerlicht. Ich kann auch anders! Morgen zeige ich wieder mein Alltagsgesicht. Aber heute Abend bin ich noch mein *alter ego.*"

„Und was macht der private Ralf so, wenn er gerade nicht Theater spielt?"

„Der private Ralf buckelt noch ein halbes Jahr unter seinem verblödeten Chef, ehe er sich mit seiner Gattin ins schöne Thailand begibt und dort ein paar lässige Jahre zubringt – bis er davon die Nase voll hat und was anderes macht."

Elke machte große Augen, was Dieter erneut missfiel.

„Da schaust du, was? Hat sich erst gestern entschieden. Elke, ich sag dir was! Dieses Leben gefällt mir im Grunde ganz gut. Aber in letzter Zeit wird es mir zu ernst. Ich habe einfach keinen Bock mehr, Tag für Tag in diese stupiden Gesichter mit ihren weichgekochten Gehirnen zu schauen und mich dafür zu rechtfertigen, warum ich heute fürs Kacken acht Minuten statt sechs Minuten gebraucht habe. Ja, ist wirklich passiert! Fragt mich der Chef, wo ich denn die ganze Zeit stecke. Da sag ich: ‚Es dauert halt so lang, wie es dauert.' Er findet das gar nicht lustig und pflaumt mich an von wegen Arbeitsmoral und mangelnder Loyalität. Da hab ich gesagt: ‚Zu Befehl! Werde morgen mit Windel zum Dienst erscheinen. Herr Oberfeldmarschall darf mich dann wickeln.' Ehrlich! Hab ich wortwörtlich so gesagt. Dann bin ich gegangen. Seitdem reden wir kein Wort mehr miteinander. Als ich dann von anderen gehört habe, dass er es drauf anlegt, mich loszuwerden, habe ich gekündigt; mit ordentlicher Frist, versteht sich! Das ist ein Gefühl, das sag ich euch! Ich fühle mich zehn Kilo leichter und zehn Jahre jünger!"

„Wow! Da haben wir ja was gemeinsam. Ich habe auch gekündigt. Ist aber schon zwei Monate her. Leider weiß ich bis jetzt noch nicht, was ich in Zukunft machen will."

„Thailand hat noch viele schöne Ecken frei."

„Nein. Thailand ist… Ich weiß nicht. Mich zieht es da gar nicht hin."

Jetzt fand es Dieter an der Zeit, sich aktiv in das Gespräch einzumischen.

„Thailand ist doch vom Tourismus längst verdorben. Ich ziehe doch nicht in ein Land, in dem ich dieselben Leute wieder treffe, die mir zuhause auf den Geist gehen."

„Du meinst solche wie mich?", fragte Ralf schelmisch.

„Nein, natürlich nicht. Ich meinte eher solche Sextouristen und so."

„Schon gut. War nur ein Scherz. Aber im Ernst – da wo es schön ist, zieht es naturgemäß Touristen hin. Also wohin würdest du denn gehen wollen?"

„Mir würde ein dünn besiedeltes Land mit viel Wald wesentlich besser gefallen."

„Wie zum Beispiel?", hakte Ralf ein.

„Ähm… Kanada zum Beispiel!"

„Und dort in einem Blockhaus leben!", ergänzte Elke. „An einem See. Jeden Tag zum Angeln raus, Pilze und Beeren sammeln…"

„Und mit den Grizzlybären kämpfen! Hahaha! Und mit Moskitoschwärmen! In den Wald zum Kacken und in den Fluss zum Baden. Ihr beide seid mir schon rechte Träumer!"

„Warum sagst du das?", fragte Dieter. „Glaubst du, wir schaffen das nicht?"

Ralf konnte gar nicht mehr aufhören zu lachen.

„Also, wenn ihr zwei eure abgelegene Hütte in der kanadischen Wildnis bezogen habt, dann sagt es mir! Haha! Ich komme nach! Aber ich werde mich vorsichtig anpirschen, falls sich in der Zwischenzeit der Bär darin breit gemacht hat. Aber wahrscheinlich riecht man euch schon aus hundert Metern Entfernung. Hahaha!"

Er schlug sich herzhaft auf seine breiten Schenkel, dass es nur so klatschte.

Dieter und Elke sahen sich an.

„Wollen wir uns von diesem Aufschneider verspotten lassen?", fragte Elke und nahm einen kräftigen Schluck Wein.

„Auf keinen Fall! Ich finde, wir sollten ihn beim Wort nehmen."

„Ralf", sagte Elke. „Du wirst in diesem Sommer weinend an einem überfüllten Strand in Thailand liegen und von unserem kanadischen Paradies träumen."

Ralf lachte wieder laut los.

„Das wirst du nicht erleben!"

„Wetten?"

„Gerne! Worum geht's?"

„Lass mich überlegen!", sagte Dieter. „Ja, das ist es! Wer von uns beiden heute in einem Jahr immer noch in Deutschland wohnt, führt beim nächsten Theater Regie und übernimmt die Hauptrolle."

„Ja und? Das ist doch keine Strafe."

„Gespielt wird das Stück *Ein Käfig voller Narren*!"

Ralf lachte und verschluckte sich an dem Schluck Wein in seinem Mund.

„Ich freu mich schon drauf, dir den Büstenhalter umzuschnallen. Haha! Abgemacht! Ich glaub's grade nicht. Das ist vielleicht ein Ding! Das muss ich sofort den anderen erzählen."

„Nein! Warte!", rief Dieter, aber Ralf war schon weg.

„Lass ihn!", sagte Elke und rückte ganz nahe zu ihm hin. „Das war jetzt lustig. Aber halt leider nur ein Traum."

„Nein! Das war kein Traum! **Ich** habe es ernst gemeint."

„Aber du kannst doch gar nicht weg von deiner Arbeitsstelle."

„Ich lasse mich beurlauben. Und wenn das nicht geht, kündige ich."

„Ach was! Das sagst du jetzt nur, weil du zu viel Wein getrunken hast."

„Elke!" Er nahm ihre Hand und drückte sie gegen seine Brust. „So wahr, wie du in diesem Moment mein Herz spürst!"

Elke kicherte.

„Spielst du mir gerade eine Szene aus *Romeo und Julia* vor?"

„Natürlich nicht! Ging nicht gut aus, wie du weißt."

„Stimmt", sagte sie schmollmundig. Dann schwieg sie eine Weile, als würde sie sich den nächsten Satz gut überlegen. „Dann fahren wir also im Sommer nach Kanada?"

„So wahr ich hier sitze!"

„Hand drauf!"

Die beiden klatschten ein und umarmten sich.

Fred hatte mehr Zeit für seine Hobbies, als ihm lieb war. Sein Motel stand zum ersten Mal seit seiner Eröffnung leer. Geld war nicht sein Problem. Er fühlte sich schlichtweg nicht wohl in seiner Haut, wenn er nichts zu tun hatte. Dagegen halfen seine Schneeschuhtouren ebenso wenig wie das tägliche Meditieren. Solange er Gäste in seinem Haus hatte, war er wichtig. Ohne ihn hätten viele Reisende keine Bleibe, müssten die ganze Nacht durchfahren oder gar im Auto übernachten. Er war kein besonders guter Koch, aber er wusste inzwischen genau, welche Gerichte von Reisenden aus allen Herren Ländern gerne gegessen wurden. Außerdem war er so etwas wie der verlängerte Arm des Tourismus-Büros, weil er die Wanderwege mit ihren Highlights so gut kannte wie kein anderer. Manchmal waren auch seine EDV-Kenntnisse gefragt und nicht zuletzt brauchte man ihn als Dolmetscher für die deutsche Sprache. Aber wenn die Gäste ausblieben, machte es keinen Unterschied, ob er sich hier in *Hazelton* aufhielt oder nicht. Fred beklagte sich nicht, er stellte keine Sinnfragen, er wusste im Normalfall, wie er mit Situationen, die nicht seiner Routine entsprachen, umzugehen hatte. Er war sogar ein bisschen stolz auf seine Lebenseinstellung, die ihm größtmögliche Unabhängigkeit von äußeren Umständen garantierte. Lange schon hatte er damit aufgehört, sein Glück mit einem bestimmten Ort oder einem bestimmten Menschen zu verknüpfen. ‚Mein Glück‘, sagte er sich, ‚liegt allein begründet in meinen Gedanken.‘ Eine logische Schlussfolgerung aus dieser Haltung war, dass er nur seine Gedanken zu verändern brauchte, wenn er sich in einer bestimmten Situation unglücklich fühlte. Darin war er inzwischen geübt. Er konnte sich nicht daran erinnern, wann er zum letzten Mal eine depressive Phase hatte.

Doch diese seltsamen Tage, in denen die Gäste zum ersten Mal längere Zeit ausblieben, waren schwer einzuordnen. Er fühlte eine ungewohnte Leere in sich, eine Art indifferentes Gefühl, weder glücklich noch unglücklich. Obwohl er in seinen Meditationen immer wieder fragte, was das zu bedeuten hatte, blieb die Antwort aus. Also tat er, was immer er zu tun pflegte, wenn er aus der Spur geriet, er begab sich in die Welt hinaus. Untätigkeit war ihm ein Graus, er genoss seine Ausflüge, suchte seine Lieblingsplätze auf, grüßte jeden Menschen, den er traf, freundlich, begann lockere Unterhaltungen, aber so sehr er sich auch bemühte, anders zu denken, oder vielmehr, anders zu fühlen, es gelang ihm nicht, die Leere in seiner Brust zu füllen.

Er las eben ein Buch, das ihn inspirieren sollte, aber leider langweilte. Dennoch konnte er sich nicht dazu entschließen, es zur Seite zu legen. Da klopfte es an der Tür. Er schob den Vorhang zur Seite und schaute hinaus. Über diesen Besuch freute er sich! Frank kam wieder einmal wie gerufen.

„Frank? Hallo! Was führt dich zu mir?"

„Nichts Besonderes. Ich habe heute per E-Mail eine Buchung aus Deutschland bekommen. Am dritten August kommen fünf Personen aus Deutschland. Ich dachte mir, sie wären vielleicht froh, bei einem Landsmann unterzukommen."

„Oh! Wunderbar! Ja klar! Wie lange wollen sie denn bleiben?"

„Halt dich fest! Erst einmal für zwei Wochen, Verlängerung nicht ausgeschlossen.“

„Donnerwetter! Das klingt großartig! Was sind das für Leute? Eine Familie?“

„Ein Ehepaar und drei Singles. Die Dame, die bei uns angefragt hat, ist eine Olga Waldschmidt, sehr redefreudig. Ich habe gar nicht alles verstanden, was sie gesagt hat. Darum wollte sie noch persönlich mit dir sprechen. Also, wundere dich nicht, wenn du demnächst einen Anruf bekommst. Ich meine, wenn du einverstanden bist…“

„Ja, natürlich.“

„Das Problem dabei ist…“

„Dachte ich mir doch, dass es ein Problem gibt, wenn du schon persönlich bei mir vorbeikommst.“

„Tja – einer der Gäste aus Deutschland ist Linus Westerstedt.“

„Das ist doch der Typ, der sich vor einem Jahr aufgespielt hat, als wäre er der neue Bürgermeister.“

„Und der sich abfällig über die Traditionen der *Gitxsan* geäußert hat. Ich glaube, wenn der nicht rechtzeitig seine Sachen gepackt hätte, wäre er von denen gelyncht worden.“

„Moment mal! Hat der Westerstedt nicht bei deinem Cousin gewohnt?“

„Ja. Hat er. Jetzt, wo du es sagst. Warum?“

„Ich weiß nicht. Dein Cousin und du, ihr seid doch auch in der *Gitxsan*-Gemeinde?“

„Ja, natürlich. Ich meine, ich hatte nichts persönlich gegen ihn. Trotzdem kann ich verstehen, dass er sich nun eine Bleibe weit weg von den *Gitxsan* sucht. Jedenfalls finde ich, er hat Mut, sich noch einmal hierher zu trauen."

„Ja, sicher. Ich meine aber etwas anderes."

„Ja?"

„Ich kann dir nichts Genaues sagen. Ist mehr so ein Gefühl. Mir geht die Sache mit Theos PC immer noch durch den Kopf. Ich weiß noch nicht, wie das alles zusammenhängt, aber ich wittere eine Fährte."

„Aha! Der Bluthund in dir kommt durch. Dann will ich dich nicht weiter von der Fährtensuche abhalten. Ich muss wieder zurück ins Büro. Kann ich die Buchung notieren?"

„Ja, klar! Danke, Frank!"

Fünf Gäste aus Deutschland! Das war ja die beste Nachricht zur rechten Zeit! Dennoch war Fred nicht zum Hurra-Rufen zumute. Er hatte schon öfter Gäste aus seiner alten Heimat, aber so richtig freuen konnte er sich darüber nie. Zwar tat es gut, mal wieder in seiner Muttersprache zu reden, aber die Erinnerung an sein früheres Leben weckte ungute Gefühle. Deutschland – das war da, wo alles exakt geregelt war, wo ganz normale Leute Tagespläne erstellten, um über die Runden zu kommen, wo jede Begeisterung im Keim erstickt wurde, wo man alles und jeden in eine Kategorie einordnete, wo man sich bis zum Rentenalter keine Zeit nahm, sein Leben zu genießen, doch dann meistens schon seine Gesundheit ruiniert hatte. Fred war sich darüber im Klaren, dass sein Urteil einseitig und ungerecht war. Auch in Kanada gab es diese Art zu leben, vor allem in den Ballungsräumen und Großstädten, aber seine Haltung gegenüber der deutschen Lebensart entsprang nun einmal seiner persönlichen Erfahrung. Er hatte Härte gegen sich erfahren müssen und wäre beinahe daran zugrunde gegangen. Daher fiel es ihm schwer, diesem unmenschlichen System zu vergeben. Vielleicht hätte er damals aufs Land ziehen sollen, kleinere Brötchen backen und nicht gleich das ganz große Ding durchziehen. Aber hinterher ist man immer schlauer. Fred beobachtete das beginnende Gedankenkarussell und beendete es mit den laut gesprochenen Worten: „Sei still!"

Die aufkeimende Angst, die sich wie ein heißer Stein in der Körpermitte einnistete und sich nach allen Seiten ausbreitete, war für Fred keine Unbekannte. Daher wusste er, wie er sie vertreiben konnte, ohne sich daran die Finger zu verbrennen.

‚Meine Angst ist nur eine antrainierte Reaktion', sagte er in Gedanken zu sich selbst. ‚Sie ist nicht real. Ich spüre eine Lähmung meiner Handlungsbereitschaft, die daher rührt, dass mein Gehirn bestimmte Hormone ausschüttet. Ich aber will meine volle Handlungsbereitschaft wiederherstellen und sage meinem Gehirn, dass jede Erfahrung, die ich künftig mache, zum meinem Besten sein wird.'

Der Stein in seinem Leib kühlte ab, verlor an Gewicht und verschwand. Jetzt fühlte sich Fred wieder klar im Kopf. Er richtete seinen in sich zusammengesunkenen Körper wieder auf und erinnerte sich daran, was im Augenblick tatsächlich von Bedeutung war: Linus Westerstedt und seine Beziehung zu Theodore Smith.

Fred setzte sich, schloss die Augen und brachte seine herum-wirbelnden Gedanken zur Ruhe. Die Fährte, die er zuvor ge-wittert hatte, wurde immer deutlicher spürbar. Linus war der Drahtzieher eines größenwahnsinnigen Projekts, um mit Tou-risten schnelles Geld zu machen, und zwar ohne die geringste Rücksicht auf die einheimische Bevölkerung. So jedenfalls könnte es gewesen sein. Das war keine Erinnerung, die Fred einholte, sondern eine emotionale „Übersetzung" des Gefühls, das er wahrnahm, sobald er seine Aufmerksamkeit auf Linus Westerstedt richtete. Da war auf der einen Seite dieser ehr-geizige, nervöse Linus, auf der anderen Seite ein aufwallender Widerstand von Seiten der *Gitxsan*, der von der Kraft der Ur-ahnen genährt wurde. Fred sah das Bild eines schlafenden Riesen, der kurz davor war, geweckt zu werden. Aber auf wel-cher Seite stand Theo? Fred fand auf keiner der beiden Seiten einen Platz für ihn. Doch der PC tauchte immer wieder in sei-nen Wachträumen auf. Er nahm eine bedeutende Rolle ein… Ja, natürlich! Der PC, der zufällig in Theos Dachboden herum-stand – das war Linus' PC! Waren nicht alle Dateien von einem Wesley verfasst worden? Wesley stand eindeutig für **Wes**terstedt **Li**nus!

Es war schwer vorstellbar, dass Theo von Linus' Plänen nichts gewusst hätte. Ob Linus so eilig abreisen musste, dass er ver-gaß, seinen PC mitzunehmen? Aber warum hatte Theo so lange, über ein halbes Jahr lang geschwiegen? Konnte man ihm glauben, dass der PC die ganze Zeit über ungenutzt in seinem Dachboden lag?

Ein Anruf musste für Klarheit sorgen.

„Hallo Brandon? Hier Fred … Du kannst dich doch sicher noch an diesen Linus Westerstedt erinnern … Ja, der! Wie kam es eigentlich zu seiner plötzlichen Abreise? ... Ach ja? ... Ist ja heftig! ... Er hatte also die Hosen voll? ... Haha! ... Gut, danke für den Auskunft. Wir sehen uns!"

Zufrieden beendete Fred das Gespräch. Brandon Tilman, der Sheriff von *Hazelton*, hatte ihm die Auskunft gegeben, die er sich erhofft hatte. Die *Gitxsan* beließen es nicht bei Anfeindungen, sie setzten einen Schamanen auf ihn an, der ihn mit Flüchen belegte. Linus vermutete ein Komplott gegen ihn und zeigte verschiedene Personen beim Sheriff an, natürlich ohne Erfolg. Doch Brandon Tilman wusste einiges zu erzählen: Linus litt ein den letzten Tagen vor seiner Abreise an einem ominösen Ausschlag im Gesicht, ehe er mehrere kleinere Unfälle erlitt, mal stolperte er die Treppe hinunter, dann platzte ein Reifen an seinem Auto, er verschluckte sich ständig beim Essen und verlor einen Zahn, als er auf einen Stein biss, der sich irgendwie in seinem Steak verloren hatte. Dazu kamen wiederholt Drohbriefe, dass dies alles nur der Anfang sei und sein Leben an einem seidenen Faden hinge. Das war für Linus Anlass genug, um so schnell wie möglich abzureisen.

‚Unter diesen Umständen', dachte Fred, ‚kann es schon passieren, dass man wichtige Gegenstände wie einen PC vergisst. Aber was macht man als Vermieter, wenn man sieht, dass der Gast diese Dinge vergessen hat? Ich würde ihn ja darüber informieren und möglicherweise zuschicken.'

Freds Lebensgeister waren wieder hellwach. Er musste raus an die frische Luft, um besser nachdenken zu können. Und wenn gerade jetzt Schneefall einsetzte, so bestärkte ihn das nur noch mehr darin, einen längeren Spaziergang zu machen, der ihn zufällig an Theos Haus vorbeiführen könnte.

Linus Westerstedt war wieder obenauf. In einigen Monaten würde er als der Mann in Kanada auftreten, der dank seines unermüdlichen Einsatzes und seines potenten Teilhabers das *Hazelton*-Projekt rettete. ‚Dieser Bob Forrester wird vielleicht staunen, wenn ich ihm die Höhe der zugesagten Investitionssumme verrate!', dachte Linus bei sich und streckte sich behaglich. ‚Verlacht hat er mich, als er erfuhr, unter welchen Umständen er abreiste! Aber ich werde meine Ehre wieder herstellen! Und künftig wird nicht mehr zu Bobs, sondern zu meinen Bedingungen verhandelt.' Linus hatte ein Ass im Ärmel, das er ausspielen würde, wenn Bob am wenigsten damit rechnete. Ja, er hatte die Zeit genützt und in den vergangenen Monaten vieles bereinigt. ‚Ha!' Linus warf die Decke zur Seite und sprang aus dem Bett. ‚Wenn Bob davon wüsste, würde er vor Wut im Dreieck springen!'

„Linus? Du bist heute so aufgedreht. Was ist los?"

Linus drückte seiner Geliebten einen Kuss auf die Wange.

„Ich freue mich darüber, dass mir das Schicksal eine zweite Chance gibt."

„Du sprichst jetzt nicht von mir, oder?"

Olga saß am Schminktisch und schien ganz und gar auf die Form und Färbung ihrer Augenbrauen fixiert.

„Dich würde ich niemals als zweite Chance bezeichnen, mein Liebling. Du bist einzigartig."

„Hast du das zu deinen früheren Frauen auch gesagt?"

„Nein, weil sie es nicht waren. Eine war so gut oder schlecht wie die andere."

„Wie viele waren es denn genau?"

„Das spielt doch keine Rolle, liebste Olga! Sie waren unbedeutend, ein Zeitvertreib, mehr nicht."

Olga schien sich mit der Antwort vorläufig zufrieden zu geben.

„Na gut. Über welche zweite Chance freust du dich also?"

„Über die Chance, diesen *Hazelton*-Deal doch noch hinzubekommen und gleichzeitig diesem Drecksack Forrester eins auszuwischen."

Olga sah Linus auf eine Art und Weise an, die diesen verunsicherte. Es war ein Blick, der ihn durchleuchtete wie ein Röntgenstrahl.

„Was?", fragte er.

„Ich frage mich, ob es nicht in jeder Hinsicht klüger wäre, diese zweite Chance zu ergreifen, ohne gleichzeitig nach Rache zu sinnen."

„Du kennst diesen Typen nicht. Er hat die ganze Zeit gegen mich geätzt. Im Grunde hat er mir immer nur Steine zwischen die Füße geworfen. Ich bin für ihn nur so lange von Interesse, wie er von meiner Arbeit profitieren kann."

„Das mag ja alles richtig sein. Aber, mein lieber Linus, warum solltest du dich an solchen Leuten messen und mit ihren Methoden zurückschlagen? Glaubst du nicht, dass du viel wertvoller bist als ein kaltblütiger, geldgieriger Geschäftsmann?"

„Wie meinst du das?"

„Ich liebe dich nicht dafür, dass du ein gerissener Fuchs bist. Ich liebe dich, weil du so wunderbar, so unendlich mitfühlend sein kannst. Du hast ein großes Herz, Linus! Mach es nicht kaputt, indem du dich in einer Sache verlierst, die nichts einbringt."

Darauf wusste Linus nichts mehr zu sagen. Sein Selbstbild war eben ordentlich durcheinandergeschüttelt worden. Bisher hatte er Frauen, die über liebende Herzen und solche Sachen gesprochen hatten, verlacht. Doch Olgas Worte hatten bei ihm tief drinnen angedockt und entfalteten ihre Wirkung.

Olga wiederum sah, dass Linus etwas verloren im Raum stand, und kam ihm mit einer Frage zu Hilfe.

„Was geschieht eigentlich, wenn das Projekt abgeschlossen ist?"

„Dann erhalten wir unsere regelmäßigen Einnahmen aus der – ich weiß nicht, wie man es in Amerika nennt – hier würde ich Kurtaxe dazu sagen. Das reicht aus, um sich ein sorgenfreies Leben zu gönnen."

„Wen meinst du mit ‚wir'?

Olga sah Linus nun nicht mehr durch den Spiegel an, sondern drehte sich auf ihrem Hocker um, denn diese war eine wirklich entscheidende Frage. Die Antwort dazu wollte sie unmittelbar erfahren.

„Na – wir beide und dein Mann natürlich."

„Erklär' mir das genauer, bitte! Du gehst doch wohl nicht davon aus, dass ich weiter mit diesem gefühlskalten Menschen zusammenlebe und dich an zwei Vormittagen pro Woche treffe? Ich bin froh, dass ich dich habe, aber ich will mehr von dir als gelegentlich ein heimliches Stelldichein."

„Mein armer Liebling! Ich verstehe dich und ich sehe das ganz genauso!"

Linus stellte sich hinter seine Geliebte und streichelte ihr langes dunkles Haar.

„Aber erstens ist es noch zu früh, um sagen zu können, was dein Mann alles plant – er ist für Überraschungen immer gut, würde ich behaupten! – und zweitens habe ich auch einen Plan, den ich auf jeden Fall umsetzen möchte."

„Ja?"

„Ich möchte mit dir zusammen leben, ob in Kanada oder sonst irgendwo. Hauptsache, du bist bei mir."

„Ach Linus! Wenn es nur wahr wäre!"

Sie küssten sich.

„Es wird sich alles ergeben. Da bin ich mir ganz sicher. Vertrau mir!"

Olga belohnte ihn für diese Aussage mit einem herzlichen Lächeln.

„Wann kommt eigentlich dein Mann nach Hause?"

„Huch! So spät ist es schon? Wo ist nur die Zeit hingekommen? Du solltest jetzt besser gehen. Er könnte jeden Moment kommen."

„Wie ich diese Heimlichtuerei hasse!"

„Und ich erst! Ich hoffe sehr, dass wir das alles bald hinter uns lassen können."

Noch ein inniger Kuss, dann verließ Linus das Haus durch die Hintertür. Keine Minute später kam Horst Waldschmidt nach Hause.

„Was gibt es zu essen? Ich habe einen Bärenhunger."

„Tut mir leid, Sarah hatte heute frei. Und ich hatte heute einen langen Friseurtermin. Ich bin eben erst heimgekommen. Bestell dir doch was beim Italiener."

Horsts Antwort war ein wütendes Schnauben.

„War dieser Linus hier?"

„Nein! Wie kommst du denn darauf?"

„Ich dachte, ich hätte seinen Wagen vor unserem Haus gesehen."

„Wie gesagt, ich bin eben erst gekommen."

„Jaja, schon gut. Ich habe mich nur eben gefragt, warum er so eine Schrottkarre fährt. Er sollte unbedingt sein Image aufpolieren. Seriöses Auftreten schaut anders aus."

„Ach so! Ich glaube, du hast das Auto seines Bruders gesehen. Linus fährt manchmal damit, meistens, wenn etwas zu reparieren ist oder um den Tank aufzufüllen. Er unterstützt seinen Bruder, wo er nur kann. Er hatte eine schwere Zeit. Er war lange krank und seine Eltern wollen nichts mit ihm zu tun haben."

„Ach? Ein Sozialfall in der Familie? Kommt im Geschäftsleben nicht gut an. Ich muss mir den Jungen mal zur Brust nehmen. Schließlich machen wir gemeinsame Geschäfte. Alles, was er tut, fällt auch auf mich zurück."

„Natürlich."

„Also – was soll ich essen?"

„Ich bestell dir ja gleich was; und für mich auch. Dann machen wir uns einen gemütlichen Abend und plaudern ein bisschen zusammen."

„Worüber soll ich denn mit dir plaudern?"

„Zum Beispiel darüber, was wir in Kanada alles anstellen wollen?"

Sie hielt es für eine spontane Eingebung, sozusagen eine jugendliche Inspiration, dass sie sich in diesem Moment auf den Schoß ihres Mannes fallen ließ.

„He! Was ist denn mit dir los? Das tut weh!"

Unsanft drückte er sie von sich.

„Wenn ich dich störe, musst du es sagen!", entgegnete Olga beleidigt. „Ich kann dir auch aus dem Weg gehen."

„Ich möchte eigentlich nur etwas essen und meine Ruhe haben. Das sollte doch irgendwie möglich sein, oder?"

„Natürlich."

Schweigend zog sich Olga an und verließ das Haus.

Es war bereits dunkel, als Elke unerwarteten Besuch erhielt.

„Olga? Du hier? Ist etwas geschehen?"

„Mein Mann – " brachte Olga gerade noch über die bebenden Lippen, dann begann sie zu schluchzen.

„Komm erst einmal herein."

Eine Stunde später hatte Olga alles erzählt, was auf ihrem Herzen lastete, und noch etwas mehr. Elke fiel auf, dass sie sich viel mehr Zeit für ausschweifende Gespräche nahm, seit sie arbeitslos war, und irgendwie konnte es beinahe genießen. Olga wurde indes gewahr, dass sie sich in Gegenwart dieser Frau außergewöhnlich wohl fühlte.

„Elke, es tut so gut, mit dir zu reden. Ich war am Rande der Verzweiflung, und jetzt erscheint mir alles so klar und einfach. Es ist eine unbefriedigende Situation, ja! Aber beileibe nicht zum Verzweifeln."

„Ich bin da nicht anders als du. Manchmal komme ich mir vor wie gefangen in einem Gespinst von klebrigen Spinnenfäden und sehe keinen Ausweg, dann lasse ich einfach alles gut sein und unternehme erst mal gar nichts, denn in solch einem Zustand würde ich nur Unsinn anstellen. Sobald ich erst meine innere Ruhe wiedergefunden habe, sieht alles halb so schlimm aus. Das ist doch nur menschlich."

„Ich kenne dich jetzt schon so lange, aber du überraschst mich immer wieder. Erst die spontane Kündigung, dann diese ruhige, souveräne Haltung... Ich möchte fast behaupten... Ich meine, es liegt nahe, dass das mit diesem Dieter zu tun hat."

„Ja, ich glaube auch. Zum Teil wenigstens. Ich denke, es ist seine ruhige und überlegte Art, die mir so imponiert, dass ich sie mir gerne aneignen möchte."

„Und? Ihr versteht euch also jetzt besser? Keine Missverständnisse mehr?"

„Wir haben alles ausgeredet und jetzt wissen wir besser, wie der andere tickt. Aber, Olga!" Sie hielt ihr den ausgestreckten Zeigefinger vor die Nase. Es ist gut so, wie es ist, und weiter gibt es nichts zu forcieren! Er ist ein guter Freund und er tut mir gut. Verstehst du?"

„Wie recht du hast! Man muss auch die Dinge sich entwickeln lassen. Ich bin da leider oft zu ungeduldig. Ich hoffe, dass sich Linus von mir nicht bedrängt fühlt... Was bin ich froh, dass wir nun bald gemeinsam nach Kanada aufbrechen! Auch wenn es mir manches Mal Angst macht. Wer weiß schon, was da drüben alles geschehen wird?"

„Ich hoffe sehr, dass wir uns alle gegenseitig unterstützen. Ich habe Zeit meines Lebens in Deutschland verbracht. Es ist ein großes Abenteuer für mich."

„Noch dazu mit einem jungen Mann zusammen..." Olga zwinkerte ihr vielsagend zu.

„Olga! Du bist unmöglich! Eben habe ich es dir gesagt! Das ist keine Romanze! Und das weiß er auch. Wir sind Freunde, die zufällig einen ähnlichen Plan haben."

„Das schweißt einen zusammen. Du wirst sehen."

„Dann soll es so sein. Ich mache mir nichts vor. Für Träume bin ich schon zu alt."

„Meine liebe Elke! Träume sind das Salz des Lebens! Man sollte niemals aufhören zu träumen."

Elke zuckte mit den Achseln.

„Wie geht es dir jetzt? Alles in Ordnung? Du kannst auch hier übernachten, wenn du willst."

„Nein. Vielen Dank! Ich war nur vorhin so verzweifelt. Ich brauchte einen Menschen, der noch irgendetwas fühlt! Es ist ja nicht so, dass ich mich vor meinem Mann verstecken muss, im Prinzip kann ich zuhause tun und lassen, was ich will. Er wohnt unter demselben Dach, aber andere Gemeinsamkeiten gibt es nicht zwischen uns. Ob ich nun heute heimkomme oder morgen, ist ihm egal. Hauptsache, im Schrank hängen gebügelte Hemden und Hosen und sein Essen steht zu festen Zeiten auf dem Tisch."

„Traurig. Weiß er von Linus und dir?"

„Ich glaube nicht."

„Und? denkst du, er wäre eifersüchtig, wenn er es wüsste?"

„Eifersucht kann man das nicht nennen. Da ist allenfalls ein verletztes männliches Ego."

„Er könnte dich aus dem Haus werfen, oder?"

„Das wagt er nicht. Er weiß, dass ich sehr viele Leute kenne, die für ihn wichtig sind. Wenn er mir blöd kommt, erzähle ich überall herum, was für ein Scheusal er im privaten Leben ist."

„Dann muss man sich mit dir wohl gut stellen?", meinte Elke und lachte.

„Es gibt auch Leute, die haben bei mir einen so großen Stein im Brett, dass ihnen auf Lebenszeit meine Zuneigung gehört."

Elke nahm ihre Hand und drückte sie.

„Ich muss es versuchen, Amie."

Theo lief aufgeregt in Wohnzimmer hin und her.

„Wir haben keine Wahl. Wie sollte ich die 20.000 jemals zu-rückzahlen? Soll ich meiner Tochter sagen, dass sie ihr Studi-um beenden muss? Sie hat die Chance, in zwei Jahren ihren Abschluss zu machen. Wenn sie jetzt aufhört, waren die letz-ten Jahre umsonst, auch das Geld, das wir ihr schon zuge-schossen haben."

„Das weiß ich ja, Theo. Aber vielleicht gibt es ja eine bessere Lösung. Viele Freunde wenden sich jetzt schon von uns ab. Ich weiß nicht, ob es das wert ist."

„Ich habe nur eine Woche Zeit. Ich muss etwas tun."

„Tu nichts, was du bereuen könntest, Theo!"

„Ich fürchte, das ist schon geschehen."

Mit einer Kartonrolle in der Hand machte sich Theodore Smith auf den Weg zu seinem direkten Nachbarn Steve Lexington. Sie kannten sich schon als kleine Jungs, damals, als *Hazelton* noch doppelt so viele Einwohner hatte, jedoch keine geteer-ten Straßen, nur ein Hotel und drei Lebensmittelgeschäfte. Die *Gitxsan* stellten immer schon den Großteil der Bewohner. Früher konnten sie die Bevölkerung allein mit Lebensmittel aus ihren Farmen versorgen, einige hatten auch das Recht zu jagen. Doch dieses Leben war den Jüngeren zu mühsam und sie wanderten ab in die größeren Siedlungen im Süden und

Osten. Damals hatten Steves Eltern einen Laden für Kurzwa-
ren, Haushaltsgeräte und landwirtschaftlichen Bedarf, in dem
sich Theo gerne aufhielt. Denn dort kamen täglich Leute aus
dem ganzen Ort vorbei, es gab immer etwas zu sehen und zu
belauschen. Und fast immer fiel eine Süßigkeit für die Kinder
ab, wenn auch nur als Wegzehrung für den einen oder anderen Botengang. Steve und Theo wurden größer, heirateten
und übernahmen die Anwesen ihrer Eltern. Steve und seine
Frau Mary blieben kinderlos, daher sahen sie sich seltener; die
Interessen drifteten auseinander. Was früher so einfach und
selbstverständlich erschien, sich zu treffen, zu unterhalten und
etwas gemeinsam zu unternehmen, war nun eine diffizile
Angelegenheit geworden. Man hatte verlernt, einander zu
vertrauen.

Theo klopfte mit dem Messingring, der von besseren Tagen
zeugte, an die Haustür, was sich, wie Theo fand, so anhörte
wie sein eigener Herzschlag.

Steves Frau war eine stolze *Gitxsan.* Sie weigerte sich, die
Kleidung der Weißen zu tragen. Ihr inzwischen stark ergrautes
Haar band sie im Nacken zusammen. Es reichte ihr bis zu dem
bunten, handgefertigten Gürtel, der ihr ockerfarbenes Leinen-
kleid zusammenhielt.

„Hallo, Mary!“

„Komm rein!“, sagte sie nur.

Theo machte ein paar vorsichtige Schritte in das Haus, das er
zuletzt vor sechs Jahren betreten hatte. Es sah noch genauso
aus wie damals; auf den ersten Blick ein undurchschaubares
Durcheinander an Möbeln und Teppichen, an unterschied-

lichsten Kunstgegenständen, Fotografien, Tüchern, Schnüren, Fellen und sonstigem Tand. Es roch wie in seiner Erinnerung, nach Tabak und Leder. Die Lexingtons liebten und verehrten die Tradition ihrer Vorfahren; der Gedanke, sich modern und komfortabler einzurichten, lag ihnen fern.

Steve stand von seinem Sessel auf, seine lange, selbst geschnitzte Pfeife in der Hand, und sah Theo zunächst schweigend an. Dann sagte er: „Du hast uns lange nicht mehr besucht. Du wirst deine Gründe gehabt haben. Sei willkommen! Setz dich zu uns!"

Er wies auf einen Kreis von Kissen, die auf einem dicken Teppich lagen.

Theo dankte stumm. Er wusste, dass es in der Tradition der Ureinwohner unhöflich war, sich vor einem Gespräch nicht die Zeit zu nehmen, einander prüfend und wertschätzend anzusehen und Höflichkeiten auszutauschen. Ein Gespräch musste vorbereitet werden, dazu gehörte auch, die Stimmung zu ergründen und die Umgebung auf sich wirken zu lassen.

‚Steve ist älter geworden', dachte Theo. ‚Sein Haar ist ergraut, die Haut schlaffer, aber er hat immer noch diese Ausstrahlung, die einem Respekt einflößt.'

‚Theo ist immer noch der nette, herzensgute Kerl, als den ich ihn kennengelernt habe.' Dieser Gedanke war sofort in Steves Kopf präsent, noch ehe er sich weiter in seinen alten Freund einfühlte. ‚Er hat Sorgen, die er hier abladen will', dachte er weiter. ‚Ich könnte ihm einen Teil seiner Last abnehmen, aber das wäre nicht gut.'

Währenddessen dachte Theo: ‚Warum habe ich das Gefühl, bereits verloren zu haben?'

‚Es wird mir weh tun, seine Bitte abzuschlagen. Aber es ist besser so.'

So saßen sie eine Weile still beieinander, starrten in die Leere und tranken Tee. Dann fragte Steve: „Du möchtest mich um etwas bitten, was dir nicht leichtfällt. Sag mir, was es ist, in aller Klarheit, und ich werde dir sagen, ob ich deine Bitte erfüllen kann."

„Danke, Steve! Ich werde dir zeigen, worum es geht."

Er holte den Plan aus dem Behältnis und breitete ihn vor sich aus.

„Du weißt, was das ist. Ein Plan, um *Hazelton* von einem unbedeutenden, aussterbenden Ort zu einer florierenden Stadt zu machen, so wie es uns von der Regierung versprochen wurde. Der Rat der *First Nations* hat dem Grundsatzbeschluss der Regierung zugestimmt. Ich weiß, dieser Deutsche hat euch etwas anderes erzählt. Er erwähnte monströse Hotels und Einkaufszentren, Liftanlagen und Shuttlebusse, aber das war nicht die Wahrheit. Linus Westerstedt konnte sich mit seinen Forderungen nicht durchsetzen. Schau hingegen diesen Plan an!"

Er rückte auf die Seite von Steve und versuchte ein aufmunterndes Lächeln. Doch Steves Mine blieb regungslos.

„Ich habe ihn mit dem zuständigen Manager abgesprochen. Die Eingriffe in die Natur werden minimal sein, hier und dort werden neue Geschäfte entstehen, was uns allen zugutekommt, es gibt Campingplätze, Parks und als Höhepunkt ein phantastisches *Heritage Center*. Unsere Kultur wird nicht nur überleben, sie erhält einen besonderen Platz! So wie es im Sinne aller gedacht war! Alles, was dafür erforderlich ist, wäre, dass wir, also du, ich und dein Nachbar Jack einen Teil ihres Grundbesitzes zur Verfügung stellen. Na, was sagst du?"

Steve zeigte immer noch keine Regung. Lange sah er sich den Plan an. Dann sagte er: „Das ist es also, worum du mich bittest? Dass ich meinen Grund und Boden verkaufe?"

„Ja. Also nur einen Teil davon." Theo wagte kaum zu atmen.

„Dann tut es mir leid, dass ich deine Bitte nicht erfüllen kann."

Er trank seinen Tee aus, also wäre das letzte Wort in dieser Angelegenheit gesprochen.

„Warum nicht, Steve?", flüsterte Theo.

„Ich kenne diesen Bob Forrester und ich traue ihm nicht. Ich glaube nicht an diesen Plan und im Übrigen brauche ich ihn nicht. Die Weißen haben uns noch nie etwas geschenkt. Warum also sollte ich ihnen mein Land verkaufen?"

Theo hatte Mühe, seine Tränen zurückzuhalten. Er wusste, dass jede weitere Diskussion überflüssig war. Steve hatte entschieden und sein Entschluss war unumstößlich. So war er immer schon. Schweigend rollte er den Plan zusammen und steckte ihn in die Kartonhülle zurück. Er senkte seinen Kopf und wandte sich zum Gehen.

Da sagte Steve: „Es fällt dir schwer, meine Entscheidung zu akzeptieren. Aber die Ursache dafür liegt nicht in mir. Deine Probleme kommen daher, dass du dich auf eine Lüge eingelassen hast. Es geht dir nicht um unser Dorf, es geht dir um das erwartete Geld, das dir aus einer Notlage helfen würde."

Theo suchte, aber er fand nicht die richtigen Worte.

„Meine Entscheidung mag dir hart erscheinen, aber sie ist gut für dich, mein Freund. Wenn du Hilfe brauchst, wende dich an deine Brüder, die dich lieben."

Theo verließ das Haus, ehe sein Nachbar sah, dass er weinte.

Die Heftigkeit des Schneesturms überraschte Fred. Schon oft war er bei unwirtlichen Bedingungen hinauf in die Berge gegangen, weil er es liebte, sich selbst zu spüren, wenn Schnee an seiner Kleidung klebte und die Atemluft an seinen Augenbrauen gefror, wenn er gegen den Wind ankämpfen musste und später mit heißen Wangen am Kaminfeuer saß und sich einen heißen Tee mit Rum einflößte. Doch dieses Mal war der Schneefall so dicht, dass er kaum die Hand vor den Augen sah. Zudem kam ein heftiger Sturm auf, der Schneeflocken beständig von vorne in sein Gesicht blies. Um überhaupt etwas sehen zu können, musste er den Kopf senken. Unter diesen Bedingungen war es schwierig, den Weg zu finden. Bei jedem Schritt sank er bis zu den Knien ein und es hörte immer noch nicht auf zu schneien. Er hatte die Absicht, seine gewohnte Runde gehen, doch als der Sturm immer stärker wurde, beschloss er sicherheitshalber umzukehren. Er sagte sich, wenn er sich jetzt verletzte, würde ihn kein Mensch jemals wieder finden. Doch dann, als er erwartete, kurz vor *Hazelton* zu sein, musste er sich eingestehen, die Orientierung verloren zu haben. Der Wald schien ihm völlig unbekannt. Er hatte geglaubt, einem festen Weg zu folgen, doch inzwischen stellte er fest, dass es ebenso gut ein Pfad von Tieren sein konnte. Eigentlich sollte ihn sein Weg nur bergab führen, aber nun stand er vor einer Anhöhe, die ihm fremd war. Es war bei diesen Verhältnissen unmöglich, sie zu besteigen, er würde bei dem tiefen, lockeren Schnee nur abrutschen. Zu seiner Rechten schien sich ein enges Tal aufzutun, das ihn wenigstens nach unten und nicht in die Höhen führen würde, wo der Sturm noch heftiger tobte. Doch bei den nächsten Schritten trafen seine Füße gegen ein festes Hindernis. Er geriet ins

Stolpern und griff mit der Hand in den Schnee, der einen spitzen Stein verbarg. Ein Schmerz durchfuhr sein Handgelenk, aber die Kälte linderte ihn sogleich. Mühsam tastete er sich Schritt für Schritt weiter, auf Händen und Füßen kroch er in der engen Schneise zwischen steilen Hängen abwärts. ‚Ein Bachlauf!', dachte er. ‚Er wird mich zum *Skeena River* bringen. Von dort finde ich auch nach *Hazelton*.' Und tatsächlich, nach einer endlos scheinenden Stunde, sah er das Tal des Nebelflusses vor sich. Er erkannte, dass er von seinem Pfad abgekommen und weit nach Osten geraten war. Von hier aus würde er mindestens noch eine weitere Stunde bis zu seinem Motel brauchen. Inzwischen dämmerte es schon und bei diesem Wetter in der Dunkelheit zu wandern, erschien ihm mehr als leichtsinnig. Es waren weder Wege noch Straßen zu erkennen. Wie blind stapfte er weiter durch den tiefen Schnee und war bemüht, nicht zu weit vom Flussufer abzuweichen. Erleichtert sah er vor sich ein schwaches Licht. Das musste eine der Farmen am Randbezirk von *New Hazelton* sein! Dort wollte er um ein Nachtlager bitten. Es wäre dumm, sagte er sich, das Risiko einzugehen, im Dunkeln den Weg zu verfehlen und womöglich in den Fluss zu stürzen.

Als er sich dem Licht bis auf wenige Meter genähert hatte, erkannte er, wessen Haus dies war. Hier stand er erst vor wenigen Tagen unter ganz anderen Umständen. Es war das Haus von Theodore Smith. Jetzt erst fiel ihm ein, dass er heute Morgen in der Absicht losgegangen war, auf dem Rückweg Theo zu besuchen.

Er klopfte an die Tür, doch niemand öffnete. Dann verstand er, dass er mit seinen dicken Handschuhen kein lautes Geräusch erzeugen konnte. Er zog einen Handschuh aus, wobei er die

Zähne zu Hilfe nehmen musste, weil er jegliches Gefühl in den Fingern verloren hatte, und klopfte noch einmal. Die Tür ging einen Spalt auf.

„Fred? Um Gottes Willen! Was machst du bei diesem scheußlichen Wetter da draußen? Komm rein, verdammt noch mal!"

Dankbar klopfte Fred seinen schneebedeckten Mantel ab und setzte sich an das prasselnde Kaminfeuer. Er schilderte kurz seine Notlage und natürlich waren die Smiths bereit, ihn bei sich schlafen zu lassen.

„Kein Mensch geht bei diesem Wetter hinaus. Auf den Straßen liegt meterhoch der Schnee. Was hast du dir nur dabei gedacht?", fragte Theo.

„Offenbar nicht viel. Ich glaubte, den Weg zu kennen. Doch bei diesem Schneetreiben sieht plötzlich alles anders aus."

„Junge! Du blutest ja!"

Jetzt erst, wo das Blut wieder bis in seine Hände zirkulierte, bemerkte Fred einen pochenden Schmerz und Blut an seinem Handgelenk.

„Ich bin gestolpert und habe mich an einem scharfkantigen Stein geschnitten."

„Amie! Holst du mal den Verbandskasten? Das muss behandelt werden."

Während Amie die Wunde mit Alkohol reinigte und verband, wurde Fred bewusst, welch ein Glück er hatte, dass hier Leute wohnten, die sich seiner annahmen. Er sah durch das Fenster und bemerkte, dass der Sturm eher noch zu- statt abgenommen hatte. Wie wohl tat es ihm jetzt, an dem warmen Feuer zu sitzen und sich liebevoll versorgen zu lassen.

Die wohltuende, entspannende Wärme und die Müdigkeit in seinen Knochen bewirkten, dass auch Freds Geist nun nicht mehr von seinem Willen kontrolliert und damit frei war, zu tun, was ihm beliebte. Den Zustand, in den er nun geriet, hatte er schon öfter beobachtet. Meistens gelang ihm das nach einer langen, mehrstündigen Meditation, wenn er müde war, ohne einzuschlafen. Nicht selten trugen eine lange Wanderung und das Fehlen menschlicher Kontakte dazu bei, dass er in diesem Zustand gelangte. Er sah sich plötzlich selbst von hinten auf dem Stuhl sitzend, konnte seine nassen, wirren Haare sehen und sich selbst sprechen hören. Inzwischen war er schon geübt darin, seine Beobachterposition zu wechseln und sich im Raum frei zu bewegen. Er genoss diesen Zustand, weil er nicht nur mit einer gefühlten Schwerelosigkeit einherging, sondern auch frei von schweren Gedanken und nervenaufreibenden Emotionen war. Dadurch konnte er alle Menschen vorurteilslos betrachten und empfand in diesen Momenten nur Liebe.

Niemals sonst konnte er so klar sehen, was den Menschen fehlte, um ganz und gar glücklich zu sein. Fast immer waren es Kleinigkeiten, die sich auf der gedanklichen Ebene abspielten, wie zum Beispiel die Angst davor, nicht gut genug zu sein, oder wegen eines Fehlers abgelehnt zu werden. Daraus erwuchsen leider oft falsche Schlussfolgerungen, die sie zu weiteren falschen Handlungen verleiteten. Theo war ein Beispiel dafür, wie ein ehrlicher Mann aus Sorge, kein guter Vater zu sein, zu einem misstrauischen, unzufriedenen Menschen werden kann. Fred tat es weh, dabei zuzusehen, wie er sich selbst damit quälte, und nahm sich vor, ihn aus seinem Lügengespinst zu befreien.

„Ich habe mir schon öfter gedacht, dass du es mit deinen sportlichen Touren übertreibst", mahnte Theo unterdessen. „Du bist immer alleine unterwegs. Wenn dir da oben etwas passiert, bist du auf dich gestellt. Kein Mensch weiß, wo er dich suchen soll."

Fred konzentrierte sich auf seinen Körper und schaffte es, in mit seinem Geist wieder „in Besitz zu nehmen".

„Du hast recht", antwortete er. „Es wäre vernünftig gewesen, jemandem zu sagen, wohin ich gehe. Aber als Einzelgänger, der ich nun mal bin, fällt es einem manchmal schwer, andere ins Vertrauen zu ziehen."

„Ach was!", sagte Amie. „Die Leute mögen dich doch. Wovor hast du Angst?"

„Ich weiß nicht. Vielleicht davor, ein Stückchen meiner Freiheit aufzugeben."

„Das verstehe ich nicht. Verstehst du das, Theo?"

„Wer weiß schon, was in einem anderen Menschen vorgeht. Jeder hat seine Gründe, so zu sein, wie er ist."

„Fred ist doch nicht irgendwer. Er ist ein guter Freund. Da macht man sich halt so seine Gedanken."

„Das ist nett von dir Amie!", sagte Fred. „Ohne solche Freunde wie euch säße ich jetzt ganz schön in der Patsche. Ich verspreche dir, in Zukunft besser auf mich aufzupassen."

Theo aber sah zu Boden und schwieg. Fred spürte, dass er in Amies Gegenwart nicht aussprechen wollte, was an ihm nagte. Sie redeten wenig und aßen kaum etwas, bis sich Amie verabschiedete.

„Ich habe dir das Zimmer oben rechts hergerichtet", sagte sie. „Das gehörte unserem Sohn. Manchmal schläft er noch hier, wenn er uns besucht. Aber seine Besuche werden leider immer seltener."

„Danke, Amie!"

Dann waren sie alleine. Fred nahm seinen Mut zusammen und fragte: „Theo, ich sehe, dass dich etwas bedrückt. Was ist los?"

Theo seufzte und machte eine abwehrende Geste mit der Hand.

„Hat es mit dem PC zu tun? Mit den Daten, die darauf gespeichert sind?"

„Du hast sie angesehen…"

„Es ließ sich nicht vermeiden. Ich wollte den Fehler am Betriebssystem finden."

„Natürlich."

„Aber es gab keinen Fehler, nicht wahr?"

„Ich – wollte, dass diese Dinge jemand liest, der sich mit so etwas auskennt. Es – war alles ziemlich kompliziert. Ich konnte wenig damit anfangen, aber es kam mir so vor, als wäre es wichtig. Ich halte dich für einen gebildeten Mann, darum habe ich dir den PC… naja – untergejubelt."

„Von wem hast du den PC bekommen, Theo?"

„Von Linus Westerstedt. Er wohnte einige Wochen bei mir. Ich konnte mich nicht beklagen. Er war immer freundlich. Er hat hier geschlafen und manchmal gegessen, sonst sahen wir ihn selten. Er sagte immer, er sei geschäftlich in *Hazelton*. Ich habe mich nie darum gekümmert, um welche Geschäfte es dabei ging. So lange, bis er damit begann, überall herumzuerzählen, dass man *Hazelton* in eine Goldgrube verwandeln könne. Dadurch änderte sich die Haltung der Leute. Sie wollten nicht, dass sich etwas verändert. Und von einem Fremden ließen sie sich schon gar nichts sagen. Dann ist er von einen Tag auf den anderen verschwunden. Den PC hat er hiergelassen."

„Du hättest ihn ihm zuschicken können."

„Das wollte ich! Doch er sagte, ich dürfe ihn behalten."

„Hast du denn keinen Verdacht geschöpft? Ich meine, so viele vertrauliche Daten, die überlässt man doch nicht einfach einem anderen."

„Ich weiß nicht… Was hättest du denn in meiner Lage getan?"

„Schwer zu sagen. Aber das spielt jetzt alles keine Rolle mehr, denn zufällig weiß ich, dass er im Sommer mit vier Freunden hierherkommt."

„Was? Wer?"

Fred bemerkte bei den letzten Worten, dass Theos Gesicht schlagartig jede Farbe verlor.

„Du hast mich schon richtig verstanden. Linus Westerstedt kommt im Sommer nach *Hazelton*, in mein Motel. Dann kannst du ihm den PC zurückgeben. Ist doch okay?"

„Jaja. Natürlich… Was wird er denn hier wollen? Nach so langer Zeit…"

„Das ist die große Frage. Irgendwie habe ich das Gefühl, dass der PC dabei eine Rolle spielt. Wir werden sehen."

„Dann… dann werde ich ihn lieber wieder auf den Dachboden zurücktragen."

„Warum? Er hat ihn dir ja überlassen."

„Ja. Das heißt… zuerst schon. Dann hat er später noch einmal angerufen und gefragt, wo der PC ist. Und dass es wichtig wäre, dass er in meinem Haus bleibt."

„Ach ja? Das ist ja interessant. Ein geheimnisvoller Mensch, dieser Linus Westerstedt."

Fred war nicht entgangen, dass Theo immer nervöser wurde; seine Finger waren ständig in Bewegung und suchten einen Gegenstand zum Spielen. Zuerst einen Löffel, dann ein Papiertuch, das er in viele kleine Stücke zerriss.

„Mir wäre es lieber, ich hätte ihn nie getroffen."

„Aber warum? Du sagtest doch, er war immer höflich."

„Das schon. Aber sie Sache mit dem PC belastet mich."

„Dann trag ihn doch zurück auf den Dachboden und kümmere dich nicht weiter darum. Ich kann darüber schweigen, was ich gelesen habe."

„Wenn das so einfach wäre… Aber jetzt… bin ich müde. Lass uns schlafen gehen."

Er erhob sich schwerfällig mit einer Miene, die anzeigte, dass seine Gedanken wie wild kreisten.

„Gute Nacht, Theo!", sagte Fred. „Und danke!"

Am nächsten Morgen hatte sich das Wetter wieder beruhigt. Der Himmel war klar, als sich die Sonne über die Berggipfel erhob. Überall lag pulvriger, glitzernder Schnee. In der Wohnstube fand Fred einen reich gedeckten Frühstückstisch, daneben eine Notiz, auf der stand: *Guten Morgen, lass es dir schmecken. Wir kommen bald wieder.* Er deutete dies als indirekte Aufforderung, auf sie zu warten. Also ließ sich Fred viel Zeit mit dem Frühstück. Zeit, die er brauchte, um über Theos Verbindung zu Linus nachzudenken. Was er nicht wusste, war, dass Theo seinen zweiten Nachbarn besuchte. Es war kein reiner Höflichkeitsbesuch, sondern der letzte verzweifelte Versuch, wenigstens einen Menschen davon zu überzeugen, dass der Plan, den er bei sich trug, eine gute Sache war.

Als Fred satt war, ging er nach draußen, setzte sich auf die Bank auf der Veranda und dachte lange und gründlich nach. Die Daten auf Linus' PC waren eindeutig. Sie konnten nicht ignoriert werden, auch wenn Linus vor Abschluss des Projekts das Weite gesucht hatte. Möglicherweise wurde das Projekt für den Augenblick auf Eis gelegt, aber dennoch könnte es jederzeit wieder aufgegriffen werden. Warum sonst sollte Linus Westerstedt zurückkommen? Vermutlich war er der Projektleiter, Koordinator oder Ideengeber, oder alles zusammen in einer Person. Wenn er nicht gerade Urlaub in *Hazelton* machen wollte — was angesichts der Feindseligkeit, die ihm entgegengebracht wurde, eher unwahrscheinlich war — was könnte er sonst hier unternehmen wollen, wenn es ihm nicht um das Bauprojekt ging? Unter diesen Vorzeichen musste man davon ausgehen, dass Linus die Zeit bis zu seiner Ankunft nicht ungenutzt verstreichen lassen würde. Sehr wahrscheinlich würden die Vorbereitungen bis dahin so weit gediehen sein, dass den Bürgern von *Hazelton* keine Zeit mehr blieb, sich dagegen zu wehren. Darüber hinaus stellte sich auch die Frage, inwieweit die Bevölkerung in die tatsächlichen Pläne eingeweiht war.

Gedanken, Vermutungen, Spekulationen... Fred schüttelte den Kopf über sich selbst. Was er hier tat, war unnötige Energieverschwendung, wie so oft, wenn man den ewig kreisenden Gedanken Glauben schenkte. Es könnte alles auch ganz anders sein. Wer wusste schon, ob Linus während seines Aufenthalts in *Hazelton* nicht auch echte Freundschaften geschlossen hatte, und dass er jetzt hierherkam, um jemanden zu besuchen? Womöglich war sein Bauprojekt endgültig geplatzt und die Daten auf seinem PC interessierten ihn nicht mehr. Warum aber wurde Theo zum Nervenbündel, sobald vom Linus und seinem PC gesprochen wurde?

Dann kam der Pickup von Theo angerollt. Seine übergroßen Reifen wälzten den Neuschnee nur mit Mühe nieder. Als Theo ausstieg, wirkte er auf Fred so, als hätte er selbst gegen die Schneemassen gekämpft. Gebückt ging er auf Fred zu, die

Dokumentenrolle von sich gestreckt, als wäre sie ein verfluchter Gegenstand.

„Guten Morgen, Theo! Wo hast du Amie gelassen?"

„Ich hab sie in der Stadt abgeliefert. Sie arbeitet heute in der Kinderbetreuung des Zentrums. Muss sie am Abend wieder abholen."

„Danke für das gute Frühstück!"

„Gerne."

„Hast du denn schon was gegessen? Ich habe so tief geschlafen, dass ich gar nicht mitbekommen haben, wie ihr aus dem Haus gegangen seid."

Theo nickte nur.

„Wenn ich dir irgendwie helfen kann, dann sagst du Bescheid, ja?"

Wieder nickte er, dann, nach längerem Zögern, nahm er neben Fred Platz.

„Es ist irgendwie alles schief gelaufen…", sagte er mehr zu sich selbst.

„Ich glaube, ich weiß, was dich bedrückt", sagte Fred.

„Ja?"

Theo reagiert überrascht, um nicht zu sagen: erschrocken.

„Du machst dir Sorgen darüber, was passieren könnte, wenn Linus wiederkommt."

„Ja, das stimmt."

„Er wird wahrscheinlich kommen, um die Pläne für die Umgestaltung des Ortes in die Tat umzusetzen, oder was meinst du?"

„Ja, das meine ich auch."

„Weiß denn irgendjemand etwas Genaues über die Pläne?"

Wieder zögerte Theo lange, ehe er antwortete.

„Jetzt ist sowieso schon alles verloren."

„Theo. Bestimmt täuschst du dich. Mal den Teufel nicht an die Wand! Erzähl mir davon!"

„Es wurde immer wieder über diese Pläne geredet, seit Jahren schon. Am Anfang hieß es nur, es müsse etwas getan werden, damit unser Dorf nicht ausstirbt. Es gibt ein Abkommen zwischen den Aborigines und der Regierung, in dem unser Anspruch auf wirtschaftliche Entwicklungshilfe festgeschrieben ist. Das ist ja auch eine gute Sache."

„Ja und?"

„Dann ist nach und nach durchgesickert, was diese Baugesellschaft, die ICC, und Forrester wirklich vorhaben. Viel mehr als das, was auf diesem verlogenen Plan zu sehen ist." Wütend warf er die Papierrolle zu Boden. „Aber Forrester war schlau. Er hat sich aus allem herausgehalten und den Unschuldigen gespielt. Linus sollte bei den *Gitxsan* vermitteln. Aber das konnte nicht gut gehen. Die *Gitxsan* fühlten sich betrogen – "

„Womit sie auch recht hatten!"

„Ja! Natürlich!"

„Wo liegt also das Problem? Das Projekt kann doch gar nicht umgesetzt werden, wenn die Bürger von *Hazelton* nicht zustimmen."

Theo schwieg. Sein Gesicht lief rot an.

„Was, Theo?"

„Das Projekt darf nicht scheitern", presste er hervor.

„Steckst du da etwa mit drin? Wenn ich dir helfen soll, musst du mir die ganze Wahrheit sagen, Theo. Warum musstest du dein Wissen die ganze Zeit über verbergen? Hast du dich in irgendwas verrannt, musstest du etwas versprechen, oder so?"

„Es ist kompliziert."

„Ja, das glaube ich dir. Ich sehe doch, wie es dich innerlich zerreißt. Aber den Kopf in den Sand zu stecken, kann auch keine Lösung sein."

„Ich bin ein schlechter Lügner, Fred. Ich halte das nicht aus. Glaub mir! Niemals hätte ich das getan, wenn es nicht um meine Kinder ginge!"

„Was getan?"

„Forrester hat mir einen Sondervertrag angeboten. Wenn ich ihm mein Grundstück verkaufe, erhalte ich einen großzügigen Vorschuss. Ich konnte nicht ablehnen. Es war genau die Summe, die meine Tochter für ihr Studium brauchte. Hättest du in meiner Situation nicht auch so gehandelt?"

Fred schüttelte den Kopf.

„Ich kann es dir nicht sagen. Ich habe keine Kinder. Was hast du ihm im Gegenzug versprochen?"

„Dass ich meine Nachbarn dazu überrede, ebenfalls zu verkaufen."

„Aber die weigern sich, nicht wahr?"

Theo nickte.

„Ich habe von Forrester sogar diesen geänderten falschen Plan erhalten, der wahrscheinlich auf Zustimmung gestoßen wäre, aber – ich habe mein Vertrauen wohl verspielt, sogar bei den engsten und ältesten Freunden. Wenn sie mir nur zuhören würden! Alle tun so, als wäre der Plan eine Katastrophe. Das stimmt aber nicht. Es wird nicht so schlimm, wie es aussieht. Es soll sogar ein eigenes Kulturzentrum für die *Gitxsan* gebaut werden. Doch die Leute hier wollen nicht verstehen, dass man sich nicht ewig gegen den Fortschritt wehren kann."

„Aber über ihren Kopf hinweg über eine Sache zu entscheiden, die sie betrifft, geht nun mal auch nicht. Und jetzt?"

„Ich weiß es nicht. Sag du es mir! Ich bin am Ende mit meiner Weisheit."

„Wieviel hast du von Forrester bekommen?"

„20.000 Dollar."

„Und jetzt steckst du in der Klemme. Weil Forrester den Vorschuss zurückfordert."

„Ich habe das Geld nicht mehr und ich denke auch gar nicht daran, es diesem Halsabschneider zurückzugeben!", schimpfte Theo nun wütend.

„Verstehe. Wie denkt der Rat der *Gitxsan* darüber?"

„Sie wollen nichts mehr mit Forrester und mit Linus zu tun haben. Ganz gleich, was von den beiden kommt, es wird abgelehnt."

„Kann man verstehen. Trotzdem kommt Linus nach *Hazelton* zurück. Ich würde behaupten, wenn er seine Chancen nicht zuvor abgewogen hätte, würde er diese Reise nicht auf sich nehmen."

„Du meinst also, er wird das Projekt durchziehen, egal, was kommt?"

Seine Miene hellte sich auf.

„Theo. Ich verstehe dich. Aber sich mit Gaunern einzulassen, geht am Ende immer schlecht aus. Ich würde dir raten, reinen Tisch zu machen."

„Und was soll das bringen? Dann stehe ich bei Forrester immer noch in der Kreide und die Landsleute verachten mich."

„Ich will nichts beschönigen. Du hast dich da in eine verdammte Zwickmühle hineinmanövriert. Wenigstens sehe ich jetzt klarer. Ich bin froh, dass du mir die Wahrheit gesagt hast."

„Ich wollte nicht, dass es so läuft. Ich dachte, wenn du die Daten auf dem PC liest, diese ganzen Vereinbarungen zwischen den Banken und der ICC und Forrester, die fadenscheinigen Zusicherungen an die Umweltschutzbehörde und die

Tricks, mit denen man die *Gitxsan* loswerden will, würdest du alles an die Öffentlichkeit bringen. Ich dachte, du wüsstest, was zu tun ist, und machst das Richtige. Dann wäre das falsche Spiel aufgedeckt, und nicht mehr ich wäre der Bösewicht, sondern Forrester."

„Aha. Du wusstest also ganz genau, worum es bei diesem ganzen Schriftverkehr ging. Und vorsorglich hast du alle Hinweise auf deinen Deal mit Forrester gelöscht."

Theo nickte betreten.

„Theo! Was hast du dir dabei gedacht? Du wolltest, dass das falsche Spiel der Baugesellschaft aufgedeckt wird, doch die 20.000, die dabei für dich herausgesprungen sind, möchtest du behalten. Tut mir leid, aber das kann nicht funktionieren."

„Weiß ich doch!"

„Abgesehen davon, vermute ich, dass dir Linus den PC absichtlich überlassen hat. Ich weiß nur noch nicht, warum. Wir werden Linus auf den Zahn fühlen müssen, sobald er hier ist."

Theos Miene verfinsterte sich noch mehr.

„Lass dir helfen, Theo! Es gibt für alles eine Lösung. Ich finde sie."

„Dein Wort in Gottes Ohr."

„Ich würde mir gerne die besagten Daten auf einen USB-Stick kopieren, wenn du nichts dagegen hast."

„Mach, was immer du für richtig hältst."

„Ich habe dir und Amie mein Leben zu verdanken. Wenn ihr nicht gewesen wärt, müsstet ihr mich heute wahrscheinlich unter einer meterdicken Schneedecke ausgraben. Ihr seid brave Leute und nicht mit dem Abschaum von skrupellosen Bauunternehmern zu vergleichen. Du solltest dir nicht zu viele Sorgen machen. Ich bin mir sicher, es ist alles halb so schlimm."

„Na gut. Aber bevor du etwas Unüberlegtes tust, frag mich! Bring dich nicht in Gefahr! Diese Leute sind nicht zu unterschätzen."

„Ich weiß. Und du sagst mir, wenn sich Forrester oder Linus melden, okay?"

„Abgemacht."

‚Es riecht hier immer wie in einem schäbigen Gasthaus‘, fand Linus, während er mit dem Löffel den letzten Rest einer Instantsuppe aufnahm. ‚Und ganz gleich, was er kocht, es schmeckt alles ähnlich. Aber ich werde mich hüten, ihm das zu sagen, das würde ihn verletzen.‘

„Möchtest du noch etwas Suppe?", fragte Dominik Westerstedt und lächelte.

„Ja, gerne!", log Linus. ‚Er freut sich so, dass er etwas für mich tun kann. Oder weil er zum ersten Mal seit Jahren das Gefühl hat, nicht mehr fremdbestimmt zu sein. Aber wahrscheinlich gehört das zusammen.‘

Dominik füllte die Schöpfkelle mit Suppe und achtete darauf, dass ein ganzer Grießkloß dabei war.

„Nimm dir auch noch Brot!"

Linus spürte die Schweißtröpfchen auf seiner Stirn, die typischerweise immer dann auftraten, wenn er sich nicht richtig zu atmen traute. Am liebsten hätte er seinen Bruder gebeten, ein Fenster zu öffnen. Aber dann wären der Verkehrslärm und die schlechte Stadtluft in die Wohnung geströmt. Er hätte sagen müssen: „Mach es wieder zu! Bei dem Lärm kann man sich nicht unterhalten." Nein, das musste er jetzt aushalten. Sein Bruder durfte nie das Gefühl haben, er habe es nicht gut in seiner eigenen Wohnung. 25 Quadratmeter, eine Wohnküche mit Schlafnische, mehr konnte man für 290 Euro Warmmiete nicht erwarten. Aber es war wenigstens ein Anfang.

„Und? Was sagen die vom Arbeitsamt?"

„Sie sagen, dass ich in meinem erlernten Beruf gute Chancen hätte. Aber in den letzten fünf Jahren hat sich eine Menge getan. Ich müsste einen Kurs besuchen, um wieder – äh – vermittelbar zu sein."

„Einen Kurs? Na, dann mach doch!"

Dominik wand sich hin und her, spielte mit seinen Händen und brachte kein vernünftiges Wort hervor.

„Du glaubst, du schaffst das nicht? Du hast eine eigene Wohnung, Dominik. Hättest du vor fünf Jahren geglaubt, dass du in einer eigenen Wohnung leben kannst?"

„Nein…"

„Na siehst du! Du kannst alles, was du dir vornimmst."

„Aber – aber – da sind andere Leute in diesem Kurs, kluge Leute, die wissen viel. Und ich…"

„Dominik! Was haben die in der Klinik immer zu dir gesagt? Weißt du es noch? Was du niemals vergessen darfst?"

Die Antwort kam wie aus der Pistole geschossen.

„Ich darf mich nicht mit anderen vergleichen. Jeder ist einzigartig und wertvoll."

„Sehr gut! Was glaubst du, wie viele von den Kursteilnehmern die Hosen voll haben, weil sie meinen, es nicht zu packen?"

„Ich weiß nicht…"

„99,9 Prozent! Jeder hat Angst, weil er nicht weiß, auf welche Leute er treffen wird. Das ist überall so! Und wenn alle Angst vor allen haben, wie würdest du das nennen?"

Dominik begriff schnell und lachte.

„Ich würde das ganz schön dämlich nennen!"

Jetzt lachte auch Linus.

„Und was ist mit den übrigen 0,1 Prozent?", fragte Dominik.

„Das sind so geniale Leute wie ich, die Nerven wie Drahtseile haben. Aber die sind sehr selten!"

Dominik nickte und lachte wieder.

Linus sah sich im Zimmer um. Da war ein Kühlschrank, so ein altes Monstrum, an dessen Tür noch Sticker von seinem Vorbesitzer klebten. *Lächle und die Welt lächelt zurück!*, *Es ist nie zu spät, noch als schlechtes Beispiel zu dienen.*, *Brot für die Welt, Kuchen für mich!*, *Ob Eltern oder keine, entscheiden wir alleine!*, und andere, teilweise nicht mehr lesbare Sprüche, die früher mal in aller Munde waren.

„Was meinst du, Dominik?", fragte Linus, auf den letzten Spruch weisend. „Können wir uns unsere Eltern aussuchen?"

Er wusste, dass er mit dieser Frage ein Risiko einging. Alles, was mit ihren Eltern zu tun hatte, war für seinen Bruder ein rotes Tuch. Aber er war der Meinung, man konnte seiner Herkunft nicht ständig aus dem Weg gehen. Gerade jetzt hielt er es für äußerst wichtig, keinen Tanz ums goldene Kalb in Bezug auf die Sünden und Dramen aus der Vergangenheit zu veranstalten. Wenn man in Zukunft besser leben wollte, sollte man seine Irrtümer anschauen, akzeptieren und ein für alle Mal in den Müll werfen.

Dominik sah ihn an, als wollte er sichergehen, dass die Frage ernst gemeint war.

„Ich glaube nicht", sagte er schließlich. „Aber vielleicht würde ich anders denken, wenn ich mich an die Zeit vor meiner Geburt erinnern könnte."

„Gut gesprochen! Ja, das trifft es! Wer weiß schon, ob wir nicht jahrhundertelang als engelsgleiche Seelen im Himmel herumgeflogen sind und uns aus lauter Langeweile ein Elternpaar ausgesucht haben, dem wir auf die Nerven gehen können."

„Du möchtest mich prüfen, oder?"

„Wie meinst du das?"

„Du möchtest herausfinden, ob ich stabil genug bin, um über meine Eltern zu sprechen."

„Ich – ich würde mich besser fühlen, wenn ich mir sicher wäre, dass das alles für dich Schnee von gestern ist."

Dominik ging schweigend zum Kühlschrank und holte eine Packung mit Schokoeis aus dem Gefrierfach.

„Wenn es um dieses Thema geht, soll ich mir etwas Gutes tun und nicht weiter darüber nachdenken", sagte er und schabte mit einem Löffel die Oberfläche des Eises ab, sodass sich eine zarte Schnecke formte.

„Du hast recht", stimmte Linus zu. „Meine Frage war dumm. Du solltest dir Gutes tun und dich bei dem Auffrischungskurs des Arbeitsamtes anmelden. Das hat Vorrang."

„99,9 Prozent hast du gesagt?"

„Wie? Ach so! Ja, das habe ich."

„Dann könnte ich es wohl riskieren."

„Finde ich auch."

„Stell dir vor, wie die anderen Kursteilnehmer zittern würden, wenn sie wüssten, dass sie gegen einen genialen IT-Crack antreten müssen!"

Dominik lachte, dann tat er etwas, was Linus nicht erwartet hätte. Er stand auf und drückte den Kopf seines Bruders gegen seine Brust.

„Ohne dich hätte ich schon lange aufgegeben."

Linus hatte mit Tränen zu kämpfen.

„Wir geben nicht auf. Wir tun das einfach nicht. Nie! Das verspreche ich dir."

Im Hause Waldschmidt hing der Haussegen schief.

„Was soll das heißen – ich habe für fünf Personen gebucht? Soviel ich weiß, habe ich klar gemacht, dass das eine geschäftliche Reise wird, bei der du uns begleiten darfst. Nicht mehr und nicht weniger."

„Und zufällig ist Elke meine beste Freundin, die ich unbedingt dabeihaben will. Ist das etwa zu viel verlangt?"

„Und was ist das mit diesem Dieter? Brauchst du den auch zu deiner Unterhaltung?"

„Nein. Den braucht Elke zu ihrer Unterhaltung. Horst! Sei doch nicht so egoistisch! Die beiden haben sich vor kurzem kennengelernt und sie tun sich so gut! Du weißt ja nicht, wie Elke in der Luft hängt, seit sie aus ihrer Stellung hinausgemobbt wurde. Ich verstehe sehr gut, wie sie sich fühlt. Jahrelang Chefsekretärin und plötzlich nichts. Elke hat schon so viel für mich getan, wenn es mir mal schlecht ging, jetzt bin ich mal dran mit Helfen."

„Wann soll es dir schon schlecht gegangen sein?", brummte Horst.

„Das ist mir völlig klar, dass du davon nichts mitbekommen hast! Dazu fehlt dir einfach das Einfühlungsvermögen, mein Schatz. Überlass den Beziehungskram mir, hm? Du wirst es nicht bereuen. Wer sagt denn, dass wir trotz der überaus wichtigen Geschäfte nicht gleichzeitig einen schönen Urlaub haben werden?"

Der Redegewandtheit seiner Frau hatte Horst Waldschmidt nichts entgegenzusetzen. Aus reiner Gewohnheit grantelte er weiter vor sich hin.

„Und in welcher Baracke hast du uns da überhaupt eingemietet? Irgend so ein Wald- und Wiesenmotel?"

„Der Besitzer ist Deutscher und ein sehr höflicher Mensch. Ich habe selbst mit ihm gesprochen. Er freut sich sehr auf den Besuch seiner Landsleute."

Ein weiteres Brummen durfte Olga als Zustimmung werten.

Fred war sich sicher, dass er einen Hinweis auf die wahren Pläne dieses Linus Westerstedt finden würde, wenn er nur lange genug suchte.

Er sah sich noch einmal den Plan an, der auf dem PC abgespeichert war. Theodore hatte gesagt, der aktuelle Plan, den er kürzlich von Forrester bekommen hatte, sei keine Katastrophe. Nun – dieser Plan war es auf jeden Fall. Wenn er sich vorstellte, dass Theo dennoch bereit war, sein Grundstück zu verkaufen, dann musste seine Geldnot schon sehr groß gewesen sein. Er konnte doch nicht so blauäugig sein und glauben, sein Leben würde sich durch den Komplettumbau von *Hazelton* nicht verändern. Direkt hinter seinem Haus war eine Liftanlage geplant. Die große Weide dahinter würde zu einem betonierten Parkplatz umfunktioniert. Fred schüttelte den Kopf. Der Plan war definitiv eine Riesenkatastrophe für *Hazelton*. Das würde auch durch ein Kulturzentrum nicht besser.

Noch einmal schaute sich Fred die Details zu den Dateien an. Sie wurden in den Monaten Mai bis Oktober letzten Jahres erstellt. Nur eine Datei wurde später bearbeitet; es war die Datei mit dem Namen „Sondervereinbarungen". Sie wurde im November zuletzt geändert; zu diesem Zeitpunkt war Linus Westerstedt bereits außer Landes. Das konnte nur bedeuten, dass Theo die Datei selbst geändert hatte. Er überflog den Text; viel juristisches Latein, aber eines musste jedem auffallen: Es war eine abgespeicherte E-Mail mit einem Begleitschreiben zu einem Kaufvertrag zwischen dem ICC und Theodore Smith. Aus dem Begleitschreiben konnte man keine Informationen ziehen. Der Vertrag sollte als Anhang angefügt worden sein, doch da war kein Vertrag. Glaubte sich Theo tatsächlich aus der Affäre zu ziehen, indem er Daten von Linus'

PC löschte? Hatte er das möglicherweise mehrfach getan? Fred ahnte, dass Theo keine Ahnung hatte, wie man gelöschte Dateien innerhalb eines begrenzten Zeitraums wiederherstellen konnte. Ein paar Klicks und eine Minute später hatte er Klarheit. Es gab einige Absprachen zwischen der ICC und Forrester, leider in einem sehr verwirrenden Geschäftsenglisch verfasst, aus dem Fred nicht recht schlau wurde. Doch neben vielen juristischen Begriffen fiel auch der Name Theodore Smith immer wieder. Wenn Fred bei seinem Bemühen, den Text zu entschlüsseln, nicht ganz falsch lag, besagte er, dass Theos Grundbesitz als Sicherheit diente, falls das Vorhaben nicht wie vorgesehen durchgeführt werden konnte. Fred schlug die Hände über dem Kopf zusammen. Theo war einem Gauner auf den Leim gegangen. Wie konnte man nur so naiv sein! Wenn es so einfach gewesen wäre, die Grundbesitzer zum Verkauf zu überreden, hätte es Forrester selbst getan. Indem er Theo die undankbare Aufgabe übertrug, ging er kein Risiko ein und konnte ein Scheitern des Vorhabens ihm in die Schuhe schieben. Und wenn alle Stricke reißen würden, könnte er sich an Theos Grundstück gütlich halten, um Gläubiger zu befriedigen.

‚Er wird einen Anwalt brauchen', dachte Fred. ‚Und wenn es nur dazu dient, um Klarheit über die Absprachen zwischen Forrester und der ICC zu bekommen. Vielleicht – wenn man einen kleinen Verfahrensfehler in den Verträgen findet – könnte sich die Möglichkeit ergeben, sich aus dem Vertrag herauszuklagen.'

Langsam fand ein Mosaiksteinchen zum anderen und ein Gesamtbild war erkennbar. Theo brauchte Geld. Forrester bot ihm einen für ihn unermesslichen Betrag an, und zwar für ein brach liegendes Grundstück, von dem Theo sowieso keinen Nutzen hatte. Er sah eine einmalige Gelegenheit, seinen Kindern Geld für ihr berufliches Fortkommen schenken. Um sich selbst machte er sich am wenigsten Gedanken. Was hatte er schon zu verlieren? Schlimmstenfalls eine Pfändung seines Besitzes. Aber um ihm das Haus wegzunehmen, dafür reichte ein Vertragsbruch nicht aus. Trotzdem – er machte sich große Sorgen, er fühlte sich in die Enge getrieben. Man musste ihm zutrauen, dass er in einer Kurzschlussreaktion etwas wirklich Dummes anstellte, jetzt umso mehr, da er wusste, dass Linus Westerstedt nach *Hazelton* kam.

Zwei entscheidende Fragezeichen waren zu beantworten: Erstens – warum hatte Linus Westerstedt seinen PC bei Theo gelassen, ohne die brisanten Daten zu verschlüsseln oder zu löschen? Zweitens – was erwartete er sich, wenn er in den Ort zurückkommt, von dem er ein Jahr zuvor vertrieben worden war?

Tatsächlich war Linus in der Zwischenzeit nicht untätig. Horst Waldschmidt war kein Mann, der ein Geschäft nur mit einem Handschlag besiegelte, er wollte Sicherheiten, ehe er sich auf das Kanada-Abenteuer einließ. Dazu musste Linus ein Gespräch führen, das ihn einige Überwindung kostete. Er verachtete Bob Forrester. Leider war er in der Vergangenheit zu vertrauensselig gewesen. Er hatte zu spät erkannt, mit welchen Methoden dieser seine Geschäfte betrieb. Wenn ihm nicht die Hände gebunden gewesen wären, hätte er die ganze Verbrecherbande auffliegen lassen, aber dann steckte er selbst mit einem Bein in Gefängnis. Forrester hatte ihm horrende Geschichten über die *Gitxsan* erzählt, dass sie immer noch in Zelten wohnen würden, wenn es nach ihnen gegangen wäre, dass sie ihren sämtlichen Abfall hinter ihren Hütten abluden und damit Seuchen hervorriefen, dass sie die Touristen wie Eindringlinge behandelten, dass sie faul seien und dem Whisky zusprachen. Linus glaubte ihm und dachte, es sei notwendig, die Umgestaltung *Hazeltons* auch gegen den Willen der *Gitxsan* durchzusetzen. Daher hatte er selbst gelogen, was das Zeug hielt, um die Zustimmung aller Einwohner zu bekommen. Nach einigen Wochen stellte er fest, dass kein einziger von Forresters Vorwürfen zutraf, im Gegenteil. Er lernte die *Gitxsan* als aufrechte und ehrliche Leute kennen, die sehr wachsam beobachteten, was mit ihrem Land geschehen sollte. Doch inzwischen war aus vielen kleinen Lügen ein riesiger Betrug geworden, und er stellte sich später oft die Frage, was er noch alles angestellt hätte, wenn ihm die Schamanen nicht so übel mitgespielt hätten, sodass er Hals über Kopf abreiste. Sehr wahrscheinlich wäre er immer tiefer in den kriminellen Sumpf gerutscht. Aus der Ferne betrachtet sah er die Dinge nun viel klarer. Er hatte sich über den Tisch ziehen lassen wie ein dummer Junge; das würde ihm nicht noch einmal passieren. Vor allem aber dankte er seinem Gott dafür, dass er ihm Olga geschickt hatte, die ihn mochte, so wie er war, und nicht wegen seines beruflichen Erfolgs oder seiner seichten Sprüche.

Sein letztes Gespräch mit Forrester vor einem halben Jahr war mehr als unerfreulich. Wenn er wollte, dass er sich noch einmal auf eine Geschäftsbeziehung mit ihm einließ, musste er seinen Stolz hintanstellen und versuchen, zerbrochenes Porzellan zu kitten. Wieder musste er gute Miene zum bösen Spiel machen und lügen auf Teufel komm raus. Die Nummer war immer noch in seinem Handy gespeichert. Linus saß beim Abendessen, in Vancouver war es jetzt 11 Uhr Vormittag, ein guter Zeitpunkt, um dieses Gespräch zu führen. Nach gutem Essen fühlte sich Linus meistens entspannt und ein entspannter Geist machte weniger Fehler. Er tat einen tiefen Atemzug und drückte auf die Anruftaste.

„Hallo? Bob? Ich bin es, Linus! Linus Westerstedt."

„Gottverdammt! Was willst du denn noch, du verfluchter Hundesohn?"

„Ich freu mich auch, dich zu sehen, Bob. Ich habe Neuigkeiten."

„Neuigkeiten? Ich pfeif auf deine Neuigkeiten! Du kannst sie dir sonst wo hineinschieben."

„Ich wette, dass sie dich interessieren. Hör mich an! Wenn du kein Interesse hast, legst du einfach auf und das war es dann."

„Dann lass mal hören! Ich gebe dir genau zwei Minuten Zeit."

„Ich habe einen neuen Partner, Horst Waldschmidt, ein erfolgreicher Bauunternehmer aus Deutschland. Er will in unser *Hazelton*-Projekt einsteigen."

„Und wenn ich dir sage, dass ich das Ganze in der Zwischenzeit abgeblasen habe?"

Linus kannte diese Taktik, den Gesprächspartner vor angeblich vollendete Tatsachen zu stellen. Jetzt hieß es für ihn zu pokern.

„Ich würde sagen, dass du mich anlügst. Die Sache ist schon zu weit gediehen, als dass sie gestoppt werden könnte. Die Zuschüsse der Regierung sind zugesichert, die Aborigines haben einen Anspruch auf wirtschaftliche Hilfen und du sitzt mit im Boot. Außerdem ist das Geschäft viel zu lukrativ, als dass du es dir durch die Lappen gehen lassen würdest."

„Und wenn ich dich als Partner nicht mehr brauche? Denkst du, du bist der Einzige, der die Planung für so ein Projekt übernehmen kann?"

‚Jetzt nur nicht ablenken lassen!', dachte Linus. ‚Ich kenne diese Masche. Die zieht bei mir nicht mehr.'

„Wir wollten von meinem Partner sprechen", sagte Linus unbeeindruckt. „Er hat nicht nur das Know-how, um eine funktionierende Infrastruktur zu schaffen, er will sich auch finanziell beteiligen."

„Wieviel?"

„Zehn Millionen Dollar."

„Sprich weiter."

‚Er hat angebissen!', dachte Linus. „Ich habe aus meinen Fehlern gelernt. Dieses Mal will ich die *Gitxsan* nicht unterschätzen. Ich werde ihnen einen Plan vorlegen, den sie nicht ablehnen können."

„Sorry, aber damit kommst du zu spät. Die Idee mit einem geschönten Plan hatte ich auch schon. Ich habe Smith damit zu seinen Nachbarn geschickt. Aber dieser Schwachkopf hat versagt. Wie ich immer gesagt habe: Die Indianer wollen überhaupt keine Modernisierung. Die müssen zu ihrem Glück gezwungen werden."

„Inzwischen kenne ich sie auch ziemlich gut. Ich weiß, wie man mit denen redet. Ich krieg das hin, vertrau mir."

„Wieso sollte ich dir vertrauen?"

„Weil ich im August mit Horst Waldschmidt persönlich nach *Hazelton* kommen werde. Der Mann ist gut für weitere zehn Millionen, glaub mir. Und weil ich dir damals gesagt habe, dass ich wiederkomme. Das Projekt ist noch heiß."

„Boy! Ich habe bei der ICC einen Ruf zu verlieren. Wenn die Sache diesmal nicht klappt, wirst du bluten, und dieser Waldschmidt auch, hast du mich verstanden?"

„Natürlich. Ich bitte dich nur um Eines: Eine Terminbestätigung für mich und meinen Partner. Dritter August."

„Das ist alles?"

„Ja. Ansonsten bleibt alles beim Alten."

„Na gut. Kannst du haben."

Linus atmete tief durch. Gott sei Dank! Der erste und schwierigste Schritt seines Planes war geschafft.

Auch Dieter Kaufmann hatte ein schwieriges Gespräch zu führen. Er musste seinen Chef, den Bürgermeister, um eine außertarifliche Beurlaubung bitten. Seine Kollegen hatte er in sein Vorhaben, ein Jahr nach Kanada zu gehen, bereits eingeweiht. Sie waren überrascht, mehr noch: so richtig von den Socken, was Dieter schmeichelte. Er hatte etwas getan, was ihm viele nicht zugetraut hätten – sich nicht ins gemachte Nest gesetzt und Däumchen gedreht, sondern das Herz in beide Hände genommen! Eben doch kein langweiliger Beamte, sondern einer, der sich was traut! Da hatten sie große Augen gemacht, als er ihnen sagte, dass er sein Leben nicht von einer bequemen Heckkabine eines Kreuzfahrtschiffes aus beobachten wolle, sondern ganz vorne, am Bugspriet stehen wolle, wo ihm die Gischt des tosenden Meeres um die Ohren brauste. Einige unter seinen Kollegen gaben ihm recht und versicherten, dass sie so etwas auch einmal machen wollten, aber die Kinder, die Kredite, die Krankenversicherung usw. Blablabla! Andere belehrten in eindringlich, sich das gut zu überlegen. Der Bürgermeister gehörte zu den Letzteren.

„Kaufmann! Was ist nur in Sie gefahren? Sie wären demnächst zur Beförderung vorgesehen gewesen. Das geht natürlich nicht mehr, wenn Sie ein Jahr fehlen."

„Das ist mir klar. Aber ich nehme das in Kauf."

„Und – ganz ehrlich – ich habe da erhebliche Bedenken. Ich fürchte, ich kann Ihnen das nicht ohne weiteres genehmigen. Ich weiß, dass ein gewisser Rechtsanspruch auf Beurlaubung besteht. Aber das gilt selbstverständlich nur für große Behörden. Wie soll ich denn Ihre Stelle für ein Jahr befristet besetzen? Da findet sich doch niemand."

„Vielleicht hat jemand von den Halbtagskräften Lust, ein Jahr lang Vollzeit zu arbeiten."

„Vielleicht – ja, aber wenn nicht? Sie können nicht erwarten, dass Ihre Kollegen zusätzlich Ihr Aufgabengebiet übernehmen."

„Nun – wenn es gar nicht geht, müsste ich kündigen."

Der Bürgermeister sah für einen Moment aus, als wäre er in eine Schockstarre gefallen. Kurz darauf lachte er so, wie man über einen Witz lacht, den man nicht richtig verstanden hat.

„Herr Kaufmann! Niemand gibt einen sicheren Arbeitsplatz wegen eines – eines Abenteuers auf. Das sollten Sie sich noch einmal gründlich überlegen."

„Herr Bürgermeister, da gibt es nichts mehr zu überlegen. Ich bin ungebunden, keine Kinder, keine Schulden… Das Risiko, das ich eingehe, habe ich alleine zu tragen. Und dazu bin ich bereit."

„Ihnen ist nicht mehr zu helfen. Aber gut – wenn Sie unbedingt wollen… Jeder ist seines Glückes Schmied. Aber da die Zeit drängt, kann ich Ihnen nicht weiter entgegenkommen, als dass wir die Stelle zunächst intern ausschreiben. Wenn sich dann innerhalb einer Woche niemand meldet, erwarte ich Ihre Kündigung. Das wäre dann aber endgültig. Das ist Ihnen schon klar?"

„Das ist in Ordnung für mich. Danke für Ihr Verständnis."

„Sie haben doch einen Knall, oder?"

Dieter verließ das Chefbüro mit gemischten Gefühlen. Hatte er wirklich einen Knall? Er hatte hier in dieser Stadt und in dieser Behörde nahezu 25 Jahre seines Lebens verbracht. Wenn er jetzt kündigte, war fraglich, ob er hier oder in der Nähe wieder eine Stelle finden würde. Er müsste vermutlich ganz von vorne anfangen. Sein Pensionsanspruch und sein Kündigungsschutz wären passé. War es ihm das wert? Was trieb ihn dazu, etwas so Verrücktes zu tun? Er hielt für einen kurzen Moment inne, um seine galoppierenden Gedanken zu stoppen.

‚Ich fürchte, es ist Elke, um derentwillen ich diesen Schritt wagen will'. Die Ansage kam unvermutet, aber ganz klar aus den Tiefen seines Gehirns. ‚Ich könnte es nicht ertragen, sie ein Jahr lang nicht mehr zu sehen. Sie würde in Kanada jemanden kennenlernen, sich in ihn verlieben und dort bleiben.'

Dieter erschrak. Hatte er das eben gedacht? Das war also die ganze Wahrheit? Keine Abenteuerlust? Kein Frust über die Eintönigkeit im Büro?

‚Wenn es also die Zuneigung zu Elke ist, die mich bis nach Amerika treibt, wozu könnte sie mich noch treiben, wenn sie es darauf anlegte?'

Als Dieter an diesem Abend die Tür zu seiner Wohnung aufschloss, war von seiner selbstsicheren Überzeugung nicht mehr viel übrig. Nachdem die Tür hinter ihm ins Schloss gefallen war und er den Schlüssel zweimal umgedreht hatte, wurde ihm bewusst, dass das sein Reich war. Hier konnte er tun und lassen, was er wollte, er hatte einen Kühlschrank voller Lebensmittel, fließendes Wasser, ein warmes Bett – warum sollte er mehr wollen? Würde er nicht immer wieder danach streben, solch ein Reich für sich zu errichten, ganz gleich, wo er sich befand? ,Das Leben', sinnierte Dieter, ,kann doch nur auf diese eine Art stattfinden: Man verlässt sein Nest, um draußen in der Welt das Erforderliche zu tun, um das Geld zu erwirtschaften, das einen befähigt, alles das in sein Nest zu schaffen, was man braucht, um überleben zu können. Ja, so ist es: So wie in der Tierwelt geht es auch in der Menschenwelt ums nackte Überleben. Mit gelegentlichen Ausnahmen: Gesegnet sind diejenigen, die sich keine Gedanken mehr darüber zu machen brauchen, wie sie an ihr Geld kommen, weil sie, beispielsweise wie ein Beamter, eine Art Einkommensgarantie haben.'

,Ich habe es doch gut!', sagte sich Dieter. ,Ich wäre schön blöd, wenn ich das alles für ein Hirngespinst aufgeben würde! Mein Chef hat wohl doch recht. Ich hätte einen Knall, wenn ich einer Frau wegen kündigen würde. Gleich morgen werde ich ihm sagen, dass ich es mir anders überlegt habe.'

Damit war die Sache für Dieter erst einmal erledigt. Er machte es sich auf seiner Couch gemütlich und schaltete das Fernsehgerät an. Er zappte die Programme durch und nach kurzer Zeit sah er Bilder von obdachlosen, hungernden Menschen irgendwo in Afrika. ,Das ist ein Zeichen!', dachte er. ,Was würden diese armen Menschen darum geben, wenn sie mit mir tauschen könnten!' Während er gedankenverloren die Bilder auf dem Bildschirm betrachtete, wurde er plötzlich sehr müde. ,Wenn's dem Esel zu wohl ist, geht er aufs Eis', dachte er noch, dann fielen ihm die Augen zu und er schlief ein.

Als er durch einen schrillen Ton geweckt wurde, tappte er instinktiv mit der linken Hand nach dem Wecker, bis er begriff, dass er auf der Wohnzimmercouch und nicht in seinem Bett lag. Ebenso wenig konnte er sich erklären, warum es in seiner Wohnung dunkel war. Es musste doch morgens sein, wenn er geweckt wurde... ‚Aber, Moment! Es ist ja gar nicht das Geräusch des Weckers, es ist die Klingel der Wohnungstür.' Er sprang auf die Beine, leider etwas zu hastig, da sein Kreislauf noch stur im Schlafmodus verharrte. Auf dem Weg zur Tür musste er sich kurz am Türrahmen abstützen, um nicht ohnmächtig zu werden. Da läutete es wieder, gleich dreimal hintereinander.

„Ja, ja!", rief Dieter genervt.

Er riss die Tür auf und zweifelte, ob ihm nicht ein Traum einen Streich spielte. Sein rechtes Augenlid weigerte sich immer noch, nach oben zu klappen, doch so weit sah er klar, dass da wahrhaftig jene Frau vor ihm stand, die ihn beinahe dazu getrieben hätte, sein gemütliches Nest zu verlassen!

„Elke?"

„Oh! Jetzt habe ich dich geweckt!", sagte sie. „Entschuldige bitte! Ich kann auch ein anderes Mal wiederkommen. Ich war gerade in der Gegend – "

„Nein! Bleib bitte! Ich bin wohl ein bisschen eingenickt. War so gar nicht geplant."

„Man sieht es dir an. Du bist total zerknittert."

„Ich fühle mich auch so. Bitte, komm doch herein. Mach's dir bequem. Ich geh mich schnell frischmachen."

Eine Minute später war Dieter wieder einigermaßen Herr über sein Bewusstsein.

„Ich komme aus einem bestimmten Grund", sagte Elke und grinste.

„Ah ja?"

„Was machst du am zweiten August?"

„Am zweiten August? Ähm… ich weiß nicht."

„Aber ich! Du steigst mit mir in ein Flugzeug nach Kanada!"

Ihre Augen leuchteten. Sie sah Dieter voll erwartungsvoller Freude an, aber dieser konnte noch keinen klaren Gedanken fassen. Die eben erfahrene Information war zu neuartig, geradezu surreal, um sie mit bekannten Erinnerungen verknüpfen zu können.

„Olga hat bereits alles gebucht: Den Flug nach New York, den Weiterflug nach Vancouver, das Mietauto und die Unterkunft in *Hazelton*, British Columbia. Alles zu einem super Preis. Ich hab dir doch von Olga erzählt?"

In Dieters Kopf liefen alle Rädchen auf Hochtouren. Zuerst erinnerte er sich bei dem Stichwort ‚Kanada' an seine Gedanken, die erst eine Stunde alt waren. Daran, dass er seine Wohnung als sein Reich betrachtet hatte, und dass man schön blöd sein musste, wenn man sein eigenes Reich ohne zwingenden Grund aufgab… erst recht nicht für eine Frau. Doch als er in Elkes hypnotisierende grüne Augen blickte, wurde er von ganz anderen Gedanken schier überfallen, die so mächtig waren, dass sich die früheren Gedanken flugs in die hinterste Ecke des

Unterbewusstseins zurückzogen. Dieters aktuelle Gedanken aber flogen auf und davon...

‚Diese Augen sind das Schönste, was ich jemals gesehen habe; und alles andere an ihr ebenso. Ich weiß, dass ich die Nähe dieser Frau immer suchen werde, auch wenn ich schon alt und grau bin. Was nützte mir ein sorgenfreies Leben in meiner Wohnung, wenn ich zugleich auf dieses bezaubernde Wesen verzichten müsste? Ich müsste mich immer einen Feigling schelten, wenn ich diese Chance nicht am Schopf ergreifen würde.'

Diese Erkenntnis spielte sich in wenigen Sekunden in seinem Kopf ab, doch Elkes Lächeln begann bereits bedrohlich zu versiegen. Da wusste Dieter, dass es nur eine Antwort gab: „Das ist wunderbar! Ganz wunderbar! Ich war erst heute bei meinem Chef und habe ihm meine Absicht, ein Jahr Urlaub zu nehmen, mitgeteilt."

„Toll! Und was hat er gesagt?"

„Er hat mich für verrückt erklärt. Das hat mich aber wenig beeindruckt. Wenn ich keinen Urlaub bekomme, habe ich gesagt, kündige ich eben."

„Das hast du gesagt?"

„Genau so."

Elke lachte einfach nur und tat etwas, was an Dieter nicht spurlos vorüberging: Sie umarmte ihn und drückte ihn kräftig. Als Dieter ihren Körper so nah an seinem spürte, glaubte er, den Gipfel der Glückseligkeit erreicht zu haben. ‚Die Erinnerung an dieses Gefühl', sagte er sich, ,wird mich mindestens bis Kanada tragen.'

Aus irgendeinem Impuls heraus, glaubte er zu wissen, dass man einer Frau nicht sofort zeigen durfte, wie es um die eigenen Gefühle bestellt ist. Daher gab er sich sachlicher, als ihm zumute war.

„Wo liegt eigentlich dieses *Hazelton*?"

„Warte! Ich kann es dir auf *Google Maps* zeigen. Hier! Ein ganz kleiner Ort. Nur ein paar hundert Einwohner. Aber sehr schön gelegen."

„Wie bist du – seid ihr – denn darauf gekommen?"

„Ich hab dir doch von Linus erzählt, Linus Westerstedt…"

„Der Aufschneider?"

„Wie auch immer. Olga und er – also, die haben jetzt eine richtige Beziehung. Naja – kann man darüber denken, was man will. Olgas Mann ist ja auch wirklich ein Trottel. Entschuldige! Jedenfalls hat Linus Kontakte zu einigen Leuten in *Hazelton*. Er war im letzten Jahr schon drüben, um ein größeres Immobilienprojekt zu leiten. Dann kam etwas dazwischen, Linus's Eltern waren krank oder so. Und jetzt soll das Ganze neu aufgerollt werden, weil Olgas Mann Horst beschlossen hat, in das Projekt miteinzusteigen. Ist das nicht verrückt?"

„Allerdings… Entschuldige, ich verstehe nur nicht, was das mit uns zu tun hat."

„Olga hat mich richtiggehend bekniet, mitzufahren. Sie meinte, es würde mir guttun. Und – weil wir ja zusammen ausgemacht haben, diesen Sommer in eine Hütte nach Kanada zu reisen... Du erinnerst dich doch noch, oder? Die Wette mit Ralf... Das weißt du doch noch, oder hattest du damals doch schon zu viel Wein – "

„Jaja! Klar doch! Die Wette!"

Ein spontaner Impuls zwang Dieter dazu, sich zu setzen.

„Setz dich doch! Willst du was trinken?", sagte er mechanisch.

„Ein Wasser, bitte. Ist das nicht wundervoll, wie sich Wünsche einfach so erfüllen?"

„Ja! Wundervoll! Wer hätte das gedacht? Ähm... Das heißt, die drei kommen mit uns und machen dort ihre Geschäfte?"

„Ja. Bis auf Olga. Ich glaube, die braucht mal eine Auszeit von ihrem tristen Alltag."

„Aha. Und was machen wir in der Zwischenzeit?"

‚Oh nein!', fuhr es Dieter durch den Kopf. ‚Hab ich das jetzt wirklich gesagt?'

Leicht verunsichert antwortete Elke: „Wir schauen uns die Gegend an und warten auf Inspirationen."

„Haha!", zwang er sich zu lachen. „Inspirationen! Ja, das hört sich gut an. Vielleicht sollte ich in der Zwischenzeit mein Englisch noch auffrischen."

„Ja, das kann nicht schaden! Ich habe mir auch schon einen Reiseführer besorgt. Es gibt dort so viel Interessantes anzuschauen. Diese Landschaften dort, es ist der Wahnsinn!"

„Einfach mal den ganzen Tag durch die Wildnis marschieren…"

„Mal für niemanden erreichbar sein…"

„Ganz neu anfangen…"

„Wie läufts eigentlich bei Ralf? Ist er schon in Thailand?"

„Nö. Noch nicht."

„Der wird Augen machen, wenn er das von uns erfährt!"

Die beiden redeten und redeten und als Elke sich spät nachts verabschiedete, war sich Dieter sicher, die einzig richtige Entscheidung getroffen zu haben.

Nicht nur der Herbst, der auch *Indian Summer* genannt wird, auch der Frühling in British Columbia ist unbeschreiblich schön. Wenn die Schneeschmelze beginnt und die angeschwollenen Bäche rauschend zu Tal stürzen, strecken die violetten Krokusse meist schon ihre Köpfe aus den dampfenden Wiesen. Innerhalb weniger Tage erstrecken sich Blütenmeere von Wiesenblumen von einem Ende des Horizonts zum anderen. Auch die Städte blühen nun auf und zeigen sich von ihrer schönsten Seite. In Vancouver wird alljährlich das *Cherry Blossom Festival* gefeiert. Es ist ein bedeutendes Ereignis, wenn links und rechts der großen Straßen Tausende von Kirschbäumen erblühen und Touristen aus allen Winkeln der Erde herbeilocken und bezaubern.

Auch *Hazelton* erwacht in dieser Jahreszeit wieder zum Leben. Die Sonne steht höher und bringt Licht in die Flusstäler und in die verstaubten Häuser. Die Nebel lichten sich und geben den Blick auf einen blau glitzernden *Skeena River* frei.

Die helleren Tage haben aber auch einen Nachteil, wie Fred feststellen musste. Erbarmungslos zeigte die Sonne auf die Stellen in seinem Motel, die schon längst geputzt hätten werden müssen. Es reichte nun nicht mehr aus, mit dem Besen einmal kurz die Böden zu fegen, nun musste der Wischmopp ran. Fred leerte zum wiederholten Male den Eimer mit dem Schmutzwasser aus und war froh, dass sein Motel lediglich über fünf Zimmer verfügte. Gleichzeitig notierte er in seinem To-do-Listen-Buch die Stellen, die dringend ausgebessert oder ersetzt werden mussten, die Küchentheke, der Teppich im

Flur, die Jalousien an einigen Fenstern, die Veranda… Aber trotz der bevorstehenden Arbeit war er guter Dinge. Die Sonne tat einfach wohl. Es schien ihm, als würde sie bis in seine Seele leuchten und sein Gemüt erhellen. Während er damit beschäftigt war, das Hinweisschild zu seinem Motel draußen an der Einfahrt zu reinigen, hörte er Kinderstimmen ein Lied singen. Er sah genauer hin und erkannte eine Gruppe von etwa zwanzig Kindern Hand in Hand paarweise an der Straße entlanggehen und gemeinsam singen. Es war ein erfreulicher Anblick, wie ein Symbol für den kommenden Sommer. Doch erst als sie direkt an ihm vorüberliefen, fiel Fred auf, dass die Betreuerin, die den kleinen Chor leitete, Amie war, Theos Frau.

Er winkte ihr zu und rief: „Ein wunderschöner Chor!"

Amie winkte zurück, aber ihr Gesicht blieb ernst, während die Kinder an seinem Motel vorübergingen. Als aber die letzte Strophe des Liedes gesungen war, hieß sie die Kinder stehen zu bleiben, während sie zurück zu Fred ging.

„Fred!"

„Amie! Schön, dass du mit deinen Sängern auch bei mir vorbeischaust."

„Das war eine Ausnahme. Ich wollte dir das hier geben." Sie drückte ihm ein geöffnetes Briefkuvert in die Hand. „Theo weiß nichts davon, aber ich bitte dich – lies dir diesen Brief durch und sag mir, was ich tun soll! Theo macht sich – und uns – verrückt vor Sorgen. Gleichzeitig ist er zu stolz, um dich um Hilfe zu bitten."

„Ja. Natürlich. Ich schau mir das an und wenn du morgen wieder bei mir vorbeikommst, kann ich dir sicher etwas dazu sagen."

„Danke, Fred!"

Dann lief sie schnell wieder an die Spitze der Gruppe und stimmte ein weiteres Lied an.

Fred ließ sofort alles liegen und stehen und faltete den Brief auseinander. Er kam von einem Rechtsanwalt. Fred ahnte, worum es darin ging. Es handelte sich um eine letzte Aufforderung an Theo, den Vorschuss von 20.000 Dollar plus 1.200 Dollar Zinsen binnen zwei Wochen zurückzuzahlen. Andernfalls würde man einen Pfändungsbeschluss erwirken.

Fred faltete den Brief wieder zusammen und steckte ihn in das Kuvert zurück. Er war vor fünf Tagen bei der Post abgestempelt worden, die Zeit wurde also knapp. Fred hatte mit einer Nachricht wie dieser gerechnet und sich in Gedanken auf diesen Fall vorbereitet; er wusste, was zu tun war. Er holte sein Handy und suchte einen Kontakt heraus.

„Hallo. Hier ist Fred Sussman. Ich würde gerne Mr. Odermenning sprechen."

Nach wenigen Sekunden war er mit dem Chef der Rechtsanwaltskanzlei Odermenning & Patterson verbunden.

„Hallo Fred! Was kann ich für dich tun?"

„Hallo Joe! Ich rufe für einen Freund an. Er hat sich auf einen schlüpfrigen Deal eingelassen und muss jetzt die Konsequenzen tragen. Ist eine komplizierte Sache. Dürfte ich dir die Infos zumailen?"

„Hmm... Ist es eilig?"

„Leider. In zehn Tagen soll ein Pfändungsbeschluss erwirkt werden."

„Worum geht es? In Stichworten bitte! Meine Zeit ist kostbar."

„Mein Freund hat sich einen Vorschuss für einen Grundstücksverkauf auszahlen lassen, der an die Bedingung geknüpft war, dass er seine Nachbarn ebenfalls zu einem Verkauf überredet. Die Grundstücke werden von einer zweifelhaften Baufirma für den Bau einer Touristenhochburg beansprucht; wenn du mich fragst, würde dieses Vorhaben auf legalem Wege niemals genehmigt. Hör zu! Sämtliche relevante Daten sind auf einem PC gespeichert, der seit Monaten bei meinem Freund auf dem Dachboden herumlag. Er gehört einem Typen Namens Linus Westerstedt, der im vergangenen Jahr in *Hazelton* schon ordentlich Staub aufgewirbelt hat, weil er sich massiv für das Bauvorhaben eingesetzt hat. Er kommt im August wieder nach *Hazelton*. Ich würde vorschlagen, ich schicke dir die Dateien rüber, dann kannst du dir selbst ein Bild davon machen."

„Also gut. Schick's rüber! Und an wen geht die Rechnung?"

„Joe, der Freund hat noch weniger Geld als ich. Aber du hast wie immer freie Kost und Logis bei mir."

„Pah! Das habe ich doch jetzt schon. Lebenslang hast du gesagt."

„Stimmt. Was können wir da tun? Ich könnte dir beibringen, wie man meditiert."

Er hörte einen langen Seufzer am anderen Ende der Leitung.

„Okay. Das gilt aber für mich und für Susie, abgemacht?"

„Abgemacht! Danke, Joe. Du bist mein Lieblingsanwalt."

„Das weiß ich zu schätzen."

„Äh – Joe?"

„Es wäre super, wenn du mir bis morgen schon eine erste Einschätzung geben könntest."

„Dachte ich mir. Ich versuch's, kann aber nichts versprechen."

Kurz vor Mittag des nächsten Tages erhielt Fred einen Anruf.

„Hallo Fred!"

„Hallo Joe! Ich wusste, dass ich mich auf dich verlassen konnte. Was hast du herausgefunden?"

„Als dein Freund würde ich dir empfehlen, die Finger von der Sache zu lassen. Du hast in einem Wespennest gestochert."

„Wie meinst du das?"

„Nur so viel: Die Daten, die du mir übersendet hast, sind teilweise codiert."

„Wie? Das waren doch ganz normale Word-Dateien."

„Auf den ersten Blick schon. Aber mir kam das irgendwie spanisch vor, dass Daten von solch einer Tragweite – ich denke, da geht es mehr als nur ein paar Millionen – dass solch brisante Daten ungeschützt auf einem PC gespeichert sind, der seit ein paar Monaten im Dachboden eines Farmers herumliegt."

„Das hat mich auch gewundert. Ich frage mich, ob der PC nicht absichtlich dort zurückgelassen wurde."

„Danach sieht es aus. Es war für die Drahtzieher dieses Vorhabens wichtig, dass der PC an diesem Ort blieb. Wir haben in unserem Team einen Fachmann für Datenverschlüsselung. Der meinte dazu, dass das, was auf den ersten Blick als Sicherheitslücke erscheint, der sicherste Ort überhaupt ist. Überleg mal! Wer käme schon auf die Idee, dass ein alter PC auf dem Dachboden streng geheimes Datenmaterial enthält? So etwas würde man viel eher in einem Hochsicherheitstrakt mit dreifacher Firewall suchen, oder?"

„Ja. Das klingt logisch. Aber worauf stützt sich diese Annahme? Gibt es dafür Beweise?"

„Mein Kollege sagte, dass er etwas Ähnliches schon einmal gesehen hat. Ein 08/15-PC, der unscheinbar wirkt, aber durch einen bestimmten Befehl werden die geheimen Daten freigeschaltet. Er glaubt, dass das bei deinem PC ebenso ist. Er hat nämlich eine besondere Reihenfolge von Codewörtern wieder erkannt, die bei einigen Dateien immer wieder auftauchten. Er hat mir das Verschlüsselungssystem anhand seines bekannten Falles erklärt und die Übereinstimmung mit den Dateien auf deinem PC ist nicht von der Hand zu weisen."

„Es ist aber trotzdem nur eine Vermutung. Außerdem… das erklärt nicht, warum die anderen, unverschlüsselten Daten nicht doch wenigstens durch ein Passwort gesichert worden sind. Es ist doch unlogisch, einen so wichtigen PC mit brisanten Daten zu versehen, die bei jedem Beobachter die Alarmglocken schrillen lassen."

„Da passt etwas ganz und gar nicht zusammen, das stimmt. Aber – wie auch immer – unser Mann meinte, die Wahrscheinlichkeit, dass es codierte Daten sind, sei bei neunzig Prozent."

„Wenn er schon weiß, dass es codierte Daten sind, kann er sie dann nicht auch entschlüsseln?"

„Dazu bräuchte man einen Supercomputer, so einen, wie ihn die CIA verwendet."

„Dann waren da Profis am Werk?"

„Davon gehe ich aus."

„Trotzdem eine seltsame Vorgehensweise. Was wäre nun, wenn Linus' PC verschwunden wäre? Entsorgt, zerstört, was weiß ich? Sodass er nicht mehr zu gebrauchen wäre?"

„Ich kann mir gut vorstellen, dass der PC mit einem Minisender ausgestattet ist, mit dem man jederzeit nachverfolgen kann, wo er ist."

„Alles schön und gut. Aber das hilft Theo auch nicht aus der Klemme."

„Das stimmt. Und damit sind wir beim Grund deines Anliegens angelangt. Ich bezweifle, dass die Leute, die hinter dem Ganzen stecken, Interesse daran haben, Theo zu ruinieren. Je weniger Aufsehen um die Sache gemacht wird, umso besser für sie. Ich habe das Gefühl, die drohen deinem Freund nur, um den Schein zu wahren. Es könnte natürlich auch sein, dass Forrester nur ein Strohmann ist, der selbst nicht weiß, was dahintersteckt."

„Und was könnte deiner Meinung nach dahinterstecken?"

„Wenn du mich fragst, ist das eine politische Angelegenheit. Vielleicht wird hier Geld gewaschen, vielleicht geht es auch um Bodenschätze, von denen keiner etwas weiß, oder darum, die Aborigines zu verunglimpfen, um ihr Land zu stehlen, war alles schon mal da."

„Und wer steckt hinter der ICC?"

„Scheint nur eine Briefkastenfirma zu sein. Was die These wieder bestätigt, dass wir bisher nur die Spitze des Eisbergs sehen."

„Welche Rolle spielt Linus Westerstedt dabei? Immerhin sind die Daten von ihm erstellt worden, auf seinem PC."

„Das hat nichts zu bedeuten. Er hat vieles davon aus Emails abgespeichert, auf deren Inhalt er keinen Zugriff hatte. Ich glaube, dass auch er nur benutzt wird wie Forrester."

„Was würdest du an meiner Stelle tun?"

„Den Mund halten und alle Spuren verwischen, die darauf hindeuten könnten, dass du damit zu tun hattest. Dein Freund Theo soll sich nicht in die Hosen machen. Am besten, er reagiert nicht auf das Schreiben."

„Das ist schon seltsam. Ich dachte, als ich hierherkam, in dieses verschlafene Nest, dass mir so etwas erspart bliebe, in irgendwelche illegalen Machenschaften verwickelt zu werden. Und nun stecke ich wieder mittendrin."

„Wie gesagt – du kannst deine Hände in Unschuld waschen oder dich der Sache stellen; ist deine Entscheidung."

„Danke, Joe. Du hast mir sehr geholfen."

Als eine halbe Stunde später Amie mit ihrer singenden Kinderschar vorbeikam, hatte Fred eine gute Nachricht für sie.

„Sag Theo, er braucht sich keine Sorgen zu machen. Ich habe mit einem Anwalt über die Sache gesprochen. Forresters Anwalt spuckt nur große Töne, er hat in Wahrheit nichts gegen ihn in der Hand."

Damit war Amie erst einmal beruhigt, aber für Fred ging es erst los.

Erika Westerstedt war die Treppe in den zweiten Stock ihrer Wohnung so schnell wie noch nie hinaufgeeilt. Nun stand sie nach Luft schnappend vor ihrem Mann und bekam kein Wort heraus.

„Was um alles in der Welt ist denn passiert?", fragte dieser. „Setz dich doch erst einmal hin. Beruhige dich!"

„Ich – ich – ich hab – ich hab ihn gesehen!"

„Wen hast du gesehen? So, wie du aussiehst, einen Geist."

Erika Westerstedt nahm einen tiefen Atemzug, dann sprudelte es in Sekundenschnelle aus ihr heraus.

„Ich habe Dominik gesehen. In der Stadt. Er hatte einen Anzug an. Dann ist er in die Computerfirma gegangen, die ACS, oder wie die heißt – "

„*Advanced Computer Service*, die an der Hegelstraße?"

„Ja, und dann war da die Frau Schmaltaler, die hat mich dazu beglückwünscht, dass mein Sohn – " Sie musste ihren Redeschwall unterbrechen, weil ein Beben durch ihre Brust ging, „ – mein Sohn Karriere gemacht hat, und dass sie immer schon wusste, dass er ein verkapptes Genie war und – und – "

„Was ‚und'? Was hast du dann gemacht?"

„Ich habe natürlich so getan, als wüsste ich das. Was hättest du denn getan?"

„Ich hätte ihn besucht. Was denn sonst?"

Seine Frau sah ihn entgeistert an.

„Besucht!? Bist du verrückt? Nach allem, was er uns angetan hat?"

„Naja – was hat er uns denn angetan?"

„Erwin! Bist du jetzt dement oder was? Nächtelang habe ich nicht geschlafen vor Sorge um das Kind. Der hat sich doch nie richtig Mühe gegeben, dass aus ihm was wird. Was habe ich auf den Jungen eingeredet, aber der hat nicht einmal richtig zugehört. Das haben doch alle gesagt, dass er nicht ganz richtig im Kopf ist, der Doktor Schmidt und meine Schwester und sogar der Herr Pfarrer, alle haben mir geraten, ihn in eine Einrichtung zu geben."

„Ich nicht. Aber du hast ja noch nie getan, was ich gesagt habe."

Erika Westerstedt ignorierte diese Bemerkung, so wie sie immer jegliche Kritik gegen ihre Person ignoriert hatte.

„Und jetzt kommt es mir so vor, als hätte er die ganze Zeit mit uns Katz und Maus gespielt. Da kann man doch nicht so tun, als wäre nichts gewesen!"

„Also, Erika... Ich weiß nicht, wie er es geschafft hat, einen ordentlichen Beruf zu ergreifen, aber ich muss zugeben, dass es mich freut."

„Ach ja!? Es ist dir also völlig egal, was ich darüber denke? Dass er mich bei den Leuten zum Gespött gemacht hat? Ich habe doch genau herausgehört, warum mich die Schmaltaler angesprochen hat. Die wusste, welche Probleme wir früher mit ihm hatten, und dass ich kurz vor einem Nervenzusammenbruch war – "

„Was für ein Nervenzusammenbruch?"

„Das weißt du also auch nicht mehr."

„Du hattest doch nie einen Nervenzusammenbruch!"

„Na gut." Sie unterdrückte ein Schluchzen und kehrte ihrem Mann den Rücken zu. „Wenn sogar mein Ehemann gegen mich ist, werde ich mich an Linus wenden, der hört wenigstens zu, wenn ich ein Problem habe."

„Tu dir keinen Zwang an. Ich jedenfalls werde jetzt schnurstracks zum ACS gehen und meinen Sohn besuchen."

„Jetzt fällt er mir auch noch in den Rücken! Für so jemanden hat man nun seine besten Jahre geopfert. Ein wenig Verständnis vom eigenen Ehemann ist wohl zu viel verlangt. Als ob ich nicht schon genug gestraft wäre!"

„Ich hör mir das nicht mehr länger an! Adieu!"

Bei diesen Worten streifte Erwin Westerstedt seine Jacke über, schlüpfte in seine Schuhe und knallte die Tür hinter sich zu.

Seine Gattin hingegen sah in den Spiegel und zog eine jämmerliche Miene. Dabei schniefte sie mit der Nase. Dann ging sie ans Telefon.

„Hallo, Linus? Ich bin's…"

Sie war überrascht zu hören, dass Linus bereits wusste, welches Glück sein Bruder in den letzten Wochen hatte. Dass er den Aufbaukurs mit Bravour durchlaufen hatte, dass ihm daraufhin vom Arbeitsamt eine Stelle vermittelt wurde und nach sechs Wochen zu einer viel besser bezahlten Stelle beim ACS wechselte. Er wusste auch, dass er jetzt eine schönere Wohnung in einer guten Umgebung hatte, und verheimlichte ihr nicht, dass er ausdrücklich wünschte, nicht von seinen Eltern belästigt zu werden.

„So ist das also", kommentierte seine Mutter verbittert. „Der eigene Sohn verleugnet seine Eltern. Da hat ihm sein Vater aber einen Strich durch die Rechnung gemacht. Der ist nämlich vor zehn Minuten losgegangen, um ihn in der Firma zu besuchen."

Diese Mitteilung war für Linus Anlass genug, um sich ebenfalls unverzüglich zum ACS zu begeben. Er hatte seinem Bruder ein Versprechen gegeben, das er keinesfalls brechen wollte.

Inzwischen hatte Herr Westerstedt seinen ganzen Mut zusammengenommen und sich in das moderne Firmengebäude begeben, das den ACS beherbergte. Er kam sich etwas deplatziert vor in der supermodernen Eingangshalle. Beeindruckt von der gläsernen Liftanlage, die abwechselnd verschiedene Farbschimmer annahm, und dem künstlichen Wasserfall an einer mit Granit verkleideten Wand, fragte er sich, ob er nicht doch einem Gerücht aufgesessen war. Sein Sohn ein Teil dieser aufstrebenden Nobelfirma? Schüchtern trat er an eine der attraktiven Damen an einem Infoschalter heran und fragte nach Dominik Westerstedt.

„… Aber wahrscheinlich irre ich mich und – "

„Herr Westerstedts Büro ist im dritten Stock, Zimmer 305. Wen darf ich melden?"

„Ach? Ich bin sein Vater, Erwin Westerstedt. Aber bitte kündigen Sie meinen Besuch nicht an. Es soll eine Überraschung sein."

„Na gut", sagte die nette Dame am Empfangsschalter. „Aber Sie müssen sich beeilen. Herr Westerstedt ist in einer Viertelstunde beim wöchentlichen Meeting."

Kurz darauf stand Erwin Westerstedt vor einer Tür und betrachtete das Schild, das daneben angebracht war:

Dominik Westerstedt, IT-Teamleitung

Er klopfte und trat ein. Als er seit vielen Jahren zum ersten Mal wieder in das Gesicht seines Sohnes sah, musste er sich am Türrahmen festhalten, weil seine Beine kurz ihren Dienst versagten.

„Mein lieber Sohn!", sagte er. „Ich weiß, du hast nicht viel Zeit und ich will dich nicht lange stören. Ich wollte dich nur um Vergebung bitten für alles, was ich dir angetan habe. Ich war ein schlechter Vater und das kann ich nicht mehr rückgängig machen. Und ich möchte dir noch sagen, dass ich sehr stolz auf dich bin."

Dann schlich er sich wieder verschämt hinaus in den Flur wie ein Gast, der sich in der Zimmernummer geirrt hatte.

„Vater! Was machst du hier?"

„Linus..."

„Du solltest nicht hier sein. Ich habe es meinem Bruder versprochen."

„Entschuldige. Das wusste ich nicht."

„Dominik geht es zurzeit sehr gut, und das soll auch so bleiben. Er hat es geschafft, seine Vergangenheit hinter sich zu lassen. Mach das jetzt nicht kaputt!"

„Nein! Natürlich! Ich verspreche dir, ich werde Dominik jetzt nicht mehr behelligen. Aber bitte halte mich auf dem Laufenden, was ihn betrifft."

Dann flüchtete er auch vor seinem zweiten Sohn.

„Ich hatte keine Ahnung, dass der antanzen würde", versicherte Linus seinem Bruder später in dessen Büro. „Tut mir leid. War's schlimm?"

„Es war okay. Passt schon. Ehrlich. Aber ich sollte jetzt in gehen. Ein wichtiges Meeting. War sonst noch etwas?"

„Nein… das heißt… Ich ruf dich später an."

Die Fluggastbrücke, durch die die Menschenschlange in das Innere ihres Flugzeugs bugsiert wurde, hatte etwas Bedrohliches an sich, fand Dieter. Sie hatte Ähnlichkeit mit einem Todestrakt für Tiere, die zur Schlachtbank geführt werden. Die Fußtritte und die Rollgeräusche von Hunderten von Fluggästen erinnerten an einen Gefangenentransport ins Ungewisse. Man wusste zwar, dass der Tunnel im Flugzeug endete, aber man konnte ja nie wissen. Tatsache war, dass es, sobald man einmal Teil dieses Menschenstroms war, kein Zurück gab. Andererseits war er an diesem kühlen, verregneten Tag froh darüber, dass er trockenen Fußes und windgeschützt an seinen Platz kam. Er war leicht erkältet, sein Hals kratzte, er hatte Kopfschmerzen. Als sein Wecker an diesem Morgen um vier Uhr klingelte, war er alles andere als begeistert von dem Vorhaben, um die halbe Welt zu reisen. Und vielleicht – wenn sich eine Gelegenheit geboten hätte – hätte er seinen Entschluss revidiert. Wenn er nun schwerer erkrankt wäre, zum Beispiel hohes Fieber bekommen hätte, dann wäre dies eine willkommene Ausrede dafür gewesen, das Ganze abzublasen. Bei ehrlicher Beurteilung seines Zustands hätte er zugeben müssen, dass er die Hosen voll hatte. Freilich lockte die Aussicht, einige Stunden neben Elke sitzen zu dürfen, aber stattdessen begann sich Dieter nun selbst zu bemitleiden. Er bedauerte es, sich auf dieses unüberlegte Abenteuer eingelassen zu haben, sich kränkelnd stundenlang in ein Flugzeug pferchen lassen zu müssen, sein gutes Geld zum Fenster hinauswerfen zu müssen, zusammen mit Leuten, die er so gut wie nicht kannte, er bedauerte überhaupt jede seiner Entscheidungen – nein, das ist nicht ganz richtig! Er übersah die grundlegende Tatsache, dass er zu allen diesen misslichen Umständen selbst ja gesagt hatte. Er stülpte die Schuld daran, so wie er es von Kindesbeinen an getan hatte, einem ominösen Schicksal oder Weltenlenker über.

‚In diesem körperlichen Zustand', so redete er auf sich ein, ‚wird es mir erst recht Mühe bereiten, ein guter Unterhalter zu sein. Wenn ich nur ganz gesund wäre!', dachte er. ‚Wahrscheinlich habe ich Mundgeruch, meine Nase läuft, ich bin heiser, muss immer wieder husten, mein Kopf fühlt sich vernebelt an – wie soll man in diesem Zustand einen guten Eindruck hinterlassen?'

Elke hegte keine Gedanken dieser Art, allein schon deshalb, weil sie Olga keine Minute zur Ruhe kommen ließ. Sie redete pausenlos auf sie ein und verhielt sich ganz so, als wäre Elke und nicht Linus im Mittelpunkt ihres Interesses. Linus ging es mit Horst nicht viel besser. Er wäre schon über ein wenig Augenkontakt mit Olga glücklich gewesen, stattdessen musste er sich ganz dem gefühlsarmen Gesprächsstil von Horst stellen. Seine Geschichten über seinen persönlichen Werdegang vom Hilfsarbeiter beim Bau bis zum erfolgreichen Unternehmer hatten ihre Reize, waren aber leider gespickt mit Eigenlob und Geringschätzung seiner Konkurrenten. Spätestens jetzt begriff Linus, dass die Partnerschaft mit ihm vorübergehender Natur sein würde.

Dieter saß am Fenster und beobachtete den Weg der Regentropfen, die vom Gegenwind nach hinten geblasen wurden, während das Flugzeug mit brachialer Kraft beschleunigte und sich in die Luft erhob. Nachdem das Flugzeug eine 180-Grad-Kurve beschrieb, um in den vorgeschriebenen Korridor einzuschwenken, kamen Dieter erneut Zweifel, ob er nicht etwa gerade einen Traum erlebte, so unwirklich fühlte sich die ge-

genwärtige Szene an. Er saß neben einer Frau, die er vor einem halben Jahr noch nicht kannte, und drei weiteren Personen, die ihm nahezu unbekannt waren, um einen Ort aufzusuchen, der 8.000 Kilometer entfernt war und über den er faktisch gar nichts wusste. Zuvor hatte er seine sichere Stellung als Kommunalbeamter aufgegeben und eine schön eingerichtete Wohnung gekündigt. Wieder stellte er sich die Frage, die sein Chef erstmals ausgesprochen hatte: ‚Bin ich jetzt komplett durchgeknallt?'

Elke, die das Glück hatte, nicht die geschwätzige Olga, sondern eine fremde, sehr stille Person als rechte Sitznachbarin zu haben, schien seine Gedanken gelesen zu haben.

„Man muss schon ein bisschen verrückt sein, um das hier zu tun, nicht wahr?"

„Ein bisschen?"

„Hast du Angst?"

„Nein. Ich bin schon öfter geflogen."

„Ich meine, Angst, dass sich das alles als ausgemachter Unsinn entpuppen könnte?"

„Die Angst hätte ich früher haben können, aber jetzt ist wohl zu spät dazu. Die Würfel sind gefallen, wie es so schön heißt."

„Das klingt so, als hättest du dich in dein Schicksal ergeben."

„Tja – wir sind jetzt so etwa auf achttausend Meter Flughöhe, ich würde sagen, der Weg zurück ist versperrt."

„Und wenn schon! Ich glaube, dass wir das Richtige tun, so oder so. Stell dir vor, es wird ein Fehlschlag. Wir stellen fest, dass wir uns in Amerika unwohl fühlen, weil uns die Sprache, die Kultur, die Gewohnheiten zu fremd sind oder weil uns das Geld ausgeht und wir keine Arbeit finden, und wollen wieder zurück. Wäre das so schlimm?"

„Wie man's nimmt. Wir würden uns wieder eine Wohnung suchen müssen, aufs Arbeitsamt gehen und eine Zeitlang von der Sozialhilfe leben. Einige Leute würden uns verspotten und sagen: ,Ich hab's euch gleich gesagt!'"

„Ja, so könnte es sein. Aber nochmal: Wäre das so schlimm?"

„Nein. Das wäre es sicher nicht."

„Im Gegenzug hätten wir vieles erlebt, was uns entgangen wäre, wenn wir zu Hause geblieben wären."

„Das stimmt. Außerdem besteht ja eine reelle Chance, dass es kein Reinfall wird."

Sie sahen sich an und lachten. Dieter fühlte sich nun schon viel gesünder.

Auch eine Reihe weiter vorne wurde viel gesprochen.

„Diese Enge in der Touristenklasse ist absolut unzumutbar!", schimpfte Horst, als der Servicewagen durch den Mittelgang geschoben und dabei das eine oder andere Knie zur Seite drängte. Doch dann warf er einen Blick auf die Stewardess, oder vielmehr auf ihr Hinterteil, wie Linus bemerkte, und änderte seinen Tonfall.

„Fräulein! Wenn Sie die Güte hätten…" Er hielt sein leeres Whiskyglas in die Höhe.

„Ich komme sofort!"

„Und – sagen Sie – könnte man eventuell noch in die erste Klasse umbuchen?" Er winkte die Stewardess zu sich heran und hielt ihr einen Hundert-Euro-Schein unter die Nase. „Ich wäre Ihnen wirklich sehr verbunden."

„Das Flugzeug verfügt nur über eine Business-Class und die ist leider ausgebucht", entgegnete sie kühl, ohne auf den Geldschein zu achten.

„Ach, da geht doch immer was! Wissen Sie, ich lege großen Wert auf persönliche Betreuung. Ich würde mich auch erkenntlich zeigen…"

„Wie gesagt! Da kann ich leider nichts machen."

Mit diesen Worten schob die Stewardess ihren Wagen zur nächsten Reihe und kehrte Horst den Rücken zu. Horst steckte seinen Geldschein wieder ein und bedachte Linus mit einem selbstgefälligen Lächeln.

„Ich wäre ja wenigstens in der Business-Class geflogen, aber meine Frau meinte, das sei ihren Freunden gegenüber unfair. Die könnten sich das nicht leisten", raunte er ihm zu, doch nicht leise genug, als dass Olga es hätte überhören können.

„Das war nicht der einzige Grund, das weißt du, Horst!", verteidigte sie sich. „Ich kann diese aufgeblasenen Wichtigtuer in der Business-Class nicht ausstehen. Wie sie dann emotionslos an ihren Laptops sitzen und so tun, als würden sie rund um die Uhr arbeiten. Als ob sie deswegen bessere Menschen wären.

Dort, wo uns unsere Reise hinführt, Horst, leben auch ganz normale Leute. Es würde dir auch nicht schaden, wenn du dich mal dafür interessieren würdest, wie solche Menschen denken."

„Wieso sollte ich mich für arme Leute interessieren? Ich war selber mal arm; das habe ich hinter mir."

„Hörst du, was er sagt, Linus? Er ist ein Egoist durch und durch. Darauf musst du gefasst sein, wenn du mit ihm Geschäfte machst; er denkt zuerst immer an sich."

„Tun wir das nicht alle?", entgegnete Linus lapidar.

„Ganz recht!", stimmte ihm Horst bei. „Wer etwas anderes behauptet, ist ein Lügner. Jeder will mit möglichst wenig Aufwand fette Kohle machen. So sind die Menschen nun mal. Wer sich von Versagern aufhalten lässt, wird selbst zum Versager."

„Ach du!" Olga schmollte für einige Sekunden, ehe sie sich umdrehte und Elke und Dieter zuzwinkerte.

„Na, ihr beiden? Geht's euch gut?"

„Alles paletti!", sagte Dieter. „Aber ich habe letzte Nacht schlecht geschlafen. Ich hau mich jetzt aufs Ohr, soweit das hier möglich ist."

Er setzte seine Schlafbrille auf und tat so, als würde er sofort wegnicken.

Fred wartete gespannt auf die Neuankömmlinge aus Deutschland. Er hatte eben eine ewig lange SMS von dieser Olga erhalten, mit einem Zeitplan und einem ausführlichen Reisebericht. Um sechs Uhr morgens würde ihre Maschine auf dem Vancouver International Airport landen. Dann würden sie ihren Mietwagen übernehmen, die Fahrt bis *Hazelton* dauerte dann noch gut 14 Stunden. In *Prince Georg* würden sie übernachten und wollten frühzeitig weiterfahren, sodass sie gegen zwei Uhr Nachmittag in *Hazelton* ankommen müssten.

Fred dachte an seine Ankunft in *Hazelton* vor mehr als drei Jahren zurück. Was für ein trostloser Ort! – Das war sein erster Eindruck. Doch schon kurze Zeit später, nachdem er sich in der Gegend umgesehen hatte und mit den Einwohnern ins Gespräch kam, fand er den Ort schon viel heimeliger. Und schließlich war es genau das, was er gesucht hatte – eine Gemeinschaft von Leuten, die sich kannten und vertrauten und zusammenhalfen, wo immer es nötig war. Darum schwor er sich: Wenn diese fünf Neuen glauben sollten, sie könnten hier neue Regeln einführen, oder wenn sie darauf aus waren, Zwietracht zu säen und *Hazelton* zu einem Touristenort zu machen, in dem die Einheimischen nichts mehr zu melden hatten, dann würde er alles in seiner Macht Stehende tun, um das zu verhindern.

Doch Fred war sich sehr wohl darüber im Klaren, dass er sich nicht auf alle Eventualitäten vorbereiten konnte. Ein Besucher, der schon einmal von den Einheimischen vertrieben wurde, ein weiterer, der vermutlich nur wegen einer üppigen Gewinnerwartung hierherkam, und drei weitere Personen, die von diesen beiden mit ins Boot geholt worden waren – was sollte man davon halten? Fred fühlte eine nervöse Unruhe in seinem Bauch, die er so nicht tolerieren wollte. Er wusste: Gefühle dieser Art musste man in etwas Positives verwandeln, noch ehe sie sich zu einer Krise ausweiteten.

Von den Weisen der *Gitxsan* hatte er erfahren, dass man jeglichen Zweifel ausmerzen konnte, wenn man sich vorstellte, wie das zu erwartende Ereignis idealerweise aussehen sollte. Daher stellte er sich jedes Detail des ersten Zusammentreffens mit den neuen Gästen so lebhaft wie möglich vor, damit angefangen, wie die Sonne gerade in dem Augenblick hinter den Wolken hervorkam, als die Türen des Wagens aufsprangen, wie leicht es ihm viel, in seiner Muttersprache zu reden und die Gäste zu begrüßen, wie er sie in ihre blitzsauberen Zimmer führte und sie mit seiner Herzlichkeit ansteckte, wie sie sich beim Abendessen anfreundeten... Danach war Fred deutlich entspannter.

Ein dreifaches Hupen zeigte an, dass die neuen Gäste sein Motel gefunden hatten. Für Fred hieß das, erst einmal positiv zu bleiben, alle abwertenden Gedanken außen vor zu lassen und sie so zu behandeln, als wüsste er nichts über sie. Als er auf das Auto zuging, blendete ihn die Sonne. ‚Großartig!' dachte er. Dennoch musste er bereits beim ersten Eindruck feststellen, dass Neutralität im Umgang mit Menschen, von denen man einige Details kannte, unmöglich war.

Als Erster stieg ein jüngerer Mann aus dem Van, ein Abenteuertyp in einer rotkarierten Holzfällerjacke, offensichtlich sehr auf sein Erscheinungsbild bedacht. Fred konnte sich an ihn erinnern; das war Linus Westerstedt. Er hatte sich kaum verändert. Er dehnte und streckte sich und sah sich selbstbewusst um, als wartete die Welt sehnlichst auf sein Erscheinen. Dann stieg eine Rothaarige aus, stark geschminkt, pausenlos redend; ganz klar, das musste diese Olga sein, mit der er bereits einige Telefonate geführt hatte. Sie trug einen knallgrünen Mantel in Glanzoptik und Stiefel mit dickem Pelzbesatz. Da sie ihre Sonnenbrille nicht abnahm, konnte Fred an ihrem Gesicht nicht viel ablesen. Eine auffallende Person war sie allemal. Ihr folgte eine andere Frau, etwa ebenso alt wie sie, aber deutlich hübscher, schlank, langes blondes Haar. Die enge Jeans ließ auf eine gute Figur schließen; sie war der Typ Frau, dem Fred gerne hinterher sah, wenn er ihm auf der Straße begegnete. Er sah auf die Gästeliste. Das musste Elke Meister sein. Der nächste Mann, der ausstieg, war dann wohl Dieter Kaufmann, unscheinbar, aber nicht unsympathisch. Als Letzter wälzte sich ein Herr aus dem Wagen, der das Aussehen einer Bulldogge hatte, breit, massig, Hängebacken, eine wulstige Stirn, darunter kleine, glasige Augen, ganz in schwarz gekleidet; ganz klar: das war Olgas Mann, Horst Waldschmidt. Er schaute Fred an, als wäre es eine Zumutung, ihm die Hand zu schütteln; trotzdem nahm er seine ausgestreckte Hand entgegen und sagte anstelle eines Grußes: „Ich hoffe, dieses Motel verfügt über ein Bad. Die Fahrt hierher war eine Zumutung."

„Natürlich. Alle Zimmer sind mit Bad ausgestattet."

Statt einer Antwort bedachte ihn Herr Waldschmidt mit einem seitlichen Kopfnicken in Richtung des Kofferraums, was Fred geflissentlich ignorierte. So viel stand für Fred fest: niemals würde er sich von einem anderen, ganz gleich, woher dieser kam und welchen Rang er bekleidete, zum Lakaien degradieren lassen. Wenn dieser Waldschmidt Hilfe beim Koffertragen brauchte, sollte er gefälligst darum bitten. Stattdessen begrüßte er auch die anderen mit Handschlag, nicht aus reiner

Höflichkeit, sondern weil er sich angewöhnt hatte, Menschen über den Blick in ihre Augen und über den Kontakt der Handflächen einzuschätzen. Er wusste, dass jeder Mensch über eine individuelle Aura verfügte, die sich mit seiner eigenen verband, sobald sich ihre Körper berührten oder auch nur sehr nahekamen. Dadurch veränderte sich etwas, bei beiden, jedenfalls soweit man es zuließ. Horst Waldschmidts Aura stieß er von sich, so schnell es ging, die seiner Frau Olga war sehr lebendig und interessant. Linus Westerstedt empfand er als unangenehm, bestenfalls als schwer einzuschätzen. Dieter Kaufmanns Aura überraschte ihn mit sehr viel Aufrichtigkeit, aber wenig Herzlichkeit. Als er Elke Meisters Hand in seine nahm, erfüllte ihn ein Gefühl der Geborgenheit, während ihn zugleich eine wärmende Flut durchströmte, die so wohltuend war, dass es ihm beinahe Schmerzen bereitete, ihre Hand wieder loszulassen. Er brauchte eine Minute, um sich wieder zu sammeln, und richtete anschließend seinen Blick auf alle Neuankömmlinge, um sie wie gewohnt zu begrüßen.

„Ich heiße Sie alle herzlich willkommen in *Hazelton*! Mein Name ist Fred Sussman. Wie Sie sicher schon wissen, stamme ich so wie Sie aus Deutschland. Daher bin ich mir sicher, dass wir uns glänzend verstehen werden. Sie werden in den nächsten Tagen noch ausreichend Gelegenheit bekommen, unser Dorf kennenzulernen. Aber das eilt nicht; in British Columbia gehen die Uhren etwas langsamer. Nach der langen und anstrengenden Reise sind Sie bestimmt müde und sehnen sich nach einem heißen Bad und etwas Ruhe. Wenn sie hungrig sind, bedienen Sie sich bitte am Büffet. Ich werde Sie jetzt auf ihre Zimmer führen und Ihnen dann Ihr Gepäck bringen. Falls Sie Fragen haben, stehe ich zu Ihrer Verfügung."

Wie zu erwarten, hatte Olga mehrere Fragen.

„Mister Sussman? Oder darf ich ‚Fred' sagen?"

„Natürlich. Ganz wie es Ihnen beliebt."

„Also Fred... Gibt es hier im Ort einen Kosmetiksalon? Ich habe mir an diesem Kofferverschluss einen Fingernagel abgebrochen. Außerdem habe ich Kopfschmerzen. Die Klimaanlage war viel zu kalt eingestellt. Aber mein Mann hört ja nicht auf mich. Jetzt habe ich die Probleme. Bestimmt habe sie Aspirin im Haus."

„Bringe ich Ihnen sofort aufs Zimmer, Frau Waldschmidt. Und ja, wir haben eine ausgezeichnete Kosmetikerin. Die Adresse schreibe ich Ihnen auf."

„Sehr freundlich, Fred." Mit geübter Geste brachte sie das Kunststück zustande, Fred absichtlich, aber so kurz zu berühren, dass er es für ein Versehen halten könnte." Es gibt eben doch noch Männer in dieser großen weiten Welt, die einer Frau gegenüber zuvorkommend sind."

Horst fühlte sich durch diesen Seitenhieb in keiner Weise angesprochen, sondern trat mit einer Selbstverständlichkeit durch die Eingangstür des Motels, als gehöre es ihm.

„Herr Waldschmidt!", rief Fred. „Die andere Tür!"

„Was?"

„Sie müssen die andere Tür nehmen. Diese führt nur zu den Toiletten."

„Muss einem doch gesagt werden..."

Olga kicherte.

„Darf ich den Damen beim Koffertragen behilflich sein?", fragte Fred.

„Sehr gerne!", antwortete Olga und zeigte auf ihre beiden Koffer.

Fred war froh, dass die klobigen Monster mit Rollen ausgestattet waren. Mehr als einen hätte er nicht tragen können. Zum Glück fühlten sich Linus Westerstedt und Dieter Kaufmann an ihrer Gentleman-Ehre gepackt und nahmen zuerst die übrigen Koffer der Damen. Horst Waldschmidt rührte unterdessen keinen Finger. Während sich Fred mit dem schweren Ungetüm abmühte, hatte er Gelegenheit, seine neuen Gäste aus der Distanz zu beobachten. Eigentlich interessierte ihn dabei vorrangig die Beziehung zwischen Elke Meister und Dieter Kaufmann. Er bemerkte, dass sie öfter ihre Blicke tauschten, aber keinerlei Berührungen zuließen. Das war ein gutes Zeichen. Fred schloss daraus und aus dem Umstand, dass sie in Einzelzimmern untergebracht waren, dass sie lediglich befreundet waren. Als er schließlich Elkes Koffer in ihrem Zimmer abstellte, fragte er sie:

„Es hieß, Sie bleiben zwei Wochen in *Hazelton*, eventuell sogar länger. Sind Sie geschäftlich hier?"

„Nein. Herr Kaufmann und ich tragen uns mit dem Gedanken, Deutschland den Rücken zu kehren. Wir schauen uns hier mal um und warten ab, wie sich alles entwickelt."

„Dasselbe habe ich vor gut drei Jahren auch gemacht, den Finger auf den Globus gesetzt und einfach losgestartet. Und, wie Sie sehen, bin ich hiergeblieben."

„Sie haben es also nicht bereut?"

„Keine Minute. Ich führe hier genau das Leben, das ich mir immer gewünscht habe."

„Schön!"

Sie sah sich in ihrem Zimmer um. Fred ahnte, was sie sich dabei dachte. So etwas wie: ‚So haben meine Eltern vor vierzig Jahren auch gelebt.'

„Ich weiß, es gibt luxuriösere Orte zum Leben", sagte er. „Aber selbst der größte Luxus wird irgendwann zur Gewohnheit."

„Das stimmt. Und ehe man ein Leben voller Gewohnheiten führt und seine Langeweile beklagt, treibt einen die Sehnsucht nach Veränderung weiter; denke ich mal. Wahrscheinlich kann man gar nichts dagegen machen."

„Ja, kann sein. Nur – derzeit steht mir der Sinn nicht nach Veränderung. Mein früheres Leben war turbulent genug."

„Womöglich denken Sie in ein paar Jahren anders."

„Ja, vielleicht."

„Danke für den Kofferservice. Sehen wir uns später beim Essen?"

„Gewiss."

Während er das Essen zubereitete, erinnerte sich Fred daran, dass Theodore Smith vermutlich jetzt auf glühenden Kohlen saß. Er wusste ja, dass heute der Tag war, an dem Linus wiederkam. Das bedeutete in seinen Augen, dass die ganze Clique um Linus und Forrester zusammenkommen würde, um das weitere Vorgehen zu besprechen, möglicherweise über ihn den Stab zu brechen. Und er, Fred, hatte Theos Frau zugesagt, dass sie sich keine Sorgen zu machen brauchten. Er musste versuchen, an Linus heranzukommen und etwas über seine Pläne herauszufinden. Vielleicht ergab sich ja nach dem Essen eine Gelegenheit dazu.

Inzwischen erhielt Linus eine Nachricht auf sein Handy.

„Habe ein Programm geschrieben, das eindeutig nicht verschlüsselte Daten vorübergehend entfernt, sodass die verschlüsselten zurückbleiben. Das hat den Vorteil, dass das Entschlüsselungsprogramm unangetastet bleibt und niemand nachvollziehen kann, dass sich jemand reingehackt hat. Ich schicke dir einen Stick zu, den du einlegen musst, sobald der PC hochgefahren wurde. Sie zu, dass du das hinkriegst, ehe jemand anders den PC in die Hände bekommt. Wenn das Programm seine Arbeit getan hat, machst du eine Bildschirmkopie der übriggebliebenen Daten und kopierst sie auf den Stick. Danach drückst du auf *Escape* und niemand erkennt, dass an den Daten etwas manipuliert wurde. Dann steckst du den Stick in deinen PC und schickst mir die Daten zu. Gruß Dominik"

Später am Abend, nachdem die Desserts abgetragen wurden, wartete Fred mit einer Spezialität auf. „Meine Herren, und vielleicht auch die Damen, ich darf Ihnen zum Abschluss des Menüs einen ganz besonderen Digestif anbieten. Ein 16 Jahre alter Whisky! Wunderbar mild und rauchig. Sie werden begeistert sein."

„Scotch oder Bourbon?", fragte Horst unwirsch.

„Das ist ein amerikanischer Singlemalt. Aus Weizen destilliert, im Sherryfass gereift. Etwas Besseres werden Sie hierzulande nicht bekommen. Probieren Sie's aus!"

Der Whisky war ein Geschenk eines zufriedenen Gastes, den Fred seit zwei Jahren in der Vorratskammer aufbewahrt hatte. Er hatte beschlossen, ihn für einen ganz besonderen Anlass zu öffnen. Dabei hatte er eher an ein großes Jubiläum, eine Geburt oder Hochzeit gedacht und nicht an die Begrüßung einer Schar unbekannter Gäste, aber sein Gefühl sagte ihm, dass der Abend die überragende Bedeutung dadurch erlangen könnte, dass er ihn so beging, als wäre er es.

Fred goss das goldfarbene Getränk fingerhoch in ein Glas und reichte es Horst. Der genoss es, beim Degustieren von den anderen beobachtet zu werden und gab sich ganz weltmännisch. Er hielt das Glas gegen das Licht, schwenkte es, roch daran, schwenkte es noch einmal, ehe er davon nippte und ihn mit vergeistigter Miene über seine Zunge fließen ließ. Fred hatte keine Ahnung, ob der Whisky hielt, was auf dem Etikett versprochen wurde, eigentlich war er kein Whiskyfreund.

Umso mehr war er auf Horsts Reaktion gespannt. Der kniff zuerst die Augen zu, dann entspannten sich seine Gesichtszüge und sein Blick wurde weit. Aber erst nach einem weiteren Schlückchen entrang er sich einen kurzen Kommentar:

„Der Hammer!" Als ihn alle fragend ansahen, ergänzte er seine Aussage: „Junge, Junge! Da muss man erst um die halbe Welt reisen, um einen Whisky zu bekommen, den man auch trinken kann. Ach, was heißt ‚trinken kann'? Das Zeug ist der Wahnsinn! Ich habe im meinem ganzen Leben noch nichts Köstlicheres bekommen! Außer vielleicht die Milch meiner Mutter. Hahaha!"

Er klopfte Fred auf die Schulter als wären sie die besten Freunde.

„Du hast meinen Tag gerettet, Fred! Trinkt, meine Freunde! Etwas Besseres werdet ihr heute nicht mehr bekommen."

Das ließen sich die anderen nicht zweimal sagen und so kam es, dass Freds edler Whisky gegen zehn Uhr bis auf den letzten Tropfen geleert wurde. Vor dem Schlafengehen musste Fred Horst versprechen, zehn Flaschen des edlen Whiskys zu besorgen. Aber in der Zwischenzeit ergab sich so Einiges, was der enthemmenden Wirkung des Alkohols zuzuschreiben war. Die Hemmschwelle zum „Du" wurde nach dem ersten Glas aufgehoben. Nach dem dritten Glas stieg die Bereitschaft, seelische Nöte zu offenbaren, in ungeahntem Maße.

„Linus! Ich kenne dich!", sagte Fred frei heraus. „Du warst im letzten Jahr längere Zeit hier."

„Stimmt! Ich habe damals bei einem netten Ehepaar gewohnt. Wie hießen sie noch gleich..."

„Smith. Theodore und Amie Smith."

„Mann! Bin ich doof! Was für ein ausgefallener Name! Hahaha!"

„Ja. Wirklich schwer zu merken!"

„Theo war wirklich einer von den ganz Freundlichen." Er hatte bereits eine schwere Zunge. „Das kann man leider nicht von allen *Gitxsan* behaupten."

„Ich kann mich nicht beklagen. Ich bin jetzt drei Jahre in *Hazelton* und komme mit allen klar."

„Weil du sie in Ruhe lässt. Wenn man sie in Ruhe lässt, dann tun sie einem nichts."

„Und du hast sie nicht in Ruhe gelassen?"

„No. Ich wollte, dass sie was aus ihrem Kaff machen. Aber das wollten sie nicht. Die meisten jedenfalls."

Fred stellte sich ahnungslos.

„Und jetzt wollen sie?"

Linus grinste übers ganze Gesicht.

„Ich glaube schon. Eigentlich bin ich mir ganz sicher!"

„Und was ist jetzt anders als vor einem Jahr?"

Er beugte sich ganz nah zu Fred, bis ihre Gesichter nur eine Handbreit voneinander entfernt waren. Er schaute sich kurz nach Horst um, dann legte er den Zeigefinger auf die Lippen.

„Pscht! Ich weiß jetzt, wer die Guten sind und wer die Bösen."

„Ach! Und… wer sind die Bösen?“

„Das kann ich dir nicht sagen; zu gefährlich!“

„Verstehe. Wie stehst du zu Theo? Der ist doch einer von den Guten?“

„Absolut! Ist aber leider zu nett. Bestimmte Leute nützen Nettigkeit schamlos aus.“

„Wusstest du, dass dein PC immer noch bei Theo ist?“

„Ja. Weiß ich. Warum?“

„Mich wundert es, dass du ihn gar nicht vermisst hast.“

„War ein altes Ding. Dachte mir, Theo könne es brauchen.“

„Naja – der PC ist die eine Sache, aber die Daten, die drauf sind, eine ganz andere…“

„Du weißt davon? Du hast alles gelesen?“

„Theo hat mir den PC zum Reparieren gegeben. Da bin ich zwangsläufig drübergestolpert.“

Für einen Moment fürchtete Fred, Linus würde ihn jetzt anbrüllen. Doch Alkohol verstärkte bekanntlich das Grundnaturell eines Menschen. Linus jedenfalls schien ein friedlicher Mensch zu sein, denn er sagte:

„Du hast Glück, dass ich mich mit diesem Gesöff so sauwohl fühle. Weil eigentlich müsste ich wütend auf dich sein. Du lässt mich hier erzählen, obwohl du eh schon alles weißt. Was soll das?“

Urplötzlich lachte er.

„Der PC war gar nicht kaputt, oder?"

„Stimmt."

„Der liebe Theo. Keinen Mumm in den Knochen. Dabei habe ich ihm gesagt, er solle sich den PC genau anschauen. Es könnte nützlich für ihn sein."

„Dachte ich mir, dass du den PC nicht einfach so bei Theo vergessen hast."

Linus grinste.

„Entschuldige, dass ich dich über alles das ausfrage. Mir geht es um Theo. Er macht sich mächtig Sorgen. Dieser Bob Forrester hat ihn am Wickel. Er hat da einen Vertrag unterschrieben, aus dem er nicht so einfach rauskommen wird."

„Weiß schon. Wird sich alles regeln. Ich werde Theo morgen einen Besuch abstatten und das mit ihm klären. Prost!"

„Prost!"

In diesem Moment kreischte Olga laut lachend auf. Irgendjemand hatte einen Witz gemacht, über den sie sich köstlich amüsierte.

„Wie gefällt dir eigentlich die Olga?", fragte Linus.

„Eine sehr – reizende Person. Und eine Stimmungskanone, wie man sieht."

„Toll, was?"

„Ohne Frage."

„Eine Frau, wie ich sie immer wollte."

„Ähm – sie ist aber verheiratet."

„Weiß ich! Weiß ich! Ich meine ja nur..."

Fred sah ein, dass Linus nun anderes im Sinn hatte, als über Theos Probleme zu reden. Aber auch seine Aufmerksamkeit ließ nun nach. Schon seit geraumer Zeit beobachtete er Elke und Dieter. Sie saßen eng beieinander und steckten immer wieder ihre Köpfe zusammen. Sie schienen sich wirklich gut zu verstehen, wenngleich sie es vermieden, sich anzufassen. Auch Fred spürte die Wirkung des Alkohols, was dazu führte, dass seine Sympathie für Elke zur Begeisterung wurde. Er konnte gar nicht anders, als sich ihr mehr und mehr anzunähern. Zuerst wechselte er den Platz, dann stellte er ein paar Schüsseln mit Erdnüssen in die Runde, wobei er ihr absichtlich nahekam, dann begann Olga laut zu gähnen und verkündete, dass sie nun schlafen gehen würde. Damit war der Platz neben Elke frei und Fred nützte seine Chance.

„Ich weiß inzwischen von den anderen, warum sie ein verschlafenes Nest wie *Hazelton* aufgesucht haben, aber was genau treibt dich hierher?"

„Wenn ich jetzt sage ,Selbstfindung', würdest du denken, ich bin eine Esoterik-Tussi, die keine Ahnung vom Leben hat. Dabei fällt mir gerade kein besseres Wort ein. Wie soll ich es sagen? Ich bin seit einem halben Jahr arbeitslos, was daran liegt, dass ich mir zurzeit keine Arbeit vorstellen kann, die mir Spaß macht. Ach je! Du meinst jetzt bestimmt, ich bin eine verwöhnte Göre."

„Mach dir bitte keine Gedanken darüber, was ich meine! Bevor ich nach *Hazelton* kam, hatte ich einen Burnout. Also wenn jemand weiß, wohin es führen kann, einen Beruf ohne Freude auszuüben, dann ich."

„Oh! Daher also dieses Motel und so…"

„Ein Leben, das einem Zeit lässt, immer wieder zur Ruhe zu kommen. Mehr braucht es eigentlich gar nicht."

„Versteh ich. Dagegen hatte ich gar nicht einmal so einen nervenaufreibenden Job. Die letzte Zeit ging ich vor allem meinem Chef zuliebe ins Büro, er hat mich einfach gebraucht. Doch dann wurde er degradiert und unter der neuen Führung wollte ich partout nicht mehr arbeiten. Vor Leuten zu buckeln, die man verachtet, nicht mit mir! Hmm… Das hört sich jetzt ganz schön abgehoben an!"

„Schon okay. Ich versteh das. Echt! Also hast du nicht wirklich einen Plan, was du in Zukunft machen willst?"

„Ich dachte mir, ein Fahrrad kann nur gesteuert werden, wenn es rollt. Ich musste etwas in Bewegung bringen, um den Chancen, die sich mir bieten, einen Schritt entgegenzukommen. Vielleicht war es ja Bestimmung, dass ich genau hierher kommen musste. Wie sonst wäre ich in den Genuss dieses feinen Whiskys gekommen?"

„Eben!"

Fred hatte seine Sinne noch so weit beieinander, um zu wissen, dass es unhöflich wäre, Elkes Begleiter von dem Gespräch auszuschließen. Daher fragte er:

„Und du, Dieter? Hast du auch in diesem Getränk die Erfüllung aller deiner Träume gefunden?"

„Nicht ganz, würde ich sagen. Aber der Whisky hilft mir sehr dabei, mein Heimweh zu ertragen."

„Du hast Heimweh?", fragte Elke. „Im Ernst?"

„Ich war selten auf Reisen. Es ist alles ungewohnt für mich. Vielleicht spüre ich auch den Jetlag."

„Du wirst dich hier schnell eingewöhnen. Es ist alles viel einfacher als in Deutschland. Wenn du etwas brauchst, sagst du's dem Sheriff, das ist Brandon Tilman, ein tadelloser Bursche, oder du gehst zu Frank Smith im Tourismusbüro, der lebt schon ewig hier und kennt alles und jeden. Langwierige Behördengänge und unverständliche Formulare, das kannst du hier vergessen."

„Ein Grund mehr, Heimweh zu bekommen."

„Er war Beamter", erklärte Elke einfühlsam, „und hat vor dieser Reise gekündigt."

„Oh je! Da bin ich ja richtig ins Fettnäpfchen getreten! Tut mir leid."

„Schon gut. So hänge ich auch wieder nicht an dem Job."

„Gekündigt? Ein Beamtenverhältnis? Meine Hochachtung! Welche Visionen treiben dich denn an?"

„Zuerst einmal wollte ich mir beweisen, dass ich in der Lage bin, spontan zu entscheiden, was ich will."

„Das find ich großartig."

„Und dann hatte ich die Riesenchance, mit dieser wunderbaren Frau zusammen zu verreisen."

Elke errötete bei diesen Worten, sagte aber nichts dazu.

„Das kann ich verstehen", sagte Fred. „Wenn ich die Wahl hätte zwischen einem Beamtenjob und Elke, dann müsste ich nicht lange überlegen."

Elke wurde nun richtig verlegen und sagte mit hochrotem Kopf:

„So ein Unsinn! Ihr seid doch alle beide betrunken! Ich geh jetzt schlafen. Wir sehen uns dann morgen."

Fred und Dieter sahen ihr hinterher und fragten sich wie zwei dumme Schuljungen, was sie wohl falsch gemacht hatten.

„Entschuldige...", murmelte Fred. „Das wollte ich nicht. Heute lass ich aber auch kein Fettnäpfchen aus."

Dieter zuckte mit den Achseln. „Wer kennt sich schon mit den Frauen aus? Ich meine, Elke ist wirklich eine Wahnsinnsfrau, aber ich glaube, sie weiß einfach nicht, was sie wirklich will. Das geht schon so, seit sie gekündigt hat." Er schüttelte den Kopf. „Ich bin mir nicht sicher, was diese Reise bringt. Es kann durchaus sein, dass wir in einem Jahr wieder in Deutschland in unseren biederen Büros sitzen und so klug sind wie zuvor."

„Ihr beide... ich meine – ist da was zwischen euch?"

„Schön wär's. Aber nein. Nur Freundschaft. Bisher."

Fred nickte und hörte sein Herz klopfen.

„Was meinst du?", fragte Elke und köpfte ihr Frühstücksei. „Sollen wir uns heute *Hazelton City* anschauen?"

Dieter lachte. „Das dürfte eine 30-minütige Tour werden. Außer, wir statten jedem der – wieviel sind es? Zehn Häuser? – einen persönlichen Besuch ab."

„Gehen wir doch ins Tourismusbüro und fragen nach, was man hier alles anstellen kann."

„Abgemacht."

Kurz darauf standen die beiden am Auskunftsschalter und wurden von einer adrett gekleideten Dame bedient.

„We come from Germany and want to know…", begann Dieter mit dem verbliebenen Vokabular seines Schulenglischs.

„Schön, Sie zu sehen!", antwortete die Angestellte in gutem Deutsch. „Sie wollen bestimmt wissen, was unser Dorf alles zu bieten hat."

„Ja, genau! Sie sprechen deutsch? Das ist ja praktisch."

„Wir sind ein Tourismusbüro. Da sollte man mehrere Sprachen beherrschen."

„Natürlich! Also – was sollte man denn hier gesehen haben?"

„Vor allem unsere grandiose Natur! Es gibt 300 Meilen Wanderwege, gut beschildert! Aber gehen Sie nie allein und am besten mit Handy. Vereinzelt gibt es hier auch Bären und Wölfe."

„Was?!", rief Elke erschrocken aus. „Sie meinen das nicht ernst, oder?"

„Sie brauchen keine Angst zu haben. Die Wildtiere ziehen sich in der Regel zurück, wenn Sie Menschen sehen oder hören. Der letzte Unfall mit einem Bären, den wir hier registrierten, liegt über dreißig Jahre zurück. Wir haben hier sehr gute Karten, auf denen alle Wanderwege eingezeichnet sind. Auch die Notfallnummern stehen dabei. Wenn Sie sich im Ort umsehen wollen, können Sie das natürlich gerne tun. Aber – ehrlich gesagt – es lohnt sich nicht. Damit will ich natürlich nicht die Bürger von *Hazelton* schlechtreden! Lauter freundliche Leute, die viel zu erzählen haben! Früher oder später kommen Sie mit den Leuten hier in Kontakt. Dabei erfahren Sie alles, was für das Leben hier von Bedeutung ist."

„Danke, sehr freundlich! Ähm… Bestimmt gibt es hier einen Lebensmittelladen."

„Natürlich. Wir haben zwei davon. Einer ist gleich um die Ecke, der andere in *West-Hazelton*. Was es nicht gibt, kann man auch bestellen. Dauert halt ein paar Tage."

„Was meinst du?", fragte Elke. „Sollen wir eine Wanderung machen? Muss ja nicht so weit sein. Es ist schon lange her, dass ich in den Bergen unterwegs war."

„Ja, warum nicht? Um die Gegend kennenzulernen, wäre eine kleine Sightseeing-Tour doch genau das Richtige."

„Wunderbar!", sagte die Angestellte. „Hier wäre eine Karte mit den Wanderrouten rund um *Hazelton*."

„Ach, noch was, Miss!" Elke ging zum Schalter zurück. „Ich habe erst gestern Abend bemerkt, dass die Speicherkarte von meinem Smartphone voll ist. Wo kann ich hier eine neue kaufen?"

„Eine Speicherkarte?", fragte sie, als höre sie dieses Wort zum ersten Mal.

„Ja. Muss nichts Besonderes sein. Fünf Gigabyte würden schon reichen."

„Naja…" Die Angestellte sah etwas verlegen aus. „Sie könnten mal im Lebensmittelladen nachfragen. Dort gibt es Glühbirnen und Batterien, also es könnte sein, dass es dort auch solche Speicherkarten gibt, aber verlassen Sie sich lieber nicht darauf."

„Na gut. Wir werden sehen. Danke!"

Auf dem Weg zu dem Laden kamen sie an einer Boutique vorbei, die Dieter glatt übersehen hätte, doch Elke hatte mit einem Blick erkannt, dass es sich lohnen könnte, sich darin umzusehen.

„Nur auf einen Sprung!", sagte sie. „Komm doch mit!"

Achselzuckend fügte sich Dieter ihrem Wunsch und folgte ihr. Während er im Laden noch ziellos umherschaute, war Elke schon fündig geworden.

„Schau mal, was für ein tolles Hemd! Probier's doch mal an!"

„Aber ich brauche doch sowas gar nicht."

„Ich finde, du könntest deinen Stil ruhig etwas aufpeppen. Du bist schließlich hier, um ein neues Leben zu beginnen. Da kann man ruhig mal Farbe bekennen."

„Was gefällt dir denn an meinem Stil nicht?", fragte Dieter missmutig.

„Versteh mich nicht falsch, dein Stil ist okay. Ich meine nur... du warst zwanzig Jahre lang Beamter, und das sieht man dir halt an. Also, es passt einfach nicht in diese Gegend, finde ich."

„Soso. Ich bin dir also zu bieder."

„Aber nein. So habe ich das nicht gemeint. Probier doch einfach mal! Es gefällt dir bestimmt auch."

Und schon kam die Verkäuferin dazu und begann, wortreich die Qualität und Zeitlosigkeit des Hemdes zu erläutern. Dieter konnte sich nicht mehr herauswinden. Erst recht nicht, als er mit dem neuen Hemd aus der Umkleidekabine kam und die beiden Frauen versicherten, wie toll er darin aussah. Während er sich noch fragte, was daran toll sei, ein Kostüm gegen ein anderes auszutauschen – schließlich blieb man ja inwendig derselbe Mensch – kam die Verkäuferin schon mit einer dazu passenden Hose angelaufen. Und so kam es, dass Dieter die Boutique ganz neu ausstaffiert verließ und sein Rucksack mit seinen alten Kleidern vollgestopft war.

Wenig später waren Dieter und Elke unterwegs auf dem *Roundview-Trail*, der Ihnen als Einstiegstour geeignet schien. Obwohl die Route keine größeren Steigungen aufwies, bot sie nach einer Stunde einen schönen Blick auf das Tal zwischen dem *Skeena River* und dem *Bulkley River*, in dem *Hazelton* hingestreut lag wie die Reste einer abgetragenen Stadt, die man an einem lohnenderen Ort wieder aufgebaut hatte; übriggeblieben war das, was einer Wiederverwendung nicht lohnte.

„Kaum zu glauben, dass hier Menschen wohnen", sagte Dieter.

„Früher sollen hier viele Aborigines gewohnt haben, als man noch von der Jagd und vom Fischfang leben konnte. Aber wer will heute noch so leben wie vor hundert Jahren?"

„Da ist es zweifellos bequemer, vom Tourismus zu leben. Aber der scheint noch in den Kinderschuhen zu stecken."

„Linus hat hier wohl einiges vor – hat mir Olga verraten. Zusammen mit Horst will er hier was auf die Beine stellen."

„Das Immobilienprojekt?"

„Genau. Der Ort soll attraktiver werden. Mehr Restaurants, Hotels, Wellnessanlagen und so."

„Dem ersten Eindruck nach zu urteilen, scheint das auch dringend nötig zu sein."

„Finde ich auch. Besonders im Hinblick auf meine eigene Zukunft."

„Was meinst du?", fragte Dieter.

„Hast du dich noch nicht gefragt, wovon du hier leben könntest?"

„Puh! Wir sind noch nicht einmal einen Tag hier und du stellst schon existenzielle Fragen?"

„Im Ernst! Hast du noch nicht drüber nachgedacht?"

„Na gut. Ganz im Ernst – wer in Kanada braucht schon einen deutschen Beamten?"

Elke lachte. „Um Ihnen die deutsche Ordnung und Gründlichkeit beizubringen."

„Und das ist für irgendjemanden wichtig?"

„Genauso wenig wie die Kenntnisse einer Chefsekretärin eines deutschen Elektronik-Unternehmens."

„Wir sitzen wohl im selben Boot. Wir lassen uns treiben und hoffen, dass es uns möglichst lange trägt, obwohl es ein Leck hat. Du weißt schon, was ich meine. Unser Urlaubsgeld reicht ein paar Wochen, doch irgendwann müssen wir uns nach einer Einkommensquelle umsehen."

„Alles zu seiner Zeit. Ich glaube, wir haben den höchsten Punkt unserer Tour erreicht. Jetzt sollten wir die schöne Aussicht genießen."

„Ja, sollten wir… Genau für solche Ausblicke habe ich mein Smartphone mitgenommen, aber ohne Speicherkarte… Ach du grüne Neune! Jetzt haben wir wegen deiner neuen Kleider ganz vergessen, in das Lebensmittelgeschäft zu gehen."

„Ich wollte da ja auch gar nicht reingehen!"

„Sei nicht kindisch! Hättest auch mitdenken können. Was soll ich denn jetzt machen?"

„Du könntest alte Aufnahmen löschen."

„Kommt gar nicht in Frage. Sind lauter unersetzliche Bilddokumente drauf."

„Ach…"

„Ja, was denkst du denn? Ich habe auch eine Vergangenheit."

‚Eine Vergangenheit, die du vor mir geheim hältst', dachte Dieter. ‚Aus welchem Grund wohl?'

Eigentlich war es ein wunderschöner Tag und eine eindrucksvolle Tour, doch es wollte keine rechte Freude aufkommen. Dieter hatte sich für heute mehr vorgenommen, als in die Ferne zu blicken und schweigend neben Elke herzugehen. In seiner Vorstellung hatten sie viel Spaß miteinander, und die Freude darüber, sich in diesem Land frei wie nie zuvor zu fühlen, mündete in einer spontanen Umarmung und im Idealfall mit einem Kuss. Ein Mann und eine Frau, niemandem verpflichtet. Sie besaßen nichts, niemand erwartete etwas von ihnen, niemand interessierte sich für ihre Vergangenheit, aber gerade dadurch waren sie frei für unendliche Möglichkeiten. Und sie hatten **sich!** Zwei, die am selben Strang zogen. Er hatte es sich bis ins Detail vorgestellt – ein schönes Märchen. Aber Dieter war kein oberflächlicher Mensch. Er konnte tiefer denken und sich eingestehen, dass seine Geschichte einen Schönheitsfehler hatte. Wenn er sich und Elke in inniger Verbindung sah, stellte sich kein schwereloses Gefühl der Freude ein. Vielmehr entdeckte er Unsicherheit und Mühe. Trotzdem gab er das Märchen nicht auf. Vielleicht brauchte es nur noch da und dort einige Ergänzungen, um perfekt zu werden.

„Den Gipfelschnaps lassen wir heute besser ausfallen, was meinst du?", fragte Elke.

„Bin ganz deiner Meinung. Irgendwie ist mir heute nicht nach Alkohol. Trotzdem war's ein lustiger Abend."

„Ja. Dieser Fred ist ein interessanter Mensch, finde ich."

„Aha…"

„Olga hat mir erzählt, dass er früher eine eigene Firma hatte, so ein Startup-Unternehmen. Es lief gut. Er wurde in kurzer Zeit ziemlich vermögend, doch dann hat es ihn erwischt – Burnout!"

„Und jetzt lebt er in diesem verschlafenen Nest?"

„Warum nicht? Ich kann mir kaum einen Ort vorstellen, wo man sicherer vor einem Burnout sein könnte."

Dieter grinste. „Das stimmt allerdings. Ist dir schon aufgefallen, dass sich die Leute hier langsamer bewegen?"

„So wie Faultiere? Quasi in Zeitlupe?"

„Haha! Das wäre nun auch wieder übertrieben. Aber zu hetzen scheint sich hier niemand."

„Wie gesagt: Burnout ist hier wahrscheinlich mehr ein Fremdwort als in Deutschland."

„Doch sollte das Leben mehr sein als eine ständige Flucht vor einem drohenden Burnout."

„Auch wieder richtig. Du – welchen Weg müssen wir jetzt langgehen? Links oder rechts?"

Dieter war erst jetzt aufgefallen, dass der Rundweg an dieser einen Weggabelung nicht beschildert war.

„Lass mal überlegen… *Hazelton* liegt etwa in dieser Richtung. Ich würde sagen, dass die linke Abzweigung noch weiter in die Höhe führt. Und da wir nicht vorhaben, heute noch einen Gipfel zu erklimmen, würde ich für die rechte Abzweigung plädieren. Ich bin mir sicher, sie führt uns zum *Bulkley River*. Wir folgen ihm flussabwärts und kommen direkt nach *Hazelton*."

„Bist du sicher?"

„Aber ja. Wohin sollte der Weg sonst führen? Die Richtung stimmt jedenfalls."

„Na gut. Schon eigenartig, dass hier kein Wegweiser angebracht ist. Schau lieber mal auf die Karte."

„Ähm… Ich habe keine Karte. Ich dachte, du hast sie."

„Dieser Smith hat sie uns doch gegeben. Du musst sie haben."

„Nein. Ich hab sie wirklich nicht. Aber ich habe mir den Weg zuvor in der Karte angeschaut. Wir sind immer den Hinweisschildern gefolgt. Und wenn wir nicht vom Rundweg abgekommen sind, müssen wir wieder zum Ausgangspunkt zurückkommen. Ist doch logisch. Wenn diese Abzweigung von Bedeutung wäre, hätte man ein Hinweisschild angebracht. Ich glaube sogar, dass beide Wege zum Ziel führen."

„Na gut."

Eine halbe Stunde später wunderte sich Dieter, dass der Weg immer noch nicht nach rechts in Richtung des Flusstals führte, sondern im Gegenteil weiter bergan. Diese Erkenntnis behielt er geflissentlich für sich, um Elke nicht zu beunruhigen. Doch als der Weg nach weiteren zehn Minuten eine Schleife nach links beschrieb, fragte sie:

„Sollten wir nicht schon viel weiter unten sein? Wir kommen ja immer höher. Du hast doch vorhin gesagt, dass wir den höchsten Punkt der Tour erreicht haben."

„Ja. Zugegeben, das habe ich nicht erwartet. Wahrscheinlich ändert der Weg hinter der nächsten Kuppe seine Richtung."

Dieters Hoffnung erfüllte sich nicht. Der Weg wurde sogar noch steiler. ‚Wenn doch wenigstens eine Abzweigung mit neuen Wegweisern käme!', wünschte er sich inständig. ‚Das kann doch nicht möglich sein, dass ein breiter Weg nicht weiter beschildert ist.' Schweigend gingen sie weiter, der Weg führte mal nach rechts, dann wieder nach links. Inzwischen war der Wald so dicht geworden, dass keine Sicht mehr in die Ferne möglich war und die Orientierung noch schwieriger wurde.

„Hätten wir doch nur die Karte mitgenommen!", sagte Elke schon etwas beunruhigt.

„Die würde uns jetzt auch nicht weiterhelfen", entgegnete Dieter ungehalten. „Wir können entweder auf diesem Weg weitergehen oder umkehren. Wenn wir umkehren, müssen wir aber noch zwei Stunden laufen."

„Ich rufe besser Fred an!"

„Was? Nein! Was kann der denn schon tun? Wir können ihm ja nicht einmal genau sagen, wo wir sind."

Elkes Gesicht war nun fahl wie das einer Wachspuppe. „Wir haben uns also verirrt."

„Was heißt schon verirrt? Ich weiß ja ungefähr, wo wir sind. Wir müssen nur weitergehen, bis der nächste Wegweiser kommt, dann wissen wir wieder, wo wir sind. – Schau! Da vorne sehe ich schon Schilder!"

Im Laufschritt eilte Dieter voran, um den ersehnten Hinweis zu finden.

„Und?", fragte Elke. „Was steht da drauf?"

„Das ist jetzt blöd. Da stehen Orte drauf, die ich noch nie gehört habe. *„Maple Lodge* und *Goose Trail*. Hast du das schon mal gehört?"

„Sonst nichts? Lass mal sehen!"

Fassungslos schaute sie auf die schönen rot umrandeten Hinweisschilder.

„Die spinnen doch! Da stehen nicht einmal Entfernungsangaben dabei. Und das sollen gut beschilderte Wanderwege sein?"

„Aber echt! Morgen gehe ich ins Tourismusbüro und beschwere mich!"

„Aber dazu müssen wir erst mal nach Hause kommen."

Dieter lernte nun eine neue Seite an Elke kennen. Nie zuvor hatte er sie im Zustand der schleichenden Panik erlebt. Er wusste aus schwierigen Situationen in seiner Amtsstube, was Tränen bei einer Frau bedeuteten. Nicht das, was man als

Mann zuerst vermutete, etwa: „Nimm mich bitte in den Arm! Ich bin gerade verzweifelt." Nein, eine Frau zeigte mittels ihrer Tränen an, dass nun höchste Vorsicht angezeigt war. Wer diese Anzeichen übersah, musste mit einem Wutanfall oder, was noch schlimmer war, mit einem Heulkrampf rechnen. Jede Berührung in diesem Zustand könnte von einem unkoordinierten und daher umso gefährlicheren Faustschlag quittiert werden. Wenn er also just in diesem Augenblick in Elkes Augen einen feuchten Schimmer wahrnahm und daraufhin ebenfalls in einen panikartigen Zustand geriet, so hatte das nichts mit seiner derzeitigen Orientierungslosigkeit zu tun.

„Ich will jetzt umkehren! Sofort!", rief Elke. Dieter sah die Pfeile in ihren Augen und verzichtete auf jegliche Einsprüche. Was hätte er auch tun sollen? Sie darauf hinweisen, dass es bald dunkel würde und die Berggipfel in Kürze hinter den aufziehenden Wolken verschwanden? Er war immer noch der Meinung, dass sie dem Weg weiter folgen sollten, aber das behielt er lieber für sich.

So gingen die beiden mit versteinerten Mienen den Weg zurück, den sie gekommen waren. Es dauerte gefühlt ewig, bis sie an dem Punkt ankamen, von dem aus sie vor etwa drei Stunden bei blauem Himmel auf *Hazelton* hinabgesehen hatten. Inzwischen hatte sich das Wetter ebenso verschlechtert wie die Stimmung. Seit einigen Minuten regnete es leicht. Die violette Färbung der nahenden Wolkenschicht verhieß nichts Gute. Das brachte Elke dazu, wieder ein paar Worte über ihre schmal gewordenen Lippen zu bringen.

„Natürlich haben wir keine Regensachen dabei. Wie blöd kann man eigentlich sein? Anstatt uns von Fred beraten zu lassen, wie man sich hierzulande in den Bergen verhält, müssen wir sofort auf eigene Faust losziehen. Wir! Zwei Büromenschen aus der Stadt!"

„Fred! Fred! Der kann auch keine Wunder vollbringen. Ich habe schließlich auch einige Bergerfahrung…", begann Dieter eine halbherzige Widerrede.

„Ja. Das sieht man. Darum stehen wir auch so dumm herum wie der Ochs vorm Berg. Wir werden uns hier wahrscheinlich eine Lungenentzündung holen oder in ein Unwetter kommen und vom Blitz oder von einem umstürzenden Baum erschlagen werden."

„Du kannst gerne mein altes Hemd anziehen, wenn dir kalt ist…"

„Ich zieh doch nicht deine alten Sachen an! Wie würde das denn aussehen? Da erfriere ich lieber."

Verzweifelt versuchte Dieter, die Situation mit einem Witz zu entschärfen.

„Ach was! Es könnte doch auch ganz romantisch werden. Wir finden eine verlassene Hütte, machen ein Feuer an und wärmen uns daran…"

„Dann will ich mich doch lieber vom Blitz erschlagen lassen."

In diesem Satz lag so gar nichts Humorvolles. Dieter unterließ weitere Andeutungen dieser Art. Schweigend gingen sie weiter, Elke immer fünf Meter vor Dieter. Die Wolken wurden immer dichter und dunkler. Zuerst regnete es nur ganz leicht, doch dann öffnete der Himmel alle seine Schleusen. Die urplötzliche Wasserflut konnte vom trockenen Boden nicht aufgenommen werden. Es bildeten sich im Nu Wasserläufe, wo zuvor nackte Erde war. Immer wieder wurde ihr Weg von Sturzbächen überflutet, die sie zuerst noch überspringen konnten, doch später wurden sie so breit, dass sie durchwatet werden mussten. Das spielte schon keine Rolle mehr, denn ihre Schuhe waren schon vorher nass. Ihre Kleider klebten an ihnen, als hätten sie ein Vollbad genommen. Zudem wurde es mit eintretender Dämmerung kalt und windig. Elke ging unbeirrt voraus und sah sich auch dann nicht um, als in der Ferne Donnergrollen zu hören war. Heimlich schaute Dieter auf sein Handy, denn so viel wusste er, dass mit einem Gewitter in den Bergen nicht zu spaßen war. Im Ernstfall würde es nötig sein, die Bergrettung zu informieren. Doch er hatte immer noch kein Netz. Schließlich – kurz bevor sie beim letzten Schimmer des verlöschenden Tageslichts die ersten Häuser von *Hazelton* sahen, hörte es doch noch auf zu regnen. Als sie endlich im Motel ankamen, waren sie tropfnass, bis zu den Knien voll Dreck und durchgefroren. Sie verschwanden in ihren Zimmern, ohne einander anzusehen.

Am nächsten Morgen betrat Dieter gegen halb neun den Frühstücksraum und wunderte sich, dass niemand außer ihm anwesend war. Er hatte gehofft, bei einer kräftigen Mahlzeit mit Elke Frieden zu schließen. Was auch immer gerade zwischen ihnen stand, wollte er so schnell wie möglich ausräumen. Das gestern war eben eine Ausnahmesituation. Man durfte nicht alles so ernst nehmen, was da im Eifer des Gefechts gesagt wurde. Er jedenfalls wäre bereit gewesen, sich für die planlose Wanderung zu entschuldigen. Aber nun musste er noch länger auf eine Gelegenheit zur Versöhnung warten.

„Die sind alle schon unterwegs", sagte Fred, der eben aus der Küche kam und eine Kanne Kaffee auf den Tisch stellte. „Hast du gut geschlafen?"

„Wie ein Stein. Kein Wunder, nach unserer missglückten Tour gestern."

„Elke hat mir schon davon erzählt. Ihr habt offenbar eine Abzweigung verpasst."

„Wirklich? Ich denke, wir hätten die Abzweigung genommen, wenn wir eine gesehen hätten."

„Das Problem ist, dass in letzter Zeit größere Baumfällungen durchgeführt wurden. Da kommt es immer wieder einmal vor, dass den Harvestern ein Hinweisschild zum Opfer fällt. Oft liegen dann viele Stämme und entfernte Äste auf den Wegen herum, und so kann man einen Seitenweg schnell mal übersehen."

„Das ist ja fies!"

„Ich weiß in der Regel, wo gerade Forstarbeiten durchgeführt werden. Verlasst euch nicht zu sehr auf die Karten. Fragt mich, ehe ihr wieder eine Tour macht."

Dieter hasste es, von jemandem gemaßregelt zu werden, auch wenn es gut gemeint war. Er biss sich auf die Lippen, um nichts Unangemessenes zu antworten.

„Das hätte böse ausgehen können", sprach Fred weiter. „Wenn der Boden vom Regen ausgeschwemmt wird, gehen manchmal Muren ab. Wenn man in so eine Schlammlawine kommt, gibt es keine Rettung."

„Verstehe. Sag das bloß nicht Elke. Die dreht ohnehin schon am Rad. Wo sind denn alle so früh hingegangen?"

„Horst und Linus sind wegen geschäftlicher Dinge schon früh aufgebrochen. Sie wollten nach Vancouver. Elke und Olga wollten sich das Ortszentrum anschauen und shoppen, soweit das hier möglich ist."

„Sie ist aber wohlauf? Elke, meine ich…"

„Munter wie ein Fisch im Wasser!"

„Gut."

„Es ist ja nicht deine Schuld, dass eure Wanderung ins Wasser gefallen ist. Das hätte niemand geahnt, dass so schnell ein Unwetter aufzieht."

„Beim nächsten Mal bereiten wir uns besser vor."

„Und – was hast du heute vor?"

„Weiß ich noch nicht."

„Wenn du Lust hast, kannst du mich begleiten. Ich fahr eine Runde durch den Ort. Erst zum Tourismusbüro, dann kauf ich ein paar Lebensmittel im Store und später schau ich bei Theo vorbei, dem Cousin von Frank Smith aus dem Tourismusbüro. Er hat eine hübsche Farm ganz im Osten, mit ausgedehnten Weideflächen ringsherum, so wie man sich eine Farm aus den Wildwestfilmen vorstellt."

„Ja. Warum nicht?"

Fred drängte es, über zwei Angelegenheiten mehr zu erfahren: Erstens interessierte es ihn, wie ernst die Beziehung zwischen

Dieter und Elke war, zweitens wollte er wissen, ob sich Linus –
wie angekündigt – schon bei Theo gemeldet hatte, um, wie er
sagte, alles mit ihm zu klären.

Nachdem sich Dieter satt gegessen hatte, fuhren sie in Freds
Pickup los. Es hatte sommerliche zwanzig Grad, der Himmel
war strahlend blau. Kaum vorstellbar, dass am Abend zuvor
hier ein Unwetter wütete. Dieter fragte sich, wie die Wanderung unter anderen Wetterbedingungen verlaufen wäre. Vielleicht wären sie denselben falschen Weg entlang gegangen,
aber es hätte ihnen nichts ausgemacht, im Gegenteil, sie hätten unterwegs eine Pause gemacht, sich in eine Wiese gelegt
und ihre Gedanken fließen lassen. Vor Anbruch der Nacht
wären sie müde, aber glücklich ins Motel zurückgekommen…

Während der Fahrt erklärte Fred Dieter alles Wissenswerte,
was nicht allzu viel war. Im Tourismusbüro stellte er ihm Frank
Smith vor, der eine Begabung hatte, Fremde zum Gespräch zu
ermuntern. So kam es, dass Dieter von seinem Beruf erzählte
und von der Befürchtung, mit seinen Kenntnissen in Kanada
keine Anstellung zu finden.

„Ah! Sie wollen sich also in Kanada niederlassen, so wie unser
Freund Fred?"

„Das ist nicht ausgeschlossen. Es hängt von vielen Faktoren ab.
In erster Linie davon, ob ich mich hier wohlfühle. Dazu gehört
natürlich, einen Platz zu finden, an dem ich mich nützlich machen kann."

Er verschwieg, dass der Hauptfaktor seine Wunschbeziehung
zu Elke war.

„In Kanada findet jeder Arbeit, der einen gesunden Menschenverstand hat und tüchtig ist. Jeder kann sich irgendwo, irgendwie nützlich machen. Meine Stärke ist es sicher nicht, den Bürokram zu erledigen. Dafür kann ich gut mit Leuten reden. Doch das wusste ich gar nicht, bevor ich hier angefangen habe. Vorher habe ich auf der Farm meiner Eltern gearbeitet; ich war Viehzüchter, so wie die meisten hier."

„Das ist wenigstens ein Beruf mit Hand und Fuß. Aber wer braucht schon einen Mann, der nichts kennt, außer einige deutsche Gesetze?"

„Sagen Sie das nicht! Schauen Sie, den meisten Leuten hier graut es vor Formularen. Und die Ordnung hinten im Büro lässt zu wünschen übrig. Deshalb halten wir die Tür immer geschlossen", meinte er lachend. „Was würde das vor den Gästen für einen Eindruck machen, wenn sie stapelweise ungeordnete Papiere sehen würden? Dabei wird der Papierkram von Jahr zu Jahr mehr. Ich muss zu meiner Verteidigung sagen, dass wir vor fünf Jahren noch gar keine Infostelle für die Touristen hatten. Wenn sich jemand hierher verirrt hatte, ging er zum Sheriff, der wusste auf alles eine Antwort. Aber die Gäste wurden mehr und die Bezirksverwaltung erwartete, dass wir den Tourismus fördern. Dann wurde dieses Haus gebaut und nun mogeln wir uns so recht und schlecht durch. Ich will damit sagen, dass hier keiner eine Ahnung davon hat, wie man so ein Büro leitet. Für kompetente Hilfe wären wir dankbar."

Dieter bemerkte bei Theo ein kaum wahrnehmbares Augenzwinkern.

„Das – kommt jetzt überraschend. Wenn ich besser Englisch könnte…"

„Das lernt man."

„Sicher… Ja, warum nicht? Ich werde darüber nachdenken. Danke für das spontane Angebot, Mister Smith!"

„Sagen Sie Frank. Alle nennen mich nur Frank."

Als sie wieder im Pickup saßen, sagte Fred:

„Eigentlich heißt er ja Francis. Aber den Namen lehnt er ab. Und du hast jetzt einen ungefähren Eindruck, wie er Menschen um den Finger wickeln kann."

„Ich fand ihn sehr nett, bestimmt, aber unaufdringlich, würde ich sagen."

„Okay. Er hat dir also einen Job angeboten. Alle denken sich: ‚So ein netter Mensch!'. Aber eigentlich geht es ihm um seinen eigenen Job. Wenn aus *Hazelton* auch künftig so viele Leute abwandern wie in den letzten Jahren, braucht es kein Tourismusbüro mehr. Mit den wenigen Hundert Einwohnern ist es schon jetzt schwierig genug, eine Infrastruktur, die einem Tourismusort genügen würde, aufzubauen und instand zu halten. Wenn noch mehr Menschen abwandern, verliert nicht nur Frank seinen Job. Auch für die Zukunft meines Motels schaut es dann ziemlich düster aus."

„Ich verstehe. Darum also diese Pläne für einen Ausbau des Ortes. Es geht ums Überleben."

„Kann man so sagen. Aber wie so oft, wenn viel Geld im Spiel ist, sind auch Gaunereien an der Tagesordnung. Franks Cousin Theo kann ein Lied davon singen. Da vorne ist sein Hof."

Dieter schaute auf diese kleine Farm und musste sogleich an die Westernfilme denken, die er als Kind immer angeschaut hatte. Das Haus und die Nebengebäude waren ganz aus Holz gebaut, mit einer überdachten Veranda und einem Brunnen nebst einer altmodischen mechanischen Pumpe. Während der Zufahrt durchquerten sie ein Tor, über dem ein großes Schild mit der Aufschrift *Pinewood Ranch* angebracht war. Ein kleiner, stämmiger Mann mit wettergegerbtem Gesicht war damit beschäftigt, ein morsches Brett am Gartenzaun zu ersetzen.

„Hallo Theo! Wie geht's?", rief Fred schon von Weitem.

„Danke, gut. Wen hast du denn heute mitgebracht?"

„Das ist Dieter, einer meiner Gäste auch Deutschland. Ich zeige ihm gerade die Gegend und dachte mir, er hat das Wichtigste von *Hazelton* nicht gesehen, solange er deine Farm nicht gesehen hat."

Theo streckte Dieter die Hand entgegen. „Freut mich, Dieter. Ich bin Theo. Wollt ihr etwas trinken? Einen Kaffee vielleicht?"

„Gerne!", antwortete Fred. „Und wenn du ein paar Eier für mich hast, würde ich die gerne mitnehmen."

„Ich hol sie gleich. Die Hühner legen jetzt, wo sich das Wetter beruhigt hat, wieder besser. Setzt euch doch schon mal vors Haus. Ein Prachtwetter ist das heute!"

Sie plauderten ein wenig über Dies und Das. Dieter stellte fest, dass er sich immer besser an den hier gesprochenen Dialekt gewöhnte und Einiges verstand.

„Hat sich Linus schon bei dir gemeldet?", fragte Fred.

„Ja, er hat angerufen. Vor einigen Minuten erst. Er sagte, er sei auf dem Weg nach Vancouver. Er wolle mit Forrester und dem ICC sprechen. Scheint was Wichtiges zu sein."

„Das stimmt. Er ist heute früh mit seinem Partner abgereist. Übrigens glaube ich, der enge Zeitplan ist beabsichtigt. Linus scheut sich davor, den *Gitxsan* unter die Augen zu treten. Darum ist er wohl auch nicht persönlich zu dir gekommen."

„Das glaube ich auch. Er hat mir offen gesagt, dass er bei den *Gitxsan* etwas gut zu machen hätte."

„Aha. Und? Was hat er noch erzählt?"

„Ich weiß nicht, ob ich ihm trauen kann. Aber er sagte, dass ich mir wegen Forrester keine Sorgen zu machen bräuchte. Das falsche Spiel würde in Kürze aufgedeckt."

„Hmm… Das klingt ja interessant. Keine weiteren Andeutungen?"

„Nein. Er versicherte mir immer wieder, dass alles in Ordnung gebracht wird."

„Na, immerhin."

„Was denkst du? Kann ich ihm das glauben? Du bist ein feinfühliger Mensch. Gewiss hast du eine Meinung."

„Er machte auf mich bisher einen ehrlichen Eindruck. Dennoch ist er emotional aufgewühlt. Sein Charakter ist unstet. Aber das muss nichts heißen."

„Was hat er vor? Er lebt doch von seinen Geschäften mit Forrester und Co. Warum sollte er sich selbst ins Knie schießen?"

„Ich kann dir dazu leider nichts Konkretes sagen. Vielleicht hat er die Quadratur des Kreises hinbekommen."

„Welche Quadratur?"

„Ich meine damit, dass er gerade die Kurve noch gekriegt und ins Lager der Guten gewechselt hat."

„Das wäre gut. Aber es beruhigt mich nicht. Ist halt nur eine Vermutung."

„Ich habe vorgestern mit Linus ein paar Gläser von meinem feinsten Whisky geleert. Dabei wurde er gesprächig. Ich glaube, ich muss eine weitere Flasche opfern, um noch mehr aus ihm herauszuquetschen."

„Mach das mal, Fred!"

„Morgen, wenn er aus Vancouver zurückkommt, wissen wir mehr. Wir sehen uns."

Nachdem sie sich verabschiedet hatten, fragte Dieter:

„Ich habe versucht, eurem Gespräch zu folgen. Wenn ich auch nicht alles mitbekommen habe, so glaube ich doch verstanden zu haben, dass diesem Linus nicht zu trauen ist."

„Das hast du ganz richtig verstanden. Sagen wir mal so: Wir wissen derzeit nicht, ob Linus zu den Guten oder zu den Bösen gehört. Aber das wird sich bald herausstellen."

„Du willst ihn zur Rede stellen?"

„Ja. Am besten so, dass er es gar nicht merkt."

„Das habe ich auch verstanden: du willst ihn mit Whisky gesprächig machen."

„Ich warte mal ab, ob sich eine günstige Situation ergibt. Morgen kommt er wieder aus Vancouver zurück. Ich schätze mal, er hat den Verantwortlichen für das Bauprojekt in *Hazelton* seinen neuen Partner und Financier Horst Waldschmidt vorgestellt. Mann! Ich hätte was drum gegeben, bei dieser Besprechung dabei zu sein! Aber jetzt müssen wir uns auf den Weg machen. Meine Gäste wollen ein Mittagessen."

Der Zufall wollte es, dass ausgerechnet in dem Moment, als die beiden wieder am Motel ankamen, auch Olga und Elke von ihrem Einkaufsbummel zurückkehrten.

„Hallo, ihr beiden Süßen!", rief ihnen Olga zu.

„Hallo!", antwortete Fred. „Wie es aussieht, habt ihr ganz *Hazelton* leergekauft."

Tatsächlich waren die beiden Frauen mit mehreren Einkaufstaschen und Beuteln behängt.

„Ich habe da eine Boutique entdeckt", erzählte Olga, „die ist ja sowas von schnuckelig. Und gerade zur rechten Zeit. Ich habe nämlich festgestellt, dass meine Kleidung überhaupt nicht mit dem hiesigen Modegeschmack harmoniert. Doch dann habe ich alle diesen hübschen Sachen im *Gitxsan-Style* gesehen und mich sofort in sie verliebt. Ich kann es gar nicht erwarten, sie euch vorzuführen."

„Und du, Elke?", fragt Fred, nachdem Dieter offenbar eine Redeblockade hatte.

„Ja, auch ich habe mir etwas Hübsches gekauft. Und außerdem eine Multifunktionsjacke und einen Kompass. Man weiß ja, wie schnell das Wetter in den Bergen umschlagen kann."

Dabei sah sie Dieter scharf an, der nun erst recht seinen Mund nicht mehr aufbekam.

„Sehr gut!", antwortete Fred für ihn. „Das wollte ich euch sowieso empfehlen. Ist jemand hungrig? Ich könnte euch Pfannkuchen machen. Gerade habe ich frische Eier besorgt."

„Sehr gerne!", sagte Elke. „Ich bin schon gespannt darauf, wie amerikanische Pfannkuchen schmecken. Aber bitte nicht mit diesem ekligen Ahornsirup."

„Haha! Nein, keine Angst! Bei mir gibt es deutsche Pfannkuchen nach einem Rezept von meiner Oma. Deftig mit Hackfleischsoße oder pikant mit Kräuterquark. Ganz wie ihr wollt."

„Ich hätte es aber lieber süß", sagte Elke und sah Fred mit einem eigenartigen Schmollmund an, den Dieter noch nie bei ihr gesehen hatte. Allein schon die Formulierung machte ihn stutzig. Warum sagte sie „es" und nicht „sie" – die Pfannkuchen? Machte sie ihn etwa gerade an?

Wenig später saßen sie gemeinsam an einem runden Tisch. Dieter fragte sich, wie ihm das entgehen konnte, dass sich Elke und Fred öfter ansahen als es zwischen Gast und Gastwirt üblich war. Außerdem saßen sie auffallend eng nebeneinander.

‚Wie blöd kann man sein?', dachte er. ‚Während ich mir Sorgen darüber mache, ob ich Elke den Aufenthalt verdorben habe, weil sie bei unserem Ausflug nass wurde, denkt sie darüber nach, wie sie am besten bei Fred landen könnte.' Als er dies für sich festgestellt hatte, fand er seine Sprache wieder.

„Hast du unsere Survival-Tour gut überstanden?", fragte er.

„Survival-Tour? Ach das… Passt schon. Ich hab geschlafen wie ein Murmeltier. Wahrscheinlich sollte ich so etwas öfter machen."

Dabei sah sie aber nicht Dieter an, sondern Fred. Die Botschaft war eindeutig: Sie würde gerne wieder in die Berge gehen, aber wenn, dann mit einem erfahrenen Mann wie Fred.

„Deine Pfannkuchen sind die besten, die ich seit langem gegessen habe", warf Olga ein. „Wann habe ich eigentlich zuletzt welche gegessen? Egal! Das Rezept muss ich haben!"

„Ich auch!", beeilte sich Elke zu sagen. „Ich bin gespannt, was du als Koch sonst noch alles so draufhast."

Dieter war nun der Appetit endgültig vergangen. Im Eiltempo stopfte er sich die Backen mit dem restlichen Pfannkuchen auf seinem Teller voll und entschuldigte sich.

Es war eine sehr schweigsame Runde, die sich da im modernen Glasbau in der City von Vancouver zusammengefunden hatte. Man begnügte sich mit Bemerkungen über das Wetter, den Verkehr und empfehlenswerte Restaurants; das eigentliche Thema, das allen auf den Nägeln brannte, wurde ausgespart. James Fuller, stellvertretender CEO des Unternehmens ICC – International Construction Company – verspätete sich fast um eine halbe Stunde. Seine Sekretärin übermittelte schon zum zweiten Mal eine halbherzige Entschuldigung, als er endlich in den Besprechungsraum kam, wo Bob Forrester, Horst Waldschmidt und Linus Westerstedt warteten. Er fand er es nicht für nötig, seine Gesprächspartner zu begrüßen, geschweige denn, sich zu entschuldigen. Er winkte die Sekretärin herbei, ließ sich flüsternd ein paar Informationen geben und schaute lediglich kurz auf die Uhr, weniger, um festzustellen, um wieviel Minuten er sich verspätet hatte, als um abzuchecken, wieviel Zeit ihm noch bis zu seinem nächsten Termin blieb.

„Wegen der *Hazelton*-Sache?", sagte er knapp, während er die Pläne und Berechnungen, die ihm Forrester auf den Tisch gelegt hatte, oberflächlich durchsah.

„Wie Sie sehen, Mister Fuller", erklärte Forrester, „haben wir ein neues Finanzierungskonzept erstellt und den Bauplan geringfügig verändert, sodass wir jetzt eine tragfähige Grundlage für eine zügige Umsetzung des Vorhabens haben."

Ohne auf diese Aussage einzugehen, drückte Fuller auf eine Taste seiner Sprechanlage und sagte: „Bringen Sie uns bitte Kaffee!" Dann rückte er seine mintgrüne Krawatte zurecht und lehnte sich in seinem Sessel weit zurück. Mit einer lässigen Handbewegung warf er sein glattes Haar aus der Stirn.

„Und Sie sind?" Fuller schaute Horst an, als wäre er ein Außerirdischer.

„Ich bin vermutlich der Typ, der Ihnen den Arsch rettet. Horst Waldschmidt. Ich habe vor, in Ihr Projekt mit zehn Millionen einzusteigen. Also kommen Sie mal von Ihrem hohen Ross herunter. Ich habe die Absicht, dieses Treffen mit Ergebnissen zu verlassen."

Linus schaute Horst bewundernd an, Bob Forrester hingegen schien völlig konsterniert. Mit einem Witz versuchte er die Situation zu retten.

„Ähm… Ja, so sind Sie die Deutschen! Immer mit Volldampf voraus! Haha!"

James Fuller war gar nicht zum Lachen zumute.

„Ich habe den Unterlagen entnommen, dass Sie sich an dem Projekt beteiligen", entgegnete er säuerlich. „Das wird Ihnen mittelfristig eine gute Rendite einbringen, aber es gibt Ihnen kein Mitspracherecht, Mister Waldschmidt. Darüber sollten Sie sich im Klaren sein. Mein bisheriger Verhandlungspartner war Linus Westerstedt. So möchte ich es auch beibehalten. Ist das angekommen? Unsere Vereinbarung gilt doch noch, Mister Westerstedt?"

Von Horsts mutigem Auftreten angespornt, wagte auch Linus, Klartext zu reden.

„Ich weiß nicht, was Ihnen Mister Forrester erzählt hat, aber Fakt ist, dass das Projekt im letzten Jahr gescheitert ist, weil wir die Aborigines nicht miteinbezogen haben. Diesen Fehler sollten wir nicht noch einmal begehen."

„Bob!? Was erzählt der Typ da? Ich glaube, ich bin hier auf dem falschen Meeting." Ärgerlich warf er die Akte, die er flüchtig durchgeblättert hatte, auf den Tisch. „Die Sache mit den *Gitxsan* ist doch längst erledigt?"

Forrester war nun kurz davor, die Fassung zu verlieren. Zitternd vor Wut sah er Linus an, als wolle er ihn erwürgen.

„Aber natürlich! Da gibt es kein Problem. Sorry, Mister Fuller! Ich glaube, Mister Westerstedt hat da etwas missverstanden."

„Ich habe nichts missverstanden. Es stimmt doch, dass die *Truth and Reconciliation Commission of Canada* im Jahre 2012 ein verbindliches Abkommen zwischen der Regierung und der *First Nation* ausgehandelt hat? Unter anderem heißt es in Randnummer 92: ..." Er zog ein vorbereitetes Dokument aus seiner Aktentasche. „... ,Die Vertragsparteien verpflichten sich zu einer sinnvollen Beratung, bauen respektvolle Beziehungen auf und holen die freie, vorherige und informierte Zustimmung der indigenen Völker ein, bevor sie mit wirtschaftlichen Entwicklungsprojekten fortfahren.' Der bisherige Plan verstößt in eklatanter Weise gegen diese Vereinbarung. Das wissen Sie, Mister Fuller, und das wissen auch die *Gitsxan*. Nur ich wusste nichts davon. Darum wurde ich letztes Jahr zu Recht von ihnen angefeindet. Ich sollte dafür sorgen, dass die Bevölkerung Ihren Plänen zustimmt. Ich habe mich aus Kräften darum bemüht und mich gewundert, dass ich auf so großen Widerstand stieß. Hätte ich von dem Abkommen gewusst, dann hätte ich mich nie auf diesen Job eingelassen. Sie haben mich ins offene

Messer laufen lassen, Mister Fuller. Das nehme ich Ihnen übel."

„Na, hör sich einer den Grünschnabel an!", schimpfte Forrester. „Ich glaube, wir müssen uns einen neuen PR-Mann suchen."

„Das glaube ich allerdings auch!", sagte Fuller giftig. „Und was Ihre Rolle anbelangt, Forrester, habe ich auch ernste Bedenken, ob Sie der Sache gewachsen sind."

„Nein, Mister Fuller!" Forresters roter Kopf schien vor Erregung anzuschwellen. Trotz der klimatisierten Luft stand Schweiß auf seiner Stirn „Ich habe alles unter Kontrolle, glauben Sie mir! Ich werfe als erstes diesen Trottel hochkant hinaus. Dann kümmere ich mich persönlich um die Aborigines. Alles bleibt so, wie besprochen. Die *Gitxsan* werden keine Probleme machen."

„Sie werden eine Sammelklage gegen die ICC einreichen!", warf Linus ein. „Es spielt keine Rolle, ob Sie mich rauswerfen. Die *Gitxsan* wissen um ihre Rechte und werden sie durchsetzen."

„Sie sind ja noch naiver als ich dachte", sagte Fuller. „Die Welt dreht sich nicht nur um Ihre *Gitxsan.* Sollten Sie es immer noch nicht begriffen haben – es geht um ein Riesenprojekt, das den ganzen Westen Kanadas umfasst. Wir müssen endlich damit aufhören, uns von den Aborigines den Fortschritt kaputt machen zu lassen. Die Erde dreht sich nun mal weiter. Wer glaubt, unser Land einer netten Vereinbarung wegen in den Ruin zu treiben zu müssen, ist in meinen Augen ein Staatsfeind. Sie glauben doch wohl nicht im Ernst, dass es in einer so lukrativen Sache auf die Rechte ein paar weniger Gerechtig-keitsfanatiker ankommt? Bei uns wedelt immer noch der Hund mit dem Schwanz und nicht umgekehrt."

„Wie werden ja sehen! Notfalls wende ich mich an den Se-nat!"

Fuller lachte und Forrester fiel mit ein.

„Der Senat – mein Guter – hat größtes Interesse an der baldi-gen Umsetzung unseres Projekts. Tut mir leid, aber Sie stehen mit Ihrer Revolution alleine da."

Dann wurde seine Miene wieder kalt und sein stechender Blick wandte sich Horst zu, der lange Zeit schweigend zuhörte.

„Und Sie, Mister Waldschmidt? Stehen Sie auf der Seite Ihres Landsmannes oder auf der Seite des Fortschritts?"

Waldschmidt warf Linus einen verächtlichen Blick zu.

„Ich kann es mir nicht leisten, auf Minderheiten Rücksicht zu nehmen. Ich bin Ihr Mann – vorausgesetzt, ich werde in die Planungen miteinbezogen. Schließlich bringe ich nicht nur Geld, sondern auch Knowhow mit, das Ihrem Projekt förder-lich sein kann."

„Also gut. Sie scheinen mir ein seriöser Geschäftsmann zu sein. Dann sind Sie von nun an mit im Boot. Nur – tun Sie mir bitte einen Gefallen und schaffen mir diese Ratte ein für alle Mal aus den Augen."

„Das übernehme ich mit Freuden!", sagte Forrester und pack-te Linus am Kragen. „Du hast mir das letzte Mal ins Handwerk gepfuscht, du Idiot!"

Mit diesen Worten riss er Linus vom Stuhl hoch und warf ihn aus dem Büro.

Linus war mit dem Verlauf des Meetings zufrieden. Als er unten in der Lobby stand, fuhr er zuerst mit den Fingern durch seine zerstörte Frisur und richtete Hemdkragen und Krawatte zurecht. Dann zog er sein Handy aus der Tasche seines Sakkos und drückte auf den Wiedergabebutton.

„Es geht hier nicht nur um Ihre Gitxsan, es geht um ein Riesenprojekt, das den ganzen Westen Kanadas umfasst. Wir müssen endlich damit aufhören, uns von den Aborigines den Fortschritt kaputt machen zu lassen."

Das sollte genügen, um zu beweisen, dass die ICC vorhatte, die Vereinbarung zwischen der *First Nation* und der Regierung zu umgehen. Linus vermutete, dass sie beim Genehmigungsverfahren Pläne vorlegen würden, die alle rechtlichen Voraussetzungen erfüllen, aber wenn das Projekt erst einmal in Angriff genommen wird, würde sich niemand mehr an den offiziell genehmigten Plan halten. Er fragte sich nur, warum Horst sich nicht an ihre Abmachung gehalten hatte. Sie hatten doch zuvor alles haarklein besprochen! Er ging in ein Café auf der gegenüberliegenden Straßenseite, um den Eingang zum ICC-Gebäude im Auge zu behalten.

Nach einer gefühlten Ewigkeit ging endlich die Tür des ICC-Buildings auf und Forrester und Horst kamen heraus. Sie gaben sich die Hand und klopften sich gegenseitig auf die Schulter, als wären sie die besten Freunde. Linus wartete, bis sie sich trennten, dann wählte er die Nummer von Horsts Handy.

„Ich bin in dem Café gegenüber. Komm rüber!"

Horst benahm sich ganz so wie ein Geheimagent. Zuerst ging er zwanzig Meter auf derselben Straßenseite weiter, dann blieb er vor einem Schaufenster stehen, als hätte er Interesse an der Auslage eines Buchladens. Danach schaute er auf seine Uhr und tat so, als entdeckte er zufällig das Café. Erst dann überquerte er die Straße.

Als er sich zu Linus an den Tisch setzte, schien er immer noch beunruhigt.

„Wir dürfen hier auf keinen Fall zusammen gesehen werden. Lass uns lieber den Tisch hinten in der Ecke nehmen, dort kann uns durchs Fenster niemand beobachten."

„Bleib cool! Ich habe die Aussage von Fuller auf dem Handy."

„Und du glaubst, das wird ausreichen, um die kriminelle Bande hinter Schloss und Riegel zu bringen?"

„Etwa nicht?"

„Wir spielen hier nicht *Räuber und Gendarm* mit irgendwelchen Kleinkriminellen. Da steckt wesentlich mehr dahinter, eine Mafia! Ich bin mir sicher, dass auch Fuller nur tut, was ihm von oben befohlen wird."

„Von oben?"

„Ja! Von ganz oben, wenn du verstehst. Warum wohl hat Fuller so hämisch gelacht, als du damit gedroht hast, die Angelegenheit dem Senat vorzutragen? Weil wahrscheinlich der halbe Senat in der Sache mit drinsteckt."

„Darum also hast du dich kurzerhand mit denen verbrüdert?"

„Wenn ich mich quer gestellt hätte, wäre ich nie an die Pläne gekommen, nach denen die ICC tatsächlich bauen will. Im Augenblick habe ich noch das Vertrauen von Forrester. Er hat mir gesagt, was die ICC alles plant. Die wollen tatsächlich alle *Gitxsan* vertreiben und sich ihre Ländereien unter den Nagel reißen. Das läuft natürlich ganz im Stillen ab. Es wird damit beginnen, dass festgestellt wird, dass es für das Gemeinwohl unerlässlich ist, eine neue Straße quer durch die *Gitxsan*-Siedlungen zu bauen. Dann werden neue Wanderrouten erstellt. Vor Winteranfang müssen Schilifte gebaut werden, Wellnessbäder und so weiter. Viel zu spät werden die *Gitxsan* begreifen, dass von ihrem Land nur noch Parzellen übriggeblieben sind, die schwer zu bewirtschaften sind, und dann werden sie vor dem Ansturm der Touristen freiwillig flüchten. Die wissen genau, wie sie es den Einheimischen unmöglich machen, weiterhin so zu leben, wie sie es seit Jahrhunderten tun konnten. Die *Gitxsan* werden gerne von hier weggehen."

„Du sagst mir nichts Neues. Ich habe dir das alles schon vor einem halben Jahr gesagt. Aber damals war dir egal, was mit den *Gitxsan* passiert."

„Das verstehst du nicht. Du bist eben kein Geschäftsmann. Ich unterstütze jedes Vorhaben, bei dem etwas für mich rausspringt. Doch wenn es mehrere Möglichkeiten gibt, nehme ich immer die elegantere Variante."

„Du meinst, wenn du dich als Unternehmer präsentierst, der für die Rechte der Ureinwohner kämpfst, hast du bei allen einen Stein im Brett."

Horst grinste breit. „Jetzt verstehen wir uns. Aber der Weg dorthin ist lang und gefährlich. Ich bin mir sicher, dass ich überwacht werde. Also – wir werden hier nicht gemeinsam rausgehen. Ich gehe zuerst raus und tu so, als hätte ich dir ordentlich die Leviten gelesen. Nach einigen Minuten kommst du nach, schaust vielleicht etwas geknickt. Ich werde nicht mit dir zurückfliegen. Ich bleibe noch eine Nacht im Hotel. Morgen kommt ein wichtiger Mann, hieß es. Da muss ich dabei sein."

„Und was soll ich inzwischen mit der Aufnahme von unserem Meeting machen? Ich könnte es gleich dem FBI schicken."

„Nein. Jetzt noch nicht. Schicke es an Olga weiter. Erklär ihr kurz, worum es geht. Sie ist unverdächtig. Bei dir bin ich mir nicht sicher. Du hast denen gedroht."

„Willst du damit sagen, dass mein Leben in Gefahr ist?"

„Nicht, wenn du dich still verhältst. Aber auch darauf würde ich nicht wetten. Eigentlich wäre es klüger, wenn du sofort nach Deutschland zurückreist."

„Dasselbe könnte auf dich auch zutreffen, oder? Wenn sie dahinterkommen, dass du ein doppeltes Spiel spielst, stehst du bei denen ganz oben auf der Abschussliste."

„Wenn alles so läuft, wie ich mir das vorstelle, gehe ich aus der Sache als reicher Mensch hervor."

„Das bist du doch jetzt schon."

„Mich reizt das Risiko. Reich sein ist langweilig, reich werden macht Spaß."

„Vielleicht sollte ich das auch mal versuchen."

„Ich gehe jetzt. Ruf mich nicht an. Nimm dir in *Hazelton* eine andere Unterkunft. Bei Theodore Smith vielleicht. Das wäre unverdächtig. Wir sehen uns übermorgen."

Dieter war nicht nach Gesellschaft zumute. Er begnügte sich einstweilen damit, allein durch den Ort zu stiefeln. Er hatte es satt, immer an Elke denken zu müssen. Es führte zu nichts. Wie oft hatte er sich schon die Frage gestellt, warum sie ihn damals umarmt hatte, als er ihr von seiner Kündigung erzählt hatte! Und warum hatte sie so viel Zeit mit ihm verbracht und ihm Dinge erzählt, die man wirklich nur einem guten Freund anvertraut? Inzwischen sah er ein, dass seine Interpretationen wertlos waren; sie raubten ihm nur Zeit und Energie. Am klügsten wäre es gewesen, ihr ganz und gar aus dem Weg zu gehen, denn sobald er sie sah, war sie auch in seinen Gedanken präsent, was dazu führte, dass sein Herz in einem permanenten Zustand der Erregung war. Aber das war nun mal nicht möglich. Dieser Zustand ermüdete ihn sehr. Er musste sich zwingen, die eingefahrene Gedankenstraße zu verlassen, um nicht verrückt zu werden.

Er spazierte am Highway 62 entlang, eigentlich eine Hauptstraße, aber es fuhren weniger Autos darauf als auf einer örtlichen Nebenstraße in Deutschland. Davon abgesehen konnte er hier ziemlich sicher sein, nicht auf Elke oder Olga zu treffen. Er erwartete nicht, irgendetwas von Bedeutung zu sehen, doch er traute seinen Augen kaum, als er an einem flachen, ausgedehnten Bau vorbeikam und die Aufschrift *Wrinch Memorial Hospital* las. Ein Krankenhaus in einem Dorf von einigen hundert Einwohnern! Immerhin. Wenig später erreichte er ein Schulgebäude, das ihn an die in Deutschland üblichen Einkaufszentren erinnerte, und gleich dahinter eine modern gestaltete Halle, in der es möglich war, Schlittschuh zu laufen.

Als er las: *Ice skates to rent*, zögerte er nicht lange. Er war kein guter Läufer, aber es hatte ihm immer Spaß gemacht. Außerdem waren nur etwa ein Dutzend Personen auf dem Eis und es herrschte nicht das in deutschen Eishallen übliche Gedränge, was ihn umso mehr motivierte, die Gelegenheit zu nutzen. Er zahlte fünf Dollar, zwängte sich in die Schlittschuhe und begab sich aufs Eis.

Er blieb noch ein wenig an der Bande stehen und beobachtete eine Mutter, die sich liebevoll darum bemühte, ihrer kleinen Tochter das Eislaufen beizubringen, aber das Mädchen hatte mehr Spaß daran, auf ihrem Popo auf dem Eis herumzurutschen. Ein paar Jugendliche hingegen spielten Eishockey, Mann gegen Mann. Sie waren wahre Cracks auf dem Eis, bewegten sich rasend schnell, schnitten bei ihren Wendemanövern tiefe Furchen in das Eis und kamen trotz massiven Körpereinsatzes dank artistischer Einlagen nicht zu Fall. Dieter hielt sowohl von der Mutter mit ihrem Kind als auch von den Jugendlichen Abstand. Er wollte weder die Eine stören noch neben den anderen unter die Räder – oder besser unter die Kufen kommen. Bei den ersten Schritten auf dem Eis hatte er damit zu tun, nicht in Rücklage zu geraten und zu fallen, doch nach ein paar Minuten kam die vertraute Sicherheit zurück und er begann, das Gleiten auf den schmalen Kufen zu genießen. Bald schaffte er es, langgezogene Kurven durch Übersetzen der Beine hinzubekommen. Auch wenn er ganz darauf fixiert war, keinen Fehler zu machen, hatte er Spaß dabei. Immer wenn ihm eine gute Kurve gelang, spürte er ein Glücksgefühl, das ihn unbewusst dazu bewegte zu lächeln. Mit Stolz in der Brust schaute er über seine Schulter, ob vielleicht jemand beobachtete, wie elegant er über das Eis flog. Ein heftiger Schlag gegen den Hinterkopf holte ihn jäh aus den Wolken zurück. Nach kurzer Ohnmacht fand er sich auf dem Eis liegend wieder. Von allen Seiten blickten die Jugendlichen auf ihn herab und waren bemüht, ihn wieder auf die Beine zu bringen.

„Es tut mir so leid!", sagte der Eine. Ein anderer fragte ihn, ob alles in Ordnung sei, ein Dritter zerrte an seinem Arm, um ihn hochzuziehen. Und dann kam diese indianisch aussehende Frau aufs Eis, die sich seinen Kopf genau ansah.

„Haben Sie Schmerzen?", fragte sie und betastete die schnell größer werdende Beule über Dieters Schläfe.

„Ähm…" Dieters Denkapparat war noch damit beschäftigt, die Orientierung wieder zu finden.

„Sie sind sehr blass. Wahrscheinlich der Schock. So was kommt davon, wenn man seine Kraft nicht unter Kontrolle hat", sagte sie vorwurfsvoll in Richtung der Jugendlichen Eishockeyspieler. „Das ist eine öffentliche Eishalle, in der ganz normale Leute herumlaufen wollen, ohne fürchten zu müssen, von jugendlichen Rowdies umgeschossen zu werden."

„Sorry…", „War keine Absicht", kam es kleinlaut zurück.

„Darf ich fragen, wo Sie wohnen?"

„Ich wohne in Freds Motel."

„Das ist ja ein ganzes Stück entfernt. Sind Sie mit dem Auto hier?"

„Nein, ich bin gelaufen."

„Verstehe. Ich bin Mary Lexington und arbeite als Krankenschwester. Ich würde vorschlagen, ich nehme Sie vorsorglich
mit ins Krankenhaus. Nur, um sicher zu gehen, dass in ihrem
Kopf nichts kaputt ist."

„Ich bin Dieter Kaufmann…"

„Aus der deutschen Gruppe, nehme ich an."

„Wir sind also schon Stadtgespräch."

„Ja, es spricht sich schnell herum, wenn Fremde hier ankommen und nicht gleich am nächsten Tag weiterreisen."

Dieter beobachtete die Frau aus dem Augenwinkel, während
sie ihn in ihrem Wagen ins Krankenhaus fuhr. Sie hatte das
typische breite Gesicht und den bronzefarbenen Teint der
Gitxsan. Sie sprach nicht viel. Es war schwer zu sagen, ob sie
freundlich war oder einfach nur ihre Pflicht als Krankenschwester erfüllte. Sie stiegen am *Wrinch Memorial Hospital*
aus. Ein Arzt maß Fieber, untersuchte seine Augenreflexe,
schaute sich die Beule genau an und fragte dies und das. Am
Ende meinte er, dass Dieter Glück hatte, dass ihn der Puck
nicht am Auge getroffen hatte, und dass er sich schonen und
bei Beschwerden melden sollte.

„Dann ist ja alles nochmal glimpflich abgelaufen", sagte Mary.
„Was haben Sie jetzt vor?"

„Ähm… ich werde ins Motel zurückgehen und mich ausruhen,
so, wie es der Doktor gesagt hat."

„Darf ich Sie auf einen Kaffee einladen?", fragte Mary. „Wir
haben hier eine Cafeteria."

„Wie? Müssen Sie denn nicht arbeiten?"

„Das ist meine Arbeit."

„Ich verstehe nicht. Ich dachte, Sie müssten nun in die Krankenzimmer gehen, Verbände wechseln, Fieber messen und so."

„Das ist vielleicht in anderen Krankenhäusern so. Hier kümmern wir uns um die Patienten, nicht nur um ihre Beschwerden und Verletzungen."

Dieter schüttelte den Kopf.

„Es tut mir leid, mein Englisch ist nicht besonders gut. Ich verstehe nicht alles, was Sie sagen."

„Doch. Tun Sie schon. Kommen Sie bitte! Die Cafeteria ist gleich um die Ecke."

Verdutzt folgte ihr Dieter.

„Eigentlich sollte ich Sie einladen", sagte er, „sowohl als dankbarer Patient, als auch als Gentleman."

„Sie sind ja noch länger in *Hazelton*." Dieter fiel auf, dass sie jetzt zum ersten Mal lächelte. „Da ergibt sich schon mal die Gelegenheit, denke ich. Fürs Erste sind Sie immer noch mein Patient und müssen sich meinen Anordnungen fügen."

Dieter zweifelte, ob diese Bemerkung ernst gemeint oder ein Scherz war. Er nickte nur.

„Wir *Gitxsan* haben eine lange Tradition als Heiler. Wir haben schon Menschen gesund gemacht, ehe es alle diese modernen Geräte gab; nur mit unseren naturgegebenen Fähigkeiten.

Dank unserer Traditionen haben sich viele von uns diese Gabe bewahrt."

„Welche Gabe?"

„Die Gabe, in die Seele eines Menschen zu blicken."

Wieder nickte Dieter nur.

„Daher weiß ich, dass Sie schon längere Zeit an einer Last auf Ihrer Seele leiden."

Dieter wollte spontan widersprechen, doch dann erinnerte er sich an den Grund seines heutigen Spaziergangs und schwieg.

„Es war gut, dass Sie den Entschluss gefasst haben, aus ihrem bisherigen Leben auszubrechen."

„Was wissen Sie über mein Leben, Mrs. …?", fragte Dieter. Ein Gedanke schoss in seinen Kopf, der mit Datenschutz zu tun hatte.

„Nennen Sie mich Mary. Wir sprechen uns hier alle mit dem Vornamen an."

„Okay, Mary. Ich bin Dieter. Was war denn deiner Ansicht nach mit meinem Leben nicht in Ordnung?"

„Du hast ein Leben geführt, das weniger ein Leben als eine Vorbereitung auf den Tod war."

„Oho! Das ist jetzt aber schon etwas übertrieben!"

„Das finde ich nicht. Die Seele lügt nicht. Stimmt es nicht, dass du Tag um Tag hinter dich gebracht hast, ohne Freude dabei zu empfinden?"

„Naja – das ist doch normal, dass es Zeiten gibt, in denen man die Zähne zusammenbeißen muss. Dafür kann man sich ein anderes Mal wieder durchhängen lassen."

„Da stimme ich dir zu. Ein erfülltes Leben braucht Herausforderungen. Welche Herausforderungen hattest du denn so in deiner Vergangenheit?"

Dieter setzte zu einer Erwiderung an, aber es wollte ihm nichts Kluges einfallen.

„Es gibt doch in jedem Beruf manchmal Stress. Da muss man dann zusehen, dass man das Beste draus macht", sagte er schließlich.

„Und danach warst du froh darüber, dass alles gut ausgegangen ist?"

„Ja... natürlich."

Dieter fühlte sich unbehaglich in seiner Haut. Diese merkwürdige Frau, die sich als Krankenschwester ausgab, fragte ihm Löcher in den Bauch. Warum ließ er das überhaupt zu? Warum ging er nicht einfach?

„Und worauf hast du dich gefreut?"

„Auf das Wochenende natürlich und den Urlaub – und auf diese Momente, wenn ich eine Stresssituation gut überstanden habe."

„Das heißt, dass du dich die weitaus meiste Zeit **nicht** gefreut hast?"

„Ja, das heißt es wohl", entgegnete Dieter genervt. „Na und? So ist das Leben nun mal."

„Glaubst du denn nicht, dass uns das Leben Freude machen sollte?"

„Ha! Aber sicher! Leider ist das nur ein frommer Wunsch, der erst nach unserem Tod in Erfüllung gehen wird."

„Verlass dich lieber nicht darauf! Wer weiß schon, was uns nach dem Tod erwartet? Ich frage dich andersherum: Was müsste geschehen, dass du dich jeden Tag deines Lebens freust?"

„Ganz ehrlich? Dann müssten sich die Menschen von Grund auf ändern. Sie müssten ehrlich sein, freundlich, hilfsbereit, nicht nur darauf aus, alles, was sie tun, zu Geld zu machen. Sie müssten verzeihen können, nicht jedes Wort auf die Waagschale legen – "

„Kurzum – sie müssten einander lieben."

„Ja. Klar! Aber das funktioniert nun mal nicht, wie die Geschichte zeigt. *Homo homini lupus!* Der Mensch ist für den Menschen ein Wolf! Darum müssen wir uns selbst helfen, absichern, so gut es geht. Weil man nie sicher sein kann, ob man betrogen wird."

„Ich verstehe, was du meinst. Wir sind also dazu verdammt, ein Leben in Angst zu führen?"

„Man kann die Angst minimieren, wenn man gut vorbereitet ist. Wenn man krankenversichert ist, für den Ruhestand gewappnet, ein sicheres Einkommen hat."

„Und dann? Glaubst du im Ernst, das Leben macht auf diese Weise mehr Spaß?"

„Wenn ich mir Tag für Tag überlegen muss, wie ich über die Runden komme, macht das jedenfalls mit Sicherheit keinen Spaß. Bei uns gibt es den Spruch *Kluger Mann baut vor*! Daran halte ich mich. Ich plane voraus und bin dadurch weitgehend gerüstet gegen Unglücksfälle."

„Ja, so denkt ihr Deutschen wohl. Und darum seid ihr auch alle depressiv."

„Was soll denn das nun wieder heißen?"

„Ich fürchtet euch so sehr vor dem, was euch zustoßen könnte, dass ihr vergesst, dass euch eure Zeit geschenkt wurde, um das Leben in allen seinen Facetten anzunehmen. Dabei ist es ganz normal, dass etwas passiert, woran ihr nicht gedacht habt. Stell dir ein Leben vor, in dem nichts passiert! In dem jeder Tag berechenbar ist! Du wachst auf, hast deine Tagespläne und erfüllst sie, was soll daran spannend sein?"

„Naja – das Spannende dabei ist, dass es meistens anders kommt als man denkt."

„Und das nennst du spannend? Nur zu reagieren? Am Ende des Tages zu sagen: ‚Das ist ja nochmal gutgegangen!'?"

„Was sonst?"

„Dieter! Du glaubst also tatsächlich, dass dir das Leben feindlich gesinnt ist?"

„So sieht es für mich aus."

„Das dachte ich mir. Du solltest wissen, dass dir das Leben niemals mehr bieten kann als deine Vorstellungen darüber. Wenn du denkst, das Leben ist ein Überlebenskampf, dann wird es auch so sein. Du könntest aber auch anders darüber denken."

„Ich höre?"

„Erinnere dich daran, wie es war, ein Kind zu sein! Es gab so viel zu entdecken und zu erforschen. Jeder Tag hat dir von Neuem die Augen darüber geöffnet, dass die Welt ein großes Mysterium ist. Du musst wieder wie ein Kind sein! Du musst dich von jedem Tag überraschen lassen! Und du bist tatsächlich wie ein Kind, ein Kind, aus dem besten Elternhaus, das man sich wünschen kann! Die Erde ist deine Mutter, der Himmel dein Vater – was könnte dir passieren? Du wärst voller Vertrauen darauf, dass dir deine Eltern das bestmögliche Leben bieten wollen. Damit du das erleben darfst, haben sie dir diesen Körper gegeben und dich in diese Welt gesetzt. Das Leben ist wie ein endloses... Weihnachten! Das, was ihr Fest der Liebe nennt! Unter deinem Christbaum liegen immer neue Geschenke, eines interessanter als das andere. Stell dir vor, was deine Eltern denken würden, wenn du sagtest: ‚Ich habe Angst davor, dieses Geschenk zu öffnen!' Kennst du **ein** Kind, das sich vor seinen Geschenken fürchtet? Aber genau so sind die meisten Erwachsenen. Sie meinen, von vorneherein zu wissen, was unter dem Geschenkpapier zum Vorschein kommt. Darum öffnen sie es lieber nicht. Sie haben die besten Eltern, die man sich vorstellen kann, und trotzdem sind sie, was ihre Geschenke anbelangt, argwöhnisch! Solchen ‚Kindern' ist wirklich nicht mehr zu helfen. Aber trotz ihres geringen Vertrauens werden ihnen ihre Eltern immer neue Geschenke anbieten. Sie sind ihnen niemals böse. Ist das nicht wunderbar?"

Dieter hatte eine schnippische Antwort auf den Lippen. Er hätte gerne gefragt, wo denn all die Geschenke waren, von denen sie sprach. Doch eine leise Stimme in seinem Hinterkopf flüsterte ihm zu, dass es weiser wäre, das Gehörte erst einmal sacken zu lassen.

„Ich bin nun mal so aufgewachsen", sagte er lapidar.

„Ich weiß." Sie sah ihn lächelnd an und drückte seine Hand. „Schaffst du es alleine oder soll ich dich nach Hause fahren?"

„Es geht. Danke für alles."

„Wusstest du eigentlich, dass der Wolf für uns *Gitxsan* ein heiliges Tier ist?"

Dieter brauchte den Fußweg nach Hause, um sich klar zu werden, was an diesem Tag alles passiert war. Er war ohne Plan losgegangen, in einem Eisstadion Schlittschuh gelaufen, er wurde verletzt und dann von einer fremden Frau versorgt, die mehr über ihn zu wissen schien als irgendjemand sonst auf der Welt. Und was sie gesagt hatte, hatte das Potenzial, mehr in ihm zu verändern als es die Reise über den „Großen Teich" vermochte.

„Linus? Du bist schon hier? Wo ist Horst?"

Olga stand im Morgenmantel in der Tür zu ihrem Zimmer und versuchte, ihr wirres Haar in Form zu bringen.

„Je später der Abend... Ich konnte einen Privatflug zum *Smithers Regional Airport* ergattern. Von dort ist es nur eine Stunde bis *Hazelton*. Horst ist... Darf ich reinkommen?"

Linus setzte sich und fuhr sich mit den Händen über sein Gesicht.

„Du siehst müde aus..."

„War ein anstrengender Tag. Ich könnte jetzt einen Whisky vertragen."

„Ja. Natürlich... So schlimm?"

Linus schwieg. Schwerfällig ließ er sich auf einem Sessel nieder. Nachdem er den ersten Schluck in der Kehle hatte, begann er zu sprechen.

„Wir hatten einen Plan, Horst und ich. Aber er warf kurzerhand alles über den Haufen. Ich weiß nicht, was in ihn gefahren ist. Möchte wohl gerne Held spielen."

„Wo ist er jetzt?"

„In Vancouver. Er kommt frühestens morgen zurück. Mehr weiß ich nicht. Ich musste ihm versprechen, keinen Kontakt zu ihm aufzunehmen."

„Warum das denn?"

„Ich denke mal, dass er fürchtet, sein Handy könnte abgehört werden. Wenn die dahinterkommen würden, dass er nach wie vor in Kontakt zu mir steht, würde seine Tarnung auffliegen."

„Wieso Tarnung? Wer sind ‚die'? Ich verstehe gar nichts mehr."

„Er hat denen von der ICC eine filmreife Szene vorgespielt, um sie glauben zu machen, er wäre auf ihrer Seite und hätte sich mit mir verkracht."

„Der Horst!" Olga schlug die Hände über dem Kopf zusammen. „Das ist wieder mal typisch. Wenn der sich was in den Kopf setzt…"

„Dein Mann wollte es auf die riskante Tour machen. Ich konnte ihn nicht davon abhalten."

„Und jetzt? Was sollen wir jetzt tun?"

„Ich bin erst einmal froh, diesen Ganoven entkommen zu sein! Aber das Ergebnis war das Risiko wert. Komm! Setz dich zu mir!"

Linus erzählte in groben Zügen, wie das Meeting bei der ICC verlaufen war. Dabei konnte er seinem Hang zu Übertreibungen nicht widerstehen. Olga hing gebannt an seinen Lippen. So ganz nebenbei stellte er seine Rolle als gewiefter, eiskalter Taktiker in den Vordergrund. Spätestens, als er auf die Sprachaufnahme zu sprechen kam, die als Beweis für die kriminellen Machenschaften Forresters und der ICC dienen sollte, platzte es aus Olga heraus.

„Und was ist, wenn die Gauner herausfinden, dass die Aufnahme auf meinem Handy ist? Die sind doch nicht blöd. Die
wissen doch, dass Horst verheiratet ist." Nervös lief sie im
Zimmer auf und ab und suchte nach ihrem Smartphone. „In
solchen Krimis ist doch diejenige, die gekidnappt wird, immer
die Ehefrau."

Er gab ihr einen Kuss und lud sie ein, auf seinen Beinen Platz
zu nehmen.

„Das stimmt. Allerdings bezweifle ich, dass Horst für dich zahlen würde. Ich hingegen würde es mir nie verzeihen, wenn dir
etwas zustößt."

„Hier! Es stimmt! Da ist die Nachricht! Um 11 Uhr 45 zuge-
stellt! Linus! Ich will das alles nicht!"

Linus gab sich ganz gelassen. „Die Aufnahme hat auf deinem
Handy nichts zu suchen. Ich glaube, dein Kontakt war der erste
beste, der Horst einfiel. Beruhige dich! Ich finde eine bessere
Lösung."

„Ich finde das alles nicht richtig. Warum können wir nicht mit
ehrlichen Leuten Geschäfte machen?"

„Ich schätze, das ist der Fluch der Gier. Aber ich verspreche
dir, wenn das alles überstanden ist, ist ein für alle Mal Schluss
mit solchen dubiosen Geschäftspraktiken."

„Ich wünschte mir, wir wären ein ganz normales Paar auf
Hochzeitsreise."

„Ja, das wünsche ich mir auch."

„Machst du dir Sorgen um Horst?"

„Ja. Obwohl er ein Ekel sein kann, ist mir nicht egal, was mit ihm passiert."

„Außerdem hat er heute Mut bewiesen, das kann ich dir versichern. Dass er sich freiwillig in diese Schlangengrube begeben hat, um der ICC hinter die Schliche zu kommen, nötigt mir Respekt ab."

„Du bist mir trotzdem hundert Mal lieber als er."

„Das will ich hoffen. Ich wünschte mir, wir könnten uns endlich zu unserer Liebe bekennen. Wie das mit uns weitergehen soll, ist mir derzeit noch schleierhaft."

„Es ist alles so ermüdend!", jammerte Olga, kurz davor, in Tränen auszubrechen.

„Alles wird gut. Vielleicht würde es dir fürs Erste helfen, wenn ich dich heute Nacht nicht alleine ließe."

„Das würde mit Sicherheit helfen!"

Dieter konnte die Beule an der Schläfe nicht verheimlichen. Am Tag zuvor, nachdem ihm das Malheur mit dem Eishockey-puck zugestoßen war, hatte er sich eilig in seinem Zimmer verschanzt und war nicht einmal zum Abendessen erschienen. Er hatte die Zeit zum Nachdenken genutzt. Die Moralpredigt, die ihm diese Mary gehalten hatte, war nicht spurlos an ihm vorübergegangen. Er konnte nicht anders, als über seine „deutsche" Lebenseinstellung nachzudenken.

Erinnerungen an sein Kindergartenzeit ploppten auf…

Schon als Knabe war ihm von allen Seiten eingetrichtert wor-den, dass es wichtig sei, eine Arbeit zu haben, am besten, etwas Solides mit einem regelmäßigen Einkommen. Denn, wenn man arbeitslos sei, könne man sich viele schöne Sachen nicht leisten, kein eigenes Haus, keinen Urlaub, keine schöne Kleidung und vieles mehr. Er war als Kind gerne mit seinen Eltern in Urlaub gefahren, ans Meer zum Beispiel, auch wenn es dort meistens schrecklich heiß war und man immer Sand zwischen den Zehen hatte, und obwohl man im Zelt auf einer unbequemen Luftmatratze schlafen musste, und die sieben-stündige Autofahrt eine Tortur war. Ja, eigentlich war die Freude auf das Nachhausekommen genauso groß wie die Freude aufs Wegfahren. Noch größer wäre sie gewesen, wenn anschließend noch Ferien gewesen wären, aber die Schule war nun einmal wichtig, um später einen soliden Beruf ergreifen zu können…

Ergab das alles einen Sinn?

Wie so vieles, was er aus reiner Gewohnheit immer wieder getan hat, musste Dieter auch das Urlaubmachen in Frage stellen. Warum wählt man einen Beruf, der einen offenbar so sehr zermürbt, dass man Erholungsurlaube braucht? Heißt, ein gutes Leben zu führen, sich mehr leisten zu können?

‚Selbst wenn ich sehr reich wäre‘, überlegte Dieter, ‚könnte ich trotzdem nur in einem Bett schlafen, aus einem Teller essen, und ich würde mich immer an dem Ort und in der Zeit befinden, die sich mir jetzt zeigen. Ich müsste mir also, um von meinem schwer erarbeiteten Reichtum zu profitieren, in jedem einzelnen Moment in Erinnerung rufen, dass ich reich bin. Dabei ist Reichtum relativ. Bin ich noch reich, wenn mein Nachbar mehr Geld hat als ich, ein schnelleres Auto, ein größeres Haus, wenn seine Urlaubsreisen exklusiver sind als meine? Ist das alles nötig, um glücklich zu sein? Was braucht man überhaupt, um glücklich zu sein? Diese Fragen wurden schon vor fünfzig Jahren gestellt und die Antwort liegt auf der Hand. Wir wissen doch alle schon längst, dass uns materielle Güter nicht glücklich machen. Die Frage, die ich mir jetzt stellen sollte, lautet: Warum handle ich dennoch so, als wäre die Erkenntnis noch nicht bei mir angekommen?

Mary hatte recht. Sie sprach von den Geschenken, die ich zuhauf von meinen spirituellen Eltern erhalte. Ich verstehe jetzt, was sie meinte. Die Geschenke kann ich erst dann sehen und annehmen, wenn ich mir an jedem einzelnen Moment bewusst mache, was für ein großartiges Wunder das Leben ist.‘

Dieter setzte sich am Abend ans Fenster und sah hinaus. Er entdeckte im Grunde nichts Besonderes. Direkt vor ihm der Highway mit den zwei durchgezogenen gelben Strichen in der

Mitte. Die Straße war von Sträuchern gesäumt, dahinter eine frisch gemähte Wiese, daneben eine Parkfläche der Autovermietung nebenan. Weiter entfernt lag ein Farmhaus und die Ausläufer eines Waldes, der sich bis zu den Bergen erstreckte. Am Horizont sah er einen Höhenzug, dessen Gipfel von Schnee bedeckt waren. Alles das war nicht ungewöhnlich, der übliche Ausblick, der sich einem am Abend bot. Heute aber waren diese Bilder etwas Besonderes für ihn. Alles das lebte! Es war in ständiger Veränderung begriffen, es zeigte sich ihm heute so, weil er beschlossen hatte, an nichts anderes zu denken, sondern einzig und allein an das, was jetzt, in diesem Augenblick da war. Und irgendwie hatte er das merkwürdige Gefühl, dass diese Dinge gar nicht existieren würden, wenn er sie nicht betrachten würde.

Dieter war von dieser Erkenntnis überwältigt. Er schlief an diesem Abend mit der schönen Idee ein, dass er am nächsten Morgen viele neue Dinge ins Leben beobachten würde.

Doch als er sich am Morgen im Spiegel betrachtete, bemerkte er zuerst die bläulich verfärbte, unnatürliche Wölbung an seiner Schläfe. Zugleich fiel ihm ein, dass er sich früher oder später Elke stellen musste. Diese beiden Eindrücke reichten aus, um sein Stimmungsniveau rasant abwärts rauschen zu lassen. Es ärgerte ihn immer noch, dass ihr gemeinsamer Ausflug zu einem Reinfall geworden war. Und da er nicht wusste, wo er seinen Ärger abladen sollte, beschloss er, dass Elke Schuld daran hatte. Sie war es ja, die wegen eines Regengusses hysterisch wurde, sie war es, die ihm immer vorhielt, dass Fred alles besser wüsste. Überhaupt – Fred! Sie war mit **ihm** hierhergereist, es war ihr gemeinsames Projekt und nicht das von Fred! Ja, je mehr er darüber nachdachte, umso logischer erschien ihm sein Beschluss, es Elke spüren zu lassen, was sie alles angestellt hatte. War es nicht sein gutes Recht, ihr übel zu nehmen, dass sie Fred schöne Augen machte?

Ganz wie er es erwartet hatte, musste er auch an diesem Morgen voller Ingrimm zusehen, wie sich die beiden am Frühstücksbüffet angeregt unterhielten. Und nicht nur das: Fred legte ihr die Hand auf die Schulter, während sie herzlich lachte. Ganz offensichtlich lud er sie dazu ein, jede einzelne Zutat zu kosten. Als sich schließlich Elke mit einem übervollen Teller an Speisen zu Dieter an den Tisch setzte, konnte er es nicht unterlassen, einen boshaften Kommentar abzugeben.

„Ich hab ja gar nicht gewusst, dass du morgens so viel essen kannst. Liegt wohl an dem freundlichen Gastgeber, dass du plötzlich so großen Appetit hast."

Elke ging auf die Anspielung nicht ein.

„So ein reichhaltiges Frühstücksbüffet findet man nicht oft, schon gar nicht in einem Motel. Sag mal, was hast du denn da an der Schläfe? Sieht aber richtig übel aus."

„Ich – äh – war gestern in der Eislaufhalle. Da waren ein paar Jugendliche, die Eishockey gespielt haben. Einer hat den Puck nicht richtig getroffen, und ich stand gerade ungünstig…"

„Hast du das denn untersuchen lassen?"

„Jaja", sagte er, als wäre es das Selbstverständlichste auf der Welt. „Ich war bei einer Ärztin im Krankenhaus", log er, „die mich eingehend und sehr kompetent untersucht hatte."

Irgendwie hoffte er, Elke eifersüchtig zu machen, wenn er von einer Ärztin erzählte.

„Gut! Hast du Schmerzen?"

„Nein, alles in Ordnung."

„Übelkeit?"

„Nein nein. Wie ich schon sagte: es wurde alles gründlich untersucht."

„Mit einer Gehirnerschütterung ist nicht zu spaßen, das weißt du ja."

„Gehst du demnächst mit Fred in die Berge? Dann würde ich aber auf schlechtes Wetter warten. Mit ihm würdest du bestimmt gerne in einer Hütte Unterschlupf suchen."

Unbewusst ballte er schon die Fäuste, da er auf einen heftigen Schlagabtausch gefasst war, doch Elke reagierte anders als erwartet.

„Nein, Dieter. Ich habe nicht vor, mit ihm in die Berge zu gehen. Ich sollte lieber mit dir gehen, weil ich glaube, dass ich dir unsere erste gemeinsame Tour vermiest habe und bei dir etwas gut machen muss. Es tut mir leid, dass ich so hysterisch war. Ich habe total überreagiert. Entschuldige bitte!"

Dieter war erst einmal sprachlos. Mit dieser Antwort hatte er nicht gerechnet. Er musste langsam einsehen, dass diese Frau über weit mehr Seiten verfügte, als er jemals geahnt hätte. Es dauerte eine Minute, ehe er die richtigen Worte fand.

„Ähäm..." Er rieb verlegen seine Nase zwischen Daumen und Zeigefinger. „Ich habe mich wohl eben ziemlich dumm verhalten."

„Du bist enttäuscht. Das ist wohl normal nach so einem Urlaubsbeginn. Ich meine, wir sollten den verregneten Tag abhaken. Es ist ohnehin nichts passiert."

„Ich..."

„Ja?"

„Ich hatte mir auch alles anders vorgestellt."

„Natürlich."

„Ich hätte irgendwie gehofft, dass wir uns hier in dieser Umgebung... noch besser anfreunden..."

„Ich weiß, dass du mich magst. Und das soll auch immer so bleiben. Wir haben uns gegenseitig zu dieser Reise – oder Auswanderung, wer weiß? – ermutigt. Und wenn ich mich nicht irre, war ein wesentlicher Beweggrund die Sehnsucht nach Freiheit. Ich glaube, wir haben diese Reise gemacht, weil wir uns als freie Menschen betrachten. Darum werden wir jetzt nicht den Fehler machen, uns gegenseitig einzuschränken... mit Erwartungen, die unerfüllbar sind."

„Ich – verstehe, was du meinst. Wir sollten uns nicht von falschen Erwartungen fesseln lassen. Ha! Jetzt rede ich so altklug daher, aber wenn es drauf ankommt, werfe ich alle Vernunft über Bord. Du musst geduldig mit mir sein."

Dieter freute sich darüber, Elke wenigstens ein Lächeln entlockt zu haben. Das weitere Frühstück verlief recht harmonisch. Dieter war stolz auf sich. Er hatte sich nicht von seinen Gefühlen beherrschen lassen, ganz so, wie es der Bergdoktor getan hätte; sich selbst zurücknehmen, um Frieden zu schaffen. Dennoch blieb ein merkwürdiges Zittern in seiner Brust zurück. Er hielt es nun für angebracht, das Thema zu wechseln.

„Übrigens habe ich gestern quasi ein Jobangebot bekommen", erzählte er. Dabei fiel ihm auf, dass er Elke etwas vorspielte; er gab sich aufgeregt, als wäre er im Gefühl der Hochstimmung.

„Wie das denn?"

„Ich war mit Fred unterwegs. Nebenbei haben wir Frank Smith vom Tourismusbüro einen Besuch abgestattet. Was soll ich sagen? Ein Wort ergab das andere und schließlich meinte Frank, dass sie jemanden, der sich im Bürowesen auskennt, gut gebrauchen könnten. Ich müsse nur noch an meinem Englisch feilen."

„Hmm… Dasselbe hat Frank wohl auch über mich gesagt."

„Ach… Du warst auch dort?"

„Nein. Aber Fred hat ihm von mir erzählt. Dass ich Chefsekretärin war und so. Da hat er wohl ähnlich begeistert reagiert wie bei dir."

Dieters Stimmung trübte sich merklich ein.

„Und jetzt denkst du, das ist alles nur leeres Geschwätz."

Elke zuckte die Achseln. „Das würde ich nicht behaupten. Vielleicht ist es nur seine Art, Interesse zu zeigen."

Dieter war nun deutlich angesäuert.

„Wir sollten das positiv sehen. Ich glaube nicht, dass die Leute hier nur aus Berechnung freundlich sind. Wir haben eine Chance bekommen und sollten sie wahrnehmen, anstatt alles gleich schlecht zu reden. Und schließlich müssen wir früher oder später Geld verdienen."

Ihm fiel auf, dass er den letzten Satz gedankenlos ausgesprochen hatte, als hätte das Gespräch mit Mary niemals stattgefunden, als wären ein Job und Geld tatsächlich die wichtigsten Voraussetzungen für ein glückliches Leben. Während er darüber nachdachte, welche die richtige Antwort gewesen wäre, stürmte Olga auf knallenden Absätzen in den Frühstücksraum.

„Hallo Olga!" Elke winkte ihre Freundin zu sich. „Du siehst aus, als hättest du ein Gespenst gesehen. Was ist los?"

Olga rang nach Luft, ehe sie einen Satz herausbrachte.

„Ich fürchte, Horst steckt in Schwierigkeiten! Und Linus gleich mit dazu."

„Setz dich erst einmal. Trink einen Kaffee mit uns und erzähle in aller Ruhe."

„Mir ist gerade gar nicht nach Kaffeekränzchen zumute. Linus kam überraschend schon gestern Abend aus Vancouver zurück. Ihre kanadischen Geschäftspartner machen irgendwelche illegale Sachen. Linus hat sich mit ihnen angelegt, aber Horst hat sich ihr Vertrauen erschlichen, um Beweise gegen sie zu sammeln. Er hat vor, sie auffliegen lassen. Und seit heute Morgen ist Linus weg, ohne eine Nachricht zu hinterlassen. Auch von Horst keine Nachricht. Ich mache mir solche Sorgen!"

Sie zückte ein blütenweißes Taschentuch und tupfte über ihre nassen Wangen. Elke schien davon unbeeindruckt.

„Jetzt nochmal ganz langsam! Linus steht doch schon seit Monaten mit denen in Verbindung. Wusste er nicht, was das für Leute sind?"

„Linus sagt mir nicht alles. Er behauptet, es sei sicherer für mich, wenn ich nicht alles wüsste. Ich weiß gar nicht mehr, was ich noch glauben soll."

„Ich habe ja von Anfang an gesagt, dass ich Linus für einen Aufschneider halte. Wenn du mich fragst, hat er dich nur benutzt, um an Horst heranzukommen. Und der sitzt jetzt in der Klemme, während Linus das Unschuldslamm spielt."

„Ich frage dich aber nicht!", entgegnete Olga scharf. „Es ist mir völlig egal, was du über Linus denkst. Ich liebe ihn und nichts und niemand kann etwas daran ändern."

„Liebt er dich denn auch?"

„Natürlich!"

„Und warum hat er dann Geheimnisse vor dir? Ich könnte einem Mann nicht trauen, der mir etwas verschweigt."

„Darum hast du auch keinen Mann. Weil der Mann, der deines Vertrauens würdig ist, erst geboren werden muss."

Mit diesem Worten drehte sich Olga so vehement um, dass sie mit ihrer Jacke einen Stuhl umriss und dieser scheppernd umfiel.

„Das war aber jetzt nicht sehr freundlich", bemerkte Dieter, während er der davontippelnden Olga hinterher sah.

„So eine unverschämte Ziege!"

„Ich meine dich! Du warst wirklich sehr unfreundlich. Du wusstest, dass sie Linus liebt. Warum machst du ihn vor ihr schlecht? Wozu sollte das gut sein?"

„Man wird doch noch seine Meinung sagen dürfen."

„Aber nicht, wenn sie verletzend ist. Ausgerechnet jetzt, wo sie sich Sorgen macht, hätte Olga ein bisschen Zuspruch gebraucht und keine Kritik."

„Gerade weil ich ihre Freundin bin, spreche ich Dinge klar aus und rede nicht um den heißen Brei herum."

„Manchmal ist es eben besser, wenn man die Wahrheit in Liebe kleidet."

„Ach je! Ich fange gleich zu heulen an! Sind wir hier auf einem Kindergeburtstag, oder was? Seit wann sind denn alle hier so zart besaitet, dass man sich nur noch Honig ums Maul schmieren darf?"

„Ich weiß nicht. Heute früh hast du mich überrascht. Ich wollte dich wütend machen, weil ich selbst wütend war, und du hast mir mit deiner Nachsicht den Wind aus den Segeln genommen. Das hat mich schwer beeindruckt. Nicht weniger schwer als deine Reaktion auf Olgas Panik, die im Grunde das genaue Gegenteil war."

„Wenn du Olga so lange kennen würdest wie ich, könntest du mich vielleicht verstehen. Egal, was sie tut, ihr Leben ist ein einziges Drama. Himmelhochjauchzend – zu Tode betrübt, dazwischen gibt es nichts. Das nervt einfach!"

„Mag sein. Ich hatte dennoch bisher den Eindruck, dass du mit ihrem Temperament ganz gut zurechtkommst."

„Muss ich dir jetzt Rede und Antwort stehen? Darf ich denn nicht einmal hier so sein, wie ich bin?"

„Ich weiß nicht. Vielleicht müssen wir uns alle die Frage stellen, was uns tatsächlich nach Kanada getrieben hat. Ich glaube, wir haben uns selbst belogen, was unsere Motive anbelangt. Das müssen wir jetzt büßen."

„Hä? Was meinst du damit?"

„Ich kann nicht mit Sicherheit sagen, was euer Motiv war. Aber ich gebe zu, dass es bei mir nicht die Sehnsucht nach Freiheit war."

„Sondern?"

„Ich hatte Angst, ich könnte dich verlieren, wenn ich dich alleine reisen ließe."

Elke schwieg, aber an dem Glanz in ihren Augen bemerkte Dieter, dass ihr diese Aussage schmeichelte. Das war es nicht, was er wollte.

„Und nun", fuhr Dieter fort, „muss ich einsehen, dass ich dich mit keiner noch so weiten Reise an mich binden kann und wahrscheinlich gar nicht will."

Elke senkte ihren Blick. Für Dieter ein klares Zeichen, dass er ins Schwarze getroffen hatte.

„Dann sollten wir wenigstens ab sofort ehrlich sein."

Elke sah ihm nun geradewegs in die Augen. „Ich gestehe dir, dass ich meines Lebens in Deutschland überdrüssig war. Es war so öde und langweilig, dass ich keine Lust hatte, so weiterzumachen. Als ich dich kennenlernte und deine außergewöhnliche Art, Dinge zu betrachten, fasste ich den Mut, etwas ganz Neues zu wagen. Ohne dich wäre mir das nie gelungen."

„Aber sicher. Die Sehnsucht steckte in dir drin und hätte sich früher oder später ihren Weg gebahnt."

„Ja, vielleicht in fünf oder zehn Jahren. Du hast das Ganze beschleunigt. Dafür danke ich dir."

„War es denn auch das, was du wolltest? Ich sehe dich nicht glücklicher oder entspannter als in Deutschland."

Elke nickte nur.

„Ich glaube inzwischen, dass wir immer so sind, wie wir sind. Es spielt keine Rolle, in welchem Land wir uns aufhalten. Wenn du dein Leben zu Hause langweilig gefunden hast, wird es hier nicht anders sein. Entschuldige! Aber das ist es, was ich beobachte."

Elke hatte nun Tränen in den Augen. Dieter war nun erneut auf einen Wutanfall gefasst, aber auch eine komplett andere Reaktion hätte ihn nicht überrascht.

„Es ist nur – ", begann Elke.

„Ja?"

„Ich bin so verkorkst, dass ich keine Nähe zu einem Mann zulassen kann. Mein früherer Freund hat mich ausgenutzt, das sitzt immer noch tief in mir. Und nun sitzt du hier und bist so offen für mich... Und dort ist Fred, zu dem ich mich hingezogen fühle... Und dann sehe ich mit an wie Olga offenbar keinerlei Probleme damit hat, sich Männern an den Hals zu werfen..."

„Ich versteh schon."

„Danke. Aber das hilft mir auch nicht weiter."

„Und wenn du einfach mal versuchst, deine Vergangenheit Vergangenheit sein zu lassen? Ich meine, was hindert dich daran, hier in Kanada, Tausende von Kilometern von deinem früheren Leben entfernt, so richtig die Sau rauszulassen?"

Der Anflug eines Lächelns huschte über Elkes Gesicht.

„Ich werde nicht mit dem Finger auf dich zeigen und rufen: ‚Schaut euch dieses verrückte Huhn an!' Ich glaube, dass das keiner hier tun würde. Ganz im Ernst! Was hast du denn zu verlieren? Einen Job im Touristikbüro?"

„Das stimmt. Aber es geht nicht nur darum. Ich weiß nicht, ob ich Fred so nahe an mich heranlassen will. Es könnte ja sein – "

„Was? Dass er dich betrügt? Enttäuscht? Benützt? Fred?"

„Könnte ja sein..."

„Fred lebt seit drei Jahren hier glücklich. Er kommt sehr gut mit sich selbst klar. Was man von dir nicht behaupten kann. Denkst du nicht, ihm stünde es eher an, sich darüber Sorgen zu machen, ob er sich auf dich verlassen kann? Du kannst nämlich ganz schön zickig sein."

Was nun geschah, kam für Dieter zwar nicht erwartet, aber er hätte sich gewünscht, Elke hätte die andere Hand genommen. Ihre Ohrfeige traf ihn nämlich exakt auf die Stelle, die violett unterlaufen war.

Als Elke sah, was sie getan hatte, sprang sie von ihrem Stuhl auf.

„Oh, mein Gott! Das tut mir leid! Ich wollte das gar nicht. Oh nein, oh nein! Tut es sehr weh? Soll ich Eis holen? Bitte entschuldige!"

„Geht schon." Dieter befühlte seine Schläfe. „Es ist nichts gebrochen. Nun setz dich schon hin! Ich warte immer noch auf eine Antwort auf meine Frage."

„Wie? Was?"

„Ich wollte wissen, ob Fred nicht vielleicht Bedenken haben sollte, was deine Person anbelangt. Übrigens schaut er gerade zu uns her."

„Was?! Oh, mein Gott! Was soll er jetzt von mir denken?"

„Dass du ein gewalttätiges Weib bist."

Elke verbarg ihr Gesicht hinter ihren Händen.

„Hehe! Reingelegt. Stimmt gar nicht! Fred ist vorhin weggefahren."

„Ach Dieter! Du machst dich über mich lustig!"

„Stimmt! Dafür musste ich als Prügelknabe für dich herhalten."

„Das tut mir leid."

„Keine Ursache. Es ist okay, wenn du mich benutzt hast. Ich bin ein deutscher Beamter und hart im Nehmen"

„Das… Ich…", stotterte Elke. „Du hast recht. Ich muss mich ändern. Die alte Elke sollte in Deutschland bleiben."

„Das mit dem Auswandern ist vielleicht so ähnlich wie beim Jahreswechsel. Man tut sich dann leichter, einen neuen Vorsatz zu fassen. Aber konsequent umsetzen muss man ihn trotzdem."

„Ha! Das klingt gut, aber… trotzdem würde es dir weh tun, wenn ich mit Fred zusammen wäre."

„Du tust mir ja schon weh, obwohl ich nicht mit dir zusammen bin. Wie sollte das mit uns was werden?"

„Dann sollte ich wohl meinen inneren Schweinehund überwinden und mich auf Fred einlassen."

„Wenn man vom Teufel spricht! Er kommt gerade zur Tür herein."

„Hallo!", rief Fred schon von weitem. „Habt ihr Linus irgendwo gesehen? Ich habe soeben Olga getroffen. Sie macht sich Sorgen – um nicht zu sagen, sie ist gerade am Durchdrehen."

„Wir wissen Bescheid", antwortete Dieter. „Olga war schon hier. Linus haben wir nirgendwo gesehen."

„Olga meint, er sei in dubiose Geschäfte verwickelt. Sie wollte unbedingt die Polizei einschalten. Jetzt wird es eine Fahndung geben. Klingt nach Panik, aber mein Gefühl sagt mir, sie hat recht. Wenn ihr Linus seht, sagt mir bitte umgehend Bescheid. Ich suche inzwischen weiter."

„Geht klar!"

„Ich bin so ein Idiot!", fluchte Elke, als Fred gegangen war. „Ich dachte, Olga übertreibt wieder einmal maßlos. Die Sache scheint wirklich sehr ernst zu sein."

„Also worauf warten wir noch? Komm! Wir schwingen uns aufs Bike und suchen nach Linus!"

Fred hatte schon überall nach Linus gefragt. Er war am Morgen noch gesehen worden, danach fand sich nirgendwo mehr eine Spur von ihm. Nachdem er Olga zu Sheriff Tilman gebracht hatte, dem sie alles mitteilte, was sie wusste, fuhr Fred weiter ins östliche *New Hazelton*, genauer gesagt, zu Theodore Smith. Wahrscheinlich hätte ihn das Verschwinden von Linus nicht so sehr beunruhigt, wenn nicht zur selben Zeit, als ihn Olga so aufgeregt aufsuchte, auf seinem Handy eine Nachricht über einen verpassten Anruf von Theo einging. Er vermutete, dass Linus und Horst in Vancouver in ein Wespennest gestochen hatten, und dass jetzt die Mafia ausschwärmte, um die Schuldigen zu finden. Es lag nahe, dass sie nun Theo auf den Zahn fühlten, da er wie kein anderer *Hazeltoner* in die Geschäfte der ICC verwickelt war. Fred hoffte, von Theo mehr zu erfahren, als er bisher verraten hatte. Irgendwie fühlte er sich für ihn verantwortlich. Schließlich hatte er seiner Frau versprochen, dass alles gut ausgehen würde.

Vor Theos Ranch stand ein Mietauto, doch von Theos Wagen war nichts zu sehen. Hatte Theo unerwünschten Besuch? Fred drückte gegen die Tür. Sie war unverschlossen. Drinnen war es dunkel. Aus dem Wohnzimmer kamen Geräusche, die sich anhörten, als würde jemand eine Tastatur bedienen. Dann kam ein Schatten aus dem Dunkel.

„Theo? Entschuldige, dass ich einfach so eingedrungen bin. Du warst nicht da und ich dachte mir, ich warte so lange auf dich…"

„Linus? Was machst du hier? Bist du unter die Einbrecher gegangen?"

„Was? Ach, du bist es, Fred! Ich, äh…"

„Jetzt bin ich aber gespannt. Im Ernst, Linus! Olga ist zum Sheriff gegangen. Sie macht sich Sorgen. Alle suchen nach dir."

„Das braucht sie nicht! Ich habe ihr doch gesagt, dass alles in Ordnung ist."

„Das hat sich aber bei Olga anders angehört. Sie glaubt, dass Horst in ernsten Schwierigkeiten steckt. Ich würde vorschlagen, du sagst mir, was du weißt. Wenn du nicht selbst zu diesen Gaunern gehörst, brauchst du vor mir nichts zu verheimlichen. Ich glaube sogar, du würdest dir damit selbst einen großen Gefallen tun."

„Ich weiß gar nicht, was du willst. Ich habe nur meinen alten PC gesucht."

„Ach was! Das soll ich dir glauben? Nachdem du ihn ein halbes Jahr nicht vermisst hast? Was hat es mit den Daten darauf auf sich?"

„Welche Daten? Hast du etwa herumgeschnüffelt? Das ist ein Verstoß gegen das Briefgeheimnis. Jetzt könnte ich dich anzeigen."

„Unsinn! Du hast Theo den PC überlassen, er hat ihn mir zur Reparatur gegeben. Und wenn du ehrlich bist, musst du zugeben, dass das ganz in deinem Sinne war. Die Daten auf dem PC sind zu brisant, als dass man sie unverschlüsselt ließe. Was hat es mit dem PC auf sich?"

„Also gut… Es ist eine komplizierte Sache."

In diesem Moment zeigte der PC, den Linus die ganze Zeit im Auge hielt, durch ein akustisches Signal an, dass eine Datei heruntergeladen wurde.

„Das war's!", rief Linus und atmete tief aus.

„Was, verdammt noch mal?"

„Einen Augenblick! Ich muss unbedingt eine Nachricht verschicken; verschlüsselt natürlich. Es ist wirklich sehr wichtig!"

„Ich hoffe, du kannst mir erklären, was das alles soll."

„Das kann ich! Gib mir bitte eine Minute!"

Neben dem PC stand ein Notebook, an dem Linus in rasender Geschwindigkeit einige Tasten drückte. Fred sah zu, wie Daten von einem USB-Stick kopiert und per E-Mail versandt wurden.

„Zum Glück funktioniert die Internet-Verbindung hier besser als in Deutschland", meinte Linus.

Eine halbe Minute später drückte er auf die Enter-Taste und ein Programm schloss sich.

„Nun?", fragte Fred. „Was machst du da?"

„Mehr kann ich im Augenblick nicht tun", sagte er mehr zu sich selbst. „Ich vertraue dir, Bruder!"

„Geht's etwas klarer? Was soll dieses ganze Theater?"

Linus lachte breit und klopfte Fred auf die Schulter.

„Ich musste dich in ein Gespräch verwickeln, um zu verhindern, dass du Hand an den PC legst und die Datenübermittlung störst. Jetzt ist mir wohler! Also! Kurzum – es geht darum, die Urheber dieses ganzen Betrugsfalles dingfest zu machen."

„Das heißt?"

„Als ich im vergangenen Jahr kapierte, dass Forrester und die ICC ihre Geschäfte auf Kosten der Aborigines betrieben und diese mir unmissverständlich zu verstehen gaben, dass ich meines Lebens nicht mehr sicher sei, wenn ich einen Tag länger in *Hazelton* bliebe, wollte ich sie auffliegen lassen. Leider fehlte mir die Zeit, um Beweise zu sammeln. Daher überließ ich Theo den PC, nachdem ich zuvor den Passwortschutz entfernt hatte. Ich hoffte, dass er die Daten auf dem PC entdecken und damit zum Sheriff gehen würde. Ich war wohl ein bisschen zu optimistisch. Mein Gedanke war, dass ein Fachmann den PC genau begutachten würde, dann hätte er entdeckt, dass darauf verschlüsselte Daten waren, die Rückschlüsse auf das Ausmaß des ganzen Betrugs zugelassen hätten. Aber mein Wunsch war wohl nur der Vater eines unausgereiften Gedankens."

„Wie man es nimmt. Es hätte sogar beinahe geklappt. Ein Kollege meines Anwalts hat die Verschlüsselung erkannt. Leider hatte niemand Lust, seinen Kopf für dich hinzuhalten."

„Was hätte denn groß passieren sollen? Ein Hinweis an den Sheriff, der gibt die Sache an das FBI ab und du hast nichts mehr damit zu tun."

„Du hast gut reden! Während du zu diesem Zeitpunkt wieder sicher in Deutschland warst, sollte Theo die Suppe für dich auslöffeln."

„Nein. Theo war nie eine Gefahr für die ICC. Er hätte nie etwas ausgeplaudert. Dazu hatte er viel zu viel Angst vor Forrester. Außerdem hatte sich in der Zwischenzeit ergeben, dass Theo die Daten schon deshalb nicht an die Öffentlichkeit tragen konnte, weil er sich damit selbst belastet hätte."

„Weil er sein Grundstück bereits verkauft hatte."

„Genau! Das hatte ich erst später erfahren, als ich mit Forrester Kontakt aufnahm."

„Du hast mit ihm – was? Was zum Teufel wolltest du von Forrester? Ich dachte, du warst mit den Ganoven ein für alle Mal fertig."

„Nur zu einem einzigen Zweck: Ich wollte sie vor Gericht bringen. Ich musste so tun, als wollte ich wieder ins Geschäft kommen. Ich hatte, zurück in der Heimat, viel Zeit, um einen genauen Plan zu schmieden. Zuerst war es nötig, dass ich mit den *Gitxsan* wieder Frieden schloss. Ich hatte Kontakte zum Chief des *Gitanmax Band Council*, der Vereinigung der *Gitxsan* in *Hazelton,* und erklärte ihnen, wer die Drahtzieher der illegalen Bebauungspläne waren. Er erklärte sich bereit, mir zu vergeben und mit mir zusammenzuarbeiten, wenn ich ihm verspräche, dass die Schuldigen bestraft würden."

„Einfach so? Nachdem sie dich mit allen möglichen Flüchen belegt hatten? Das klingt mir doch sehr unwahrscheinlich."

„So einfach war es nicht. Kannst du dir vorstellen, dass sich ein Mensch in meinem Alter komplett verändern kann?"

„Ja. Durch einen Schicksalsschlag, eine Krankheit…"

„Oder dadurch, dass ein bestimmter Mensch in sein Leben tritt. Ich sage dir, seit ich Olga kennen lernen durfte, ist etwas in mir passiert. Schon bei unserem allerersten Gespräch war ich von mir selbst überrascht. Ich konnte sie nicht anlügen! Ich, der ich jede und jeden mit meinen Geschichten um den Finger wickelte, wie ich es brauchte! Und – ich weiß nicht recht, wie… jedenfalls müssen die *Gitxsan* gespürt haben, dass ich ein anderer geworden bin."

Fred nickte nachdenklich. „Das ist gut möglich. Ihre telepathischen Fähigkeiten sind enorm. So, wie sie jemanden über eine große Entfernung hinweg verfluchen können, sind sie auch in der Lage, das Wesen eines Menschen von jedem beliebigen Ort aus wahrzunehmen. Ich habe mich mit ihrem Medizinmann schon oft darüber unterhalten."

„Ja. Ich wusste plötzlich ganz genau, was das Richtige war. Das Gefühl, auf der Seite der Guten zu sein, verschaffte mir ungeahnte Energien."

„Gut… Wie ging es dann weiter? Wie hast du es überhaupt geschafft, wieder mit der ICC in Verhandlungen zu treten?"

„Zunächst brauchte ich einen Lockvogel für Forrester. Da kam mir die Bekanntschaft mit Horst gerade recht. Es war nicht einfach, aber schließlich gewann ich sein Vertrauen."

„Obwohl du mit seiner Frau flirtest?"

„Das ist eine andere Sache."

„Dann musstest du also Horst eine Lüge auftischen, damit er sich bei Forrester einkaufte?"

„Nein! Horst ist klug. Eine Lüge hätte er nicht geschluckt. Er rechnete sich aus, dass er davon profitieren würde, wenn Forrester und die ICC als Kriminelle verurteilt würden. Das *Hazelton*-Projekt wird durchgeführt, so oder so. Was liegt näher, als die Bauaufträge einem Mann anzuvertrauen, der der Gerechtigkeit zum Sieg verhalf?"

„Und dann? Wie wolltest du beweisen, was Forrester und Co. im Sinn haben?"

„Dabei spielt dieser unauffällig aussehende PC eine Schlüsselrolle. Forrester hat mir leichtsinnigerweise verraten, dass über diesen PC – und **nur** über diesen PC! – eine Datenfreigabe von größter Wichtigkeit erfolgt."

Linus wurde plötzlich nervös.

„Ich weiß nicht… Es wäre besser, wenn ich jetzt nicht weiterrede. Es könnte sein, dass wir belauscht werden oder abgehört."

Er hielt den Finger an seine Lippen, um Fred zu signalisieren, dass er schweigen solle, und zog ihn nach draußen.

„Wir sollten zum Flussufer gehen. Das Rauschen übertönt jedes Gespräch."

Sie gingen durch dichte Haselbüsche und Brombeergestrüpp zum Ufer und setzten sich auf einen großen Stein.

„Hier kann uns niemand hören. Kein Mensch weit und breit!", sagte Linus. „Also… Forrester ist dem Alkohol zugetan und wenn er ein bestimmtes Quantum intus hat, wird sein Mundwerk ziemlich lose. Zum Glück für mich! Daher habe ich Einiges herausgefunden. Die ICC erhält Geld aus schwarzen Kassen einer bestimmten Partei, um damit in *Hazelton* und anderen wirtschaftlich unterentwickelten Landstrichen, die im Besitz der *First Nation* sind, protzige Touristenhochburgen entstehen zu lassen. Diese Projekte würden im kommenden Wahlkampf als Maßnahme gegen die Arbeitslosigkeit verkauft. Ein Senator sitzt sogar im Vorstand der ICC. Er plant, genügend Senatsmitglieder zu bestechen, um ein Programm zur touristischen Erschließung British Columbias durchzudrücken. Auf legalem Weg hätte ein so weitreichendes Programm keine Chancen, weil es sämtliche Naturschutzerfordernisse außer Acht ließe. Sobald also der Beschluss gefasst ist, werden die Bestechungsgelder über jenen PC auf die Konten der Senatsmitglieder übertragen. Natürlich werden den ‚Guten' im Senat die wahren Pläne verheimlicht, weil sie wissen, dass damit die Rechte der Aborigines verletzt würden, aber bis von denen einer mitbekommt, was gespielt wird, sind die Baumaßnahmen schon so weit fortgeschritten, dass sie nicht mehr aufzuhalten sind. Nutznießer wären die ICC und die korrupten Senatoren, die vermutlich mit Anteilen an einer neu gegründeten Genossenschaft für ihren Verrat entlohnt werden."

„Und was hast du da auf dem PC verschickt? Sind das die Beweise, die du vorbringen willst?"

„Mein Bruder ist ein genialer IT-Spezialist, ein bisschen gaga, aber dennoch genial. Er kennt sich mit Datenverschlüsselungen aus und ist sich sicher, dass er herausfinden kann, um welche Daten es sich handelt und an wen sie geschickt wurden. Wenn wir Glück haben, führt diese Spur zu den korrupten Senatoren."

„Und wenn nicht?"

„Dann erreichen wir wenigstens, dass die ICC vom FBI genauer unter die Lupe genommen wird. Und auch wenn es nicht zu einer Verurteilung kommt, können sich die Bürger von *Hazelton* sicher sein, dass das Bauvorhaben dann streng nach den gesetzlichen Vorgaben durchgeführt wird, also unter Einhaltung der Naturschutzvorschriften und unter Berücksichtigung der Belange der *Gitxsan*. Außerdem habe ich gestern mit dem Handy ein Gespräch zwischen Horst, Forrester, James Fuller von der ICC und mir aufgezeichnet. Darin hat Fuller ganz klar zum Ausdruck gebracht, was er von den Rechten der *First Nation* hält. Vor einer halben Stunde habe ich die Aufzeichnung dem Sheriff übermittelt. Aber Horst – er wollte sich nicht damit begnügen, er wollte noch mehr Beweise, daher hat er vor Fuller eine geile Show abgeliefert. Er hat mich vor allen zur Schnecke gemacht, um den Eindruck zu erwecken, dass er nur auf Profit aus ist und keine Skrupel wegen der Aborigines hat. Auf diese Weise will er an die nichtoffiziellen Pläne kommen. Ich hoffe, er kommt mit der Nummer durch."

„Dann macht sich Olga also zu Recht Sorgen."

„Hmm... Wir haben es nicht mit der Mafia zu tun. Das sind korrupte Gauner, aber keine Mörder."

Fred wollte ihn noch warnen, doch dann erhielt er selbst einen heftigen Schlag auf den Hinterkopf und verlor das Bewusstsein.

Elke und Dieter hatten schon zwanzig Meilen in den Beinen, aber von Linus fehlte jede Spur. Sie waren bis *New Hazelton* gefahren und standen nun ratlos am Parkplatz unterhalb des *Hagwilget Peak.*

„Das ist wie die Suche nach der Nadel im Heuhaufen", sagte Elke und wischte sich mit einem Taschentuch den Schweiß von der Stirn.

„Vielleicht hatte er einfach nur Lust, einen Trip in die Berge zu unternehmen."

„Dann wäre es naheliegend, dass er seinen Wagen hier geparkt hätte, wo die meisten Wanderwege beginnen."

„Genauso gut könnte er aber auch in eine andere Gegend gefahren sein. Wer kann das wissen?"

„Wenn er nur die Gegend erkunden wollte, hätte er Olga Bescheid sagen können. Aber er ist früh am Morgen weg, ohne eine Nachricht zu hinterlassen. Es sieht mir eher danach aus, als hätte er einen spontanen Entschluss gefasst. Auf dem Handy ist er nicht erreichbar. Wenn jemand so überstürzt verschwindet, stimmt doch etwas nicht."

„Ich glaube, wir könnten noch den ganzen Tag in der Gegend umherkurven, ohne ihn zu finden. Komm! Lass uns ins Motel zurückfahren!"

Zwei Meilen später kamen sie an den alten *Gitxsan*-Farmen vorbei.

„Er könnte bei Smith sein", sagte Dieter. „Immerhin hat er früher schon hier gewohnt."

„Dazu müssten wir wieder aus dem Flusstal raus und über die steile Böschung nach oben. Meine Beine fühlen sich an wie Pudding. Na gut! Letzter Versuch! Dann bin ich raus."

Nach einer weiteren anstrengenden Meile tauchte vor ihnen die Pinewood-Ranch auf.

„Ist das nicht der Pickup von Fred?"

„Und da! Da steht auch Linus' Leihwagen!"

Sie stiegen von ihren Rädern und klopften an die Tür.

„Theo? Bist du da?", rief Dieter.

Da die Tür nicht verschlossen war, traten sie ein. Das Haus war leer. Im Wohnzimmer brannte Licht, die Schreibtischschublade stand offen. Papier lag auf dem Boden verstreut herum. Es sah ganz danach aus, als hätte jemand etwas eilig gesucht.

„Das… sieht ganz nach einem Einbruch aus. Die Autos stehen hier und niemand ist in der Nähe… Das ist jetzt doch irgendwie gruselig." Elke hielt sich instinktiv an Dieters Arm fest. „Wir sollten lieber schnellstens verschwinden."

„Mir gefällt das auch nicht. Es ist wohl am besten, wir informieren den Sheriff."

„Hast du denn seine Nummer?"

„Hab ich eingespeichert. Gleich, nachdem uns Fred gesagt hat, dass man sich den Namen merken sollte. Tilman, Brandon – hier!"

„Du bist eben doch ein grundsolider Beamter."

Das ernstgemeinte Lob war ein wärmespendender Segen für Dieters Psyche. Im Nu war jegliche Angst verflogen.

„Hallo? Ist hier Sheriff Tilman? – Hier ist Dieter Kaufmann. Ich bin gerade am Anwesen von Theo Smith. Ich fürchte, hier ist eingebrochen worden. Außerdem steht der Wagen von Fred Sussman hier, aber Fred ist nicht zu sehen. – Was? – Ach so! – Verstehe... Danke!"

„Was ist?"

„Der Sheriff ist schon informiert; und nicht nur er! Auch das FBI ist eingeschaltet. Die Suche nach Linus und Fred läuft auf Hochtouren."

„Um Gottes Willen! Das ist ein richtiger Kriminalfall! Es wird doch hoffentlich nichts zugestoßen sein!"

„Ich weiß es nicht. Theo hat sein Haus offenbar noch rechtzeitig verlassen, ehe die Gangster in sein Haus eindrangen. Der Sheriff sagt, er hat zwei bewaffnete Typen beobachtet, die auf sein Haus zugegangen sind, und ist daraufhin durch die Hintertür geflohen."

„Ich kann das gar nicht fassen! Womöglich sind diese Typen noch hier!"

Dieter erinnerte sich, den panischen Gesichtsausdruck in Elkes Gesicht schon einmal gesehen zu haben.

„Ich denke, wir sollten Freds Auto nehmen und schnellstens von hier verschwinden. Die Räder werfen wir auf die Ladefläche."

„Gute Idee! Bin dabei!"

Das Haus von Chief George White Eagle war ganz nach der Tradition der *Gitxsan* gestaltet. Von der Straße aus sah man nur eine hohe Bretterwand mit rot und schwarz bemalten Symbolen – furchteinflößende Gesichter, große Augen und typische Raubvogelprofile. Davor ein Marterpfahl, der aus aufeinandersitzenden Vogelgestalten mit riesigen Hakenschnäbeln bestand.

Es war fast genau drei Jahre her, da stand ein ähnlich verzweifelter Mann vor diesen schamanischen Figuren und rang mit sich, ob es klug oder gefährlich war, sich in die Hände von Chief Georg White Eagle zu begeben. Er zweifelte, ob man diesen Schamanen trauen konnte, die mit gefährlichen Pflanzen arbeiteten und eigenartige Rituale anwendeten. Doch er litt unter einer schweren Krankheit, die er glaubte, überwunden zu haben. Nun war sie wieder zurückgekommen und hinderte ihn daran, am Leben teilzunehmen. Jede noch so unbedeutende Handlung zwang ihn förmlich in die Knie. Was immer er plante, erforderte eine schier übermenschliche Anstrengung. Obwohl er sich permanent müde fühlte, fand er nachts keinen Schlaf. Er hatte ständig Kopfschmerzen, die sich phasenweise auf den ganzen Körper ausbreiteten. Mehr als einmal stand er vor diesem merkwürdigen Gebäude, brachte aber nicht den Mut auf, hineinzugehen.

Er war kurz davor, sich das Leben zu nehmen, weil er keinen Sinn mehr darin fand, als er in dem Garten hinter seinem Haus einen alten Mann sitzen saß. Nachdem er eine halbe Stunde immer noch dort verharrte, ging er zu ihm hin und fragte, was er dort mache.

„Ich bin gekommen, weil du mich gerufen hast", antwortete der Mann, der indianische Kleidung trug und dessen Gesicht mit allerlei weißen, schwarzen und roten Zeichen bemalt war.

„Ich habe dich nicht gerufen. Das muss ein Irrtum sein."

„In deinem Kopf kreisen laute Gedanken, schlimme Gedanken, die nicht zu überhören sind."

„Woher willst du wissen, was ich denke?"

„Du kannst dich deinem Dämon hingeben oder du verjagst ihn für immer."

„Was meinst du? Was für ein Dämon?"

„Der, der sich an deiner Lebensfreude nährt."

„Ich bin krank, das ist alles."

„Komm mit mir! Ich will dich von deinem Dämon befreien."

Daraufhin erhob sich der alte Mann und ging davon. Der jüngere Mann folgte ihm, obwohl er seit einer Woche sein Haus nicht mehr verlassen hatte. Sie gingen sehr langsam, denn der Alte war klein und unsicher auf den Beinen. Schließlich kamen sie in einen Wald. Sie folgten einem schmalen Pfad, der auf einen Hügel führte. Dort lag auf einer Lichtung ein Felsbrocken, so groß wie ein Haus, der auf einer Seite überstand und eine Art Höhle bildete. Der alte Indianer setzte sich auf den Boden, wo ein Kreis aus Steinen und Asche eine Feuerstelle verriet, und hieß den Mann, es ihm gleich zu tun. Dann nahm er einen rötlichen Felsbrocken in die Hand, von denen viele herumlagen, und schlug mit einem anderen Stein einige Splitter davon ab. Diese zermahlte er mit dem härteren Stein zu einem Pulver. Daraufhin legte er einige dürre Zweige auf die Feuerstelle und entzündete sie. Dann, ehe der Jüngere reagieren konnte, packte der Alte plötzlich dessen Arm und fuhr mit dem scharfen Stein in seiner Hand blitzschnell über die Haut, sodass Blut aus einem Schnitt heraustropfte. Einige Tropfen davon fing er auf und vermengte sie mit dem Steinpulver. Er sagte eine Art Beschwörungsformel auf und warf den Brei ins Feuer. Zum Ende der Zeremonie holte er einige Blätter aus einem Beutel und ließ sie, während er für den anderen unverständliche Worte sprach, ebenfalls in das Feuer fallen. Ein beißender Rauch stieg auf, der den Mann zwang, die Augen zu schließen. Er hörte nur noch die gleichförmigen tiefen Stimmlaute des Alten, während der Rauch eine beruhigende Wirkung ausübte. Er geriet in einen Zustand, der dem Schlaf ähnelte, aber trotz geschlossener Augen konnte er beobachten, wie er seinen Körper verließ und einen Meter über ihm schwebte. Er fühlte sich leicht wie eine Feder und wäre gerne noch höher geflogen, doch dann sah er, wie der Indianer einen Finger in den Ruß tauchte, und den Körper unter ihm damit auf der Stirn berührte. Er spürte diese Berührung, obwohl er nicht in seinem Körper war, und empfand sie so, als würde jemand an dieser Stelle ein Ventil öffnen, das lange Zeit verschlossen war. Fasziniert sah er zu, wie der Alte mit einem glühenden Stock Zeichen in die Luft malte und laut einige kurze Worte rief. Dann löschte er das Feuer mit einer Hand voll Sand aus. Der Mann war wieder in Verbindung mit seinem Körper und öffnete die Augen. Der Alte strich mit seinen Händen über dessen Kopf, Gesicht und Schultern und verbeugte sich.

„Nun geh!", sagte er. „Du bist wieder mit dem Großen Geist verbunden. Ehre ihn mit allem, was du tust, betrachte täglich eine Stunde die Natur, und du wirst gesund bleiben."

Der Mann ging zurück in sein Haus und hatte nie wieder Schmerzen.

Theo war schon seit über einem Jahr nicht mehr in dieses Haus gegangen. Doch nun war der Zeitpunkt gekommen, da er die Hilfe und den Rat eines Schamanen brauchte. Wie es die Tradition verlangte, zog er seine Schuhe aus, ehe er in das heilige Gebäude trat. In einem kleinen Empfangsraum, der von einer einzigen Kerzenflamme beleuchtet war, wartete er. Er hatte dem Chief sein Kommen angekündigt und wusste, dass er gerufen würde, wenn die Zeit gekommen war. Bedächtig atmete er den Rauch ein, der aus einem niedrigen Kohlenofen emporstieg. Er wusste, dass der Rauch durch allerlei getrocknete Holzsorten und gelegentlich Pilzen erzeugt wurde, die den Besucher in einen entrückten Zustand versetzen konnten. Gleichzeitig vermittelte ihm der harzige, beißende Geruch Behaglichkeit, weil er ihn an seine Kindheit erinnerte, als er noch regelmäßig die wöchentlichen Zusammenkünfte bei Chief George White Eagle besuchte. Jetzt war der Chief alt, bestimmt schon achtzig Jahre musste er sein, und er hatte ihm einiges zu beichten. Auch wenn es ihm schwerfiel – es war die beste Lösung und auch die einzige, weil er nach Wochen des Grübelns aufgegeben hatte, selbst nach Lösungen zu suchen.

Eine Tür ging auf, das Zeichen für Theo einzutreten. Eine Frau mit langem grauem Haar, das im Nacken zusammengebunden war, verneigte sich stumm vor ihm und wies ihm einen Platz auf einem Bärenfell an. In diesem Raum roch es intensiv nach verbranntem Harz, aber die Luft war rein, denn oben, in der Mitte des Daches, war ein Loch, durch das der Rauch aus dem Feuer, das in einem Steinkreis am sandigen Boden glomm, abziehen konnte. Es war fast völlig dunkel. Plötzlich stand Chief George vor ihm, klein, aber aufrecht, altehrwürdig mit weißem Haar, nacktem Oberkörper und bemaltem, von Falten zerfurchtem Gesicht. Auf seinem Kopf thronte ein Kranz von Adlerfedern. Theo wusste, dass dieser Schmuck heute vor allem aus Tierschutzgründen nicht mehr hergestellt wurde und daher umso kostbarer war.

Der Chief sprach einige indianische Worte, die Theo nicht ganz verstand, und wedelte mit einem Fächer über seinem Kopf.

„Ich weiß, was dich hierherführt", sagte der Chief mit tiefer, brummiger Stimme. „Du willst, dass ich dich reinige, weil du durch deine Gesinnung und deinen Lebenswandel ver- schmutzt bist."

„Eigentlich…", wollte Theo entgegnen, ‚…eigentlich bin ich hier, um den Schutz der großen Göttin zu erbeten', aber der Chief ließ ihn nicht zu Wort kommen.

„Demut erwarte ich von dir. Du sollst Manitu, dem all-einen Gott dienen, doch dazu braucht es Mut. Mut zu bekennen, dass du dich von Ihm abgewendet hast."

„Ich… habe mich nicht von Ihm abgewendet. Ich habe den Segen für meine Familie erbeten – "

„Das ist wahr. Aber hast du auf Manitu vertraut? Oder hast du nicht vielmehr auf eine Lüge vertraut?"

„Ich habe vertraut, zu Beginn. Doch nichts hat sich zum Besseren verändert. Ich sah keinen Ausweg mehr…"

„Musstest du Hunger leiden?"

„Nein…"

„Bist du oder jemand aus deiner Familie krank geworden?"

„Nein."

„Hatte jemand einen Unfall? Bist du im Streit mit deiner Frau? Haben dich deine Freunde verletzt?"

„Nein."

„Wie kannst du dann behaupten, Manitu habe dich nicht beschützt?"

Obwohl Theo mindestens einen Kopf größer war als der alte Medizinmann, fühlte er sich klein und beschämt. Er wagte es nicht, dem Chief in die Augen zu sehen.

„Anstatt auf den Schutz des großen Manitu zu vertrauen, hast du deinen ängstlichen Gedanken Glauben geschenkt. Aber Manitu hat dir bereits verziehen. Das, was du fürchtest, ist nicht eingetreten und wird auch nicht eintreten."

Theo hob seinen Kopf, um in White Eagles Augen zu sehen.

„Dann wurden meine Bitten erhört?"

„Natürlich. Aber wie kannst du nun in den Spiegel schauen, ohne einen schwachen, ängstlichen Mann zu sehen, der sich von seinem Schöpfer abgewandt hat? Bist du denn größer und weiser als Er?"

Theo schwieg und senkte seinen Blick wieder.

„Weißt du denn nicht, dass du alles bekommst, woran du glaubst? Warum glaubst du den Geschichten der Machthaber, aber deinen eigenen Geschichten nicht? Alles, was du denkst und dir vorstellen kannst, verwirklicht sich. Wenn du eine klare Vorstellung von dem hast, was du willst, kann keine Macht auf Erden deren Verwirklichung verhindern."

White Eagle schüttete nach diesen Worten ein Pulver aus einem Säckchen in das Feuer. Es loderte flackernd auf und sank nach wenigen Sekunden knisternd wieder auf seine ursprüngliche Größe zusammen.

„Du musst vor dir selbst Buße tun, um dir dein törichtes Verhalten vor Augen zu führen. Manitu will, dass du etwas tust, um deine Ehre wieder herzustellen", sagte der Alte.

„Was ist es, was ich tun kann?"

„Du besitzt eine Jagdhütte."

„Sie ist alt und verfallen."

„Du kannst zwei Menschenleben retten, wenn du dich beeilst. Führe den Sheriff dorthin, sag' ihm alles, was du weißt! Hast du gehört? Alles! Er wird wissen, was zu tun ist."

„Aber – "

„Du musst dich beeilen! Geh!"

Das Büro des Sheriffs war nur einen Katzensprung von Haus des Chiefs entfernt. Theo verneigte sich tief vor dem Chief und rannte los.

Fred kam langsam zu sich. Er wollte den schmerzenden Punkt an seinem Hinterkopf betasten, aber seine Hände und Beine waren gefesselt. Es war dunkel. Er lag auf einem staubigen Fußboden. Durch ein trübes Fenster schimmerte Licht in den Raum. Neben sich entdeckte Fred einen menschlichen Körper. Linus? War er bewusstlos oder tot? Er wälzte sich auf den Bauch und zog seine Knie an, sodass er in eine hockende Position kam, und richtete sich auf. Ja, es war Linus, der neben ihm lag. Sein Gesicht sah schrecklich aus, blutverkrustet und unförmig geschwollen.

„Linus!", rief er halblaut und stieß ihn mit dem Kopf an. Gott sei Dank! Er bewegte sich. Doch als er etwas sagen wollte, hustete er und würgte Blut hervor. Seine Lippe war stark angeschwollen, vermutlich hatte er auch einen oder mehrere Zähne verloren.

„Linus! Alles okay? Wach auf!"

Linus stöhnte und rollte sich auf den Rücken.

„Oh Gott!", jammerte er und hustete erneut. „Was haben die mit uns gemacht?"

„Sei leise! Es kann sein, dass die noch in der Nähe sind. Warte! Bleib liegen, ich versuche, deine Fessel mit den Zähnen zu lösen."

So jedenfalls hatte Fred es in vielen Kriminalfilmen beobachtet. Das sah immer so einfach aus. Aber als er sich an dem dicken Strick verbiss, stellte er fest, dass sein Gebiss nicht so kräftig war, wie er gehofft hatte. Er fürchtete, eher einen Zahn zu verlieren, als den Strick lockern zu können. Trotzdem gab er nicht auf und nach einer gefühlten Ewigkeit hatte er es geschafft. Nun konnte Linus seine Fessel lösen und Fred losbinden.

„Und nun?", fragte Linus.

„Wir müssen hier rauskommen und den Sheriff holen, was sonst?"

„Wahrscheinlich ist die Tür verschlossen."

Fred drückte auf die Türklinke; Linus hatte recht.

„Was läuft hier eigentlich?", fragte Fred wütend. „Wie kommen die dazu, mich bewusstlos zu schlagen? Nur, weil ich mit dir gesprochen habe? Bist du bei denen der Staatsfeind Nummer eins? Was hast du denen angetan?"

„Ich wollte das auch nicht, das darfst du mir glauben! Verdammt! Mir tut jeder einzelne Knochen im Leib weh!"

„Du hast schon besser ausgesehen. Haben die dich gefoltert?"

„Die waren hinter meinem PC her und wollten, dass ich den Datentransfer rückgängig mache. Ging natürlich nicht. Dann wollten sie aus mir herausprügeln, wem ich die Daten zugespielt habe. Ich verrate doch nicht meinen eigenen Bruder!"

„Wozu halten die uns dann noch fest? Hast du gesehen, wer dich misshandelt hat?"

„Ich kenne die Leute nicht. Irgendwelche bezahlte Schergen der ICC, nehme ich an... Au! Ich glaube, die haben mir ein paar Rippen gebrochen. Tut höllisch weh!"

„Warte mal!"

Fred beugte sich über Linus und betastete seinen Brustkorb. Er war an einer Stelle bläulich verfärbt.

„Ist es hier?"

„Ja! Das tut weh! Mach jetzt bloß keinen Scheiß!"

„Ich werde dir helfen. Bleib liegen, und versuche dich zu entspannen. Ich denke, dass hier zwei oder drei Rippen gebrochen sind. Also atme besser in den Bauch, dann tut es nicht so weh."

Linus sah verwundert zu, wie Fred seine Augen schloss und die Handflächen aneinander rieb. Dann legte er seine Hände auf die gebrochenen Rippen, aber ohne Hautkontakt, sondern einige Zentimeter darüber. So schwebten seine Hände über der verletzten Stelle, ohne Linus zu berühren; er bewegte sie nur ganz leicht, als würde er etwas Unsichtbares ertasten. Keine fünf Minuten später war Linus eingeschlafen.

Fred richtete sich zufrieden auf. Solange sie hier in dieser Hütte eingesperrt waren, waren sie der Willkür ihrer Häscher ausgeliefert. Linus' Zustand lieferte ein schmerzhaftes Indiz dafür, mit welcher Brutalität sie vorgingen. Er hoffte inständig, dass sein Verschwinden im Ort bemerkt worden war. Aber ob dies Anlass genug war, um nach ihm zu suchen? Jetzt rächte es sich, dass er immer wieder seine Solotouren in die Berge unternommen hatte, ohne jemanden davon zu unterrichten.

Er hielt sein Ohr an die dünne Holzwand neben der Tür und versuchte, Geräusche zu erkennen, die ihm weiterhelfen könnten. Aber es war so still wie in einer verlassenen Kirche.

Zwar gab es ein Fenster, aber die Scheiben waren so schmutzig, dass nur trübes Licht hereindrang. Außerdem war es mit einem Drahtgitter gesichert. Ob es klug wäre, die Scheiben zu zerschlagen und nach Hilfe zu rufen? Das könnte die Ganoven dazu bringen, kurzen Prozess zu machen und sie gleich umzubringen. Bei diesem Gedanken beschleunigte sein Puls und ihm schwindelte. Er setzte sich auf den Boden, um nicht ohnmächtig zu werden.

‚Sei still!‘, sagte er zu sich selbst, ‚und tue, was du gelernt hast!‘

Er schloss die Augen und atmete langsam ein und aus. Seine Gedanken, die kurz zuvor noch wild gekreist waren, beruhigten sich nun, sodass er wieder einen klaren Blick auf seine Situation werfen konnte...

Ich bin in einer Hütte eingeschlossen, neben mir ein Freund, der verletzt wurde. Ich bin gesund, habe keine Schmerzen, doch ich weiß nicht, was in nächster Zeit geschehen wird. Aber wer weiß das schon? Ich kann das Schloss an der Tür nicht aufbrechen. Ich finde keinen Weg nach draußen. Also, was kann ich tun? Ich werde die Zeit nützen, um mir vorzustellen, was sich nach meinem Willen in den nächsten Stunden ereignen soll...

Wir werden rechtzeitig gefunden, ehe uns die Bösewichte etwas antun können. Ich sehe es genau vor mir, wie die Tür aufgebrochen wird, wie Sheriff Tilman hereinkommt und uns versichert, dass er alles unter Kontrolle hat, wie ein Arzt sich um Linus' Verletzungen kümmert, und wie Forrester und die ganze Verbrecherbande hinter Schloss und Riegel wandern...

Ich fühle mich wohl bei dem Gedanken. Jegliche Angst ist verflogen, weil ich weiß, dass es so geschehen wird.

Fred schreckte aus seiner Meditation auf. Er hörte, wie sich der Hütte Schritte näherten. Dann wurde die Tür entriegelt. Ein Mann kam herein, er trug ein Gewehr bei sich. Fred erkannte, dass es nicht etwa eine Schrotflinte, wie sie viele Farmer hier besaßen, sondern eine hochmoderne Waffe mit Zieleinrichtung. Er sah sich kurz um, sah das Seil, mit dem Fred gefesselt war, am Boden liegen, und hob es auf.

„Ihr dachtet wohl, ihr könntet hier einfach so abhauen, was?"

„Was habt ihr mit uns vor?", fragte Linus, der in diesem Moment aus seiner Bewusstlosigkeit erwachte.

Fred wunderte sich über diese Frage. Selbst wenn der Kerl sagte, was ihr Plan war, was nützte es ihnen, das zu wissen?

„Wie soll ich sagen…?", antwortete der Mann und spuckte auf den Boden. „Ihr solltet euch lieber fragen, was ihr in den letzten fünf Minuten eures Lebens noch gerne tun würdet."

„Heißt das, ihr wollt uns umbringen?" Linus zitterte am ganzen Leib.

„Bingo! Ihr wisst leider zu viel. Und wir wissen, dass ihr unsere Daten geklaut habt. Möglicherweise dachtet ihr: ‚Was für ein toller Coup!' und irgendjemand in Deutschland schreit ‚Hurra!'"

Er stellte das Gewehr zur Seite und zündete sich eine Zigarette an. Für einen Moment dachte Fred daran, sich auf das Gewehr zu stürzen, doch dann fiel sein Blick auf das lädierte Gesicht von Linus und er ließ den Gedanken fallen.

„Aber was sind schon virtuelle Daten?", sprach der Mann weiter. „Ohne einen Zeugen sind sie wenig wert. Wir werden einfach alles auf dich schieben, Linus, du mieses Stück Scheiße. Du hast uns leider nach Strich und Faden betrogen und wolltest dir mit deinem Partner Horst Waldschmidt das Land der *Gitxsan* unter den Nagel reißen. Aber Tatsache ist nun mal, dass die Daten zu diesen… gemeinen Plänen alle von deinem PC stammen, oder etwa nicht?"

„Aber das stimmt doch nicht!"

„Wir haben die geschönten Pläne sichergestellt, die du ihnen vorlegen wolltest, um sie zum Verkauf zu bewegen. Hinter unserem Rücken. Tss, tss, tss. Das war nicht fair."

„Das war Forresters Idee! Ich habe damit nichts zu tun!"

„Natürlich nicht."

Entsetzt sahen die beiden zu, wie der Mann sein Gewehr nahm und es entsicherte.

„Und wie wollt ihr den Mord an uns erklären?", fragte Linus.

„Ihr habt euch gegenseitig umgebracht. Fred ist dir auf die Schliche gekommen. Es kam zum Streit und da habt ihr euch so schwer verletzt, dass ihr schon tot wart, als man euch fand."

„Das funktioniert doch nie! Das ist es doch alles nicht wert! Und was wollt ihr mit Horst machen? Wollt ihr den auch einfach ermorden?"

Fred glaubte, seinen Ohren nicht zu trauen. Linus hatte Angst um sein Leben und war nicht mehr fähig, klar zu denken.

„Na, das ist ja interessant", sagte der Mann. „Warum sollten wir den denn ermorden?"

„Weil – weil er euer Spiel sicher nicht mitmacht... glaube ich."

„Oder weil er mit euch unter einer Decke steckt? Kann es sein, dass er uns die ganze Zeit über etwas vorgespielt hat? Ich hab dem Kerl von Anfang an nicht getraut. Wir hätten ihn gleich beseitigen sollen. Aber was nicht ist, kann ja noch werden. Mein Boss wird sich über einen Tipp von mir bedanken."

Er warf die Zigarette zu Boden, zog ein Handy aus der Tasche und wählte eine Nummer. Fred sah Linus vorwurfsvoll an. Der hatte seinen Fehler eingesehen und versuchte zu retten, was zu retten war.

„Es wäre vielleicht klüger, zunächst ein Lösegeld für ihn zu fordern. Horst ist ein reicher Mann."

„Mal sehen. Darüber wird der Boss entscheiden. – Hi, Mac! Hier Randy. Ich muss den Boss sprechen... Okay, wenn er zurückkommt, sag ihm, er soll diesem Waldschmidt auf die Finger schauen. Bei dem ist etwas oberfaul."

Er steckte sein Handy wieder ein und spuckte aus.

„Wo waren wir stehengeblieben? Der Reihe nach... Erst mal seid ihr beide dran."

„Das könnt ihr nicht machen!", schrie Linus so laut, dass seine Stimme überschnappte. „Wir haben doch gar nichts getan!"

„Mir ist egal, ob ihr schuldig seid oder nicht. Ich bin nur der Vollstrecker. Wer will der Erste sein?"

Er legte das Gewehr an und zielte abwechselnd auf Linus und Fred.

„Nicht mich, bitte!", jammerte Linus und ließ sich auf die Knie fallen. „Bitte!!"

„Also gut. Dann fang ich mit dir an."

Er richtete den Gewehrlauf auf Fred, der ganz ruhig blieb.

Der Mann brachte das Gewehr in Anschlag. Dann fiel ein Schuss…

Linus und Fred sahen sich verwundert an. Der Mann hatte mit einem Schrei das Gewehr fallen lassen und griff sich mit schmerzverzerrtem Gesicht an die Schulter. Dann drängten zwei Gestalten in die Hütte, packten den Verletzten und legten ihm Handschellen an.

„Sheriff Tilman! Das war Rettung in höchster Not!", rief Fred. „Theo! Gott sei Dank! Du bist am Leben!"

Linus rappelte sich langsam wieder hoch.

„Seid vorsichtig!", sagte er. „Ich glaube, der Kerl hat noch einen Partner."

„Den haben wir schon erwischt", sagte Tilman. „Und alle anderen Komplizen hoffentlich auch. Seid ihr in Ordnung? Wir fahren euch besser ins Krankenhaus. Deine Lippe sieht echt übel aus", meinte er zu Linus gewandt.

„Ich sah mich schon im Jenseits. Verdammte Scheiße! War das knapp!"

„Bedankt euch bei Theo! Er hatte einen brandheißen Tipp."

„Theo, ich bin dir was schuldig", sagte Linus. „Aber woher wusstest du, wo wir sind?"

„Ich habe mich an meine Wurzeln erinnert. Ihr kennt Chief George White Eagle?"

„Ich habe den Namen schon öfter gehört. Ich dachte, der sei so etwas wie eine Legende."

„Nein. Er ist uralt, aber er lebt noch. Er ist sozusagen der letzte Heilige unseres Stammes. Er kann gewissermaßen in die Zukunft sehen. Daher wusste er, wo ihr seid. Doch jedes Wunder fordert seinen Preis."

„Was meinst du?"

„Ich musste dem Chief versprechen, dem Sheriff alles über meinen Deal mit Forrester zu erzählen. Aber… hahaha! Es ist zu witzig! Erstens wusste der Sheriff bereits Bescheid und zweitens hatte er schon alle verfügbaren Männer losgeschickt, um euch zu suchen."

„Ein Anruf von deinen Gästen, Fred! Was für ein Glück! Sie waren zufällig vor Ort, kurz nachdem ihr überfallen wurdet. So hatte ich Zeit, noch Hilfskräfte zu organisieren. Viele glückliche Zufälle – beinahe könnte man glauben, der alte Schamane hatte dabei seine Finger im Spiel."

„Ehe wir weiterreden…", sagte Linus „Horst Waldschmidt, mein Partner, ist vermutlich in höchster Gefahr. Ich glaube, diese Immobilien-Mafia ICC ist ihm hinter die Schliche gekommen. Der Bursche da hat angedeutet, dass sie Lösegeld fordern werden."

‚Interessant', dachte Fred, ‚wie man seinen Fehler mit wenigen Worten vertuschen kann.'

„Soweit ich die Lage beurteilen kann", sagte Sheriff Tilman und streckte im Genuss des Siegers seine breite Brust heraus, „wird die ganze Verbrecherbande in Kürze hochgenommen. Dank der Mithilfe eines anonymen Informanten aus Deutschland konnten wir eine Clique von Senatoren gemeinschaftlichen Amtsmissbrauch, schweren Betrug, Steuerhinterziehung etc., etc. nachweisen."

„Mein Bruder", sagte Linus stolz.

„Außerdem wurde uns der Mitschnitt eines Gesprächs zugespielt, das die wahren Absichten des ICC beweist. Und – ach ja! Eurem Horst Waldschmidt ist es offenbar noch gelungen, die geheimen Pläne an das FBI zu faxen. Die Beweislast ist sozusagen erdrückend."

„Was ist mit Waldschmidt? Habt ihr Infos von ihm?"

„Ich hoffe, er war klug genug, sich rechtzeitig abzusetzen. Wenn Lösegeld gefordert würde, wäre das längst geschehen."

„Oder sie haben ihn gleich umgebracht."

Tilman schob seinen Stetson nach hinten und wischte sich mit einem Taschentuch über die Stirn.

„Davon wollen wir erst mal nicht ausgehen. Das würde niemandem mehr etwas nützen."

Später, im Polizeiwagen, fragte Linus:

„Fred! Mal ganz ehrlich: Hattest du denn gar keine Angst zu sterben?"

„Ich könnte jetzt alles Mögliche behaupten, aber du würdest mir doch nicht glauben."

„Jetzt sag schon!"

„Meditation. Wenn ich möchte, kann ich während einer Meditation alles erleben, was ich will, auch sterben. Daher wusste ich genau, was mich nach meinem Tod erwarten würde. Wovor also sollte ich Angst haben?"

Linus schüttelte nur den Kopf.

„Wie geht's eigentlich deinen kaputten Rippen?"

„Rippen?" Er befühlte die verletzte Stelle. „Ich glaube, ich habe mich getäuscht; die waren wohl doch nur geprellt."

Es war der große Auftritt von Horst Waldschmidt und ein großes Ereignis für alle Einwohner. Ein Hubschrauber der Canadian Air Force landete auf einem freien Feld zwischen den Ortsteilen *Old Hazelton* und *New Hazelton*. In Windeseile hatte es sich herumgesprochen, dass dank eines wagemutigen Coups eines deutschen Unternehmers die Machenschaften einer Verbrecherbande, an deren Spitze angesehene Parlamentarier standen, aufgedeckt wurden. Als Horst an der Ausstiegsluke des Hubschraubers erschien, brandeten Jubelrufe auf. In Manier eines großen Führers hob er die Arme und winkte den Menschen mit einer Selbstverständlichkeit zu, als hätte er nie etwas anderes getan. Natürlich ging dieses Ereignis nicht nur durch die lokale Presse. Ein Team eines großen Fernsehsenders war ebenfalls vor Ort erschienen, um live zu berichten. Horst stellte sich den Fragen der Journalisten wie ein Profi.

„Mister Waldschmidt, Sie waren 24 Stunden in der Hand der Verbrecher und wussten nicht, wozu diese imstande waren. Hatten Sie Angst um Ihr Leben?"

„Oh ja! Ich fürchtete tatsächlich, dass mich die Gangster, sobald sie sich in die Enge getrieben sahen, quasi in einer Kurzschlussreaktion einfach erschießen würden. Ich wusste ja nicht, ob mein Fax in die richtigen Hände kam. Ebenso unsicher war ich mir, ob die Polizei sofort eingreifen würde. Es war – wie man so schön sagt – ein Ritt auf des Messers Schneide."

„Und trotzdem haben Sie dieses Risiko freiwillig auf sich genommen?"

„Es widerte mich an, mit welcher Kaltschnäuzigkeit diese Verbrecher mit der Gutgläubigkeit der braven Leute spielten. Ich konnte dabei nicht tatenlos zusehen."

Die Leute klatschten und jubelten bei diesen Worten.

„Was haben Sie nun vor? Sie wollten ja ursprünglich dabei mithelfen, aus *Hazelton* eine moderne Stadt zu machen."

„Das stimmt nicht! Von einer modernen Stadt war nie die Rede. Ich wollte eine lebenswerte Stadt entstehen lassen, einen Ort, der im Stile seiner Tradition mit naturschonenden und nachhaltigen Konzepten sein ganzes Potenzial nutzt. Und – wie ich gesehen habe – ist dieses Potenzial beachtlich."

Wieder gab es zustimmendes Klatschen.

„Wollen Sie denn hier überhaupt noch investieren, wo Ihnen so übel mitgespielt wurde?"

„Das ist meine Absicht – sofern mich die Bürger von *Hazelton* mit der schönen Aufgabe betrauen, aus ihrem Ort ein Schmuckstück zu machen."

Die Antwort der Interviewerin ging im allgemeinen Jubel unter.

Olga betrachtete das Schauspiel aus einiger Entfernung und lachte in sich hinein.

„Das ist Horst, wie er leibt und lebt. Der Held und Retter in der Not! In dieser Rolle gefällt er sich am besten. Das macht ihm so schnell keiner nach."

„So wie du ihn ansiehst, möchte man meinen, du liebst ihn immer noch," sagte Linus.

„Ich achte ihn als cleveren Geschäftsmann. Dich liebe ich."

„Und wie soll das weitergehen?"

„Kann eine Frau wie ich etwa nicht zwei Männer haben?"

„Habe ich gerade richtig gehört?"

„Es ist doch alles gut! Horst wird sich mit all seiner Leidenschaft in sein neues Projekt stürzen, das vermutlich zwei, drei Jahre in Anspruch nehmen wird. Er wird mich weder vermissen noch brauchen. So wie ich ihn kenne, ist er sogar froh darüber, dass ich einen Mann an meiner Seite habe, der mich bei Laune hält."

„Verrückt, das Ganze! Warum stehe ich eigentlich nicht da vorne und lasse mich feiern? Schließlich habe ich auch meinen Teil dazu beigetragen, dass die Ganoven überführt wurden."

„Das weiß ich. Ich bin mir aber ziemlich sicher, dass du dich in der Rolle des Nationalhelden nicht so wohl fühlen würdest wie Horst."

„Trotzdem… Ich möchte mich hier niederlassen. Wie soll ich das schaffen, wenn mir der Ruf eines Ganoven vorauseilt?"

„Keine Sorge, ich werde dafür sorgen, dass jeder hier erfährt, was du für *Hazelton* getan hast."

„Danke, mein Schatz!"

Einige Wochen später hatten sich die dunklen Wolken, die über *Hazelton* schwebten, verzogen. Alles nahm seinen Lauf, als wären die vorangegangenen Ereignisse nötig gewesen, um den Boden zu ebnen, auf dem einige Menschen ihre Träume verwirklichen konnten.

Dieter erhielt einen interessanten Job bei der *Tourist Information*. Er wurde zu einem gefragten Fachmann für Auswanderungsfragen vor allem deutscher Touristen. Es machte ihm Spaß, für seine neue Heimat Werbung zu machen. Bald stieg er zum Büroleiter auf. Die letzte Staffel vom „Bergdoktor" hat er bis heute nicht angesehen.

Elke unterstützte Fred ab sofort in seinem Motel. Auf diese Weise hatten beide immer genügend Freizeit, um regelmäßige Wanderungen und Klettertouren zu unternehmen. Sie überredete Fred dazu, Meditationskurse zu geben. Als ein paar Wochen später Elkes früherer Chef, Fritz Bremer, in *Hazelton* Urlaub machte, entstand der Plan, ein Geschäft mit Elektroartikeln zu eröffnen.

Horst Waldschmidt hatte alle Hände voll zu tun, um *Hazelton* so umzugestalten, dass alle Bedürfnisse erfüllt wurden. Er war noch nie gut, wenn es darum ging, Menschen mit Freundlichkeit und Einfühlungsvermögen für seine Ideen zu gewinnen. Daher brauchte er Partner an seiner Seite, die darin besser waren als er. Es stellte sich bald heraus, dass Olga und Linus im Team unschlagbar waren. So waren alle Beteiligten zufrieden.

„Wann kommen die Gäste?", fragte Elke, während sie mit einem Staubwedel durch den Speiseraum lief. „Sind die Zimmer schon gelüftet? Ist frische Seife in den Bädern?"

„Heute will ich dir erst einmal einen besonderen Platz zeigen, mein Liebling."

„Was für einen Platz? Es darf aber nicht zu lange dauern."

„Keine Sorge! Wir werden rechtzeitig zurück sein. Komm einfach mit."

Zwanzig Minuten später standen sie auf einem lichten Hügel an einem seltsam geformten Felsblock. Unter der vorspringenden Felsnase war ein kreisrunder dunkler Fleck.

„Ein schöner Platz", sagte Elke. „Von hier aus sieht man bis zu unserem Haus."

„Nicht nur das! Es ist ein in jeder Hinsicht heiliger Ort. Für die Schamanen, weil sie seit Jahrhunderten hierherkommen, um Hilfe vom Großen Geist zu erbitten. Aber auch für mich."

„Warum für dich?"

„Ich wurde hier geboren, genau heute vor drei Jahren. Lass mich erklären! Als ich noch in Deutschland lebte, tat ich das, was alle tun, wenn sie Erfolg haben wollen. Ich war stolz auf meinen hellen Verstand, auf mein großes Wissen und auf meinen Fleiß. Damit hatte ich die besten Voraussetzungen, um alles zu erreichen, was ich wollte."

„Was wolltest du denn?"

„Eine sehr gute Frage! Eine Frage, die sich viel zu wenig Menschen stellen. Ich wollte im Konzert der Reichen mitspielen. Ich stellte mir vor, wie ich mit meinem Privatjet zu jeder Zeit hinfliege, wohin ich gerade will, wie ich mit meiner Yacht auf meine eigene Insel schippere, wenn ich ungestört sein will, wie ich auf meinen Landgütern meine eigenen Lebensmittel produziere, wie ich überall freudig empfangen werde usw. Eigentlich war ich auf dem besten Weg dorthin, ich hätte nur noch ein bisschen länger durchhalten müssen."

„Doch dann kam der Burnout."

„Und mit dem Burnout kam auch die Erkenntnis, dass ich nie dort ankommen würde, wo es absolutes Glück für mich gibt."

„Weil das nichts mit Reichtum zu tun hat?"

„Auch das. Als vor drei Jahren dieser alte Schamane vor mir saß, hatte ich eine außerkörperliche Erfahrung, ich schwebte für kurze Zeit über meinem Körper und konnte mich von dort aus beobachten. Dabei habe ich etwas begriffen. Als ich mich und den Alten dort sitzen sah, wurde mir erstmals bewusst, dass ich bereits im Paradies war. Die Welt, die du hier siehst, kann dir niemals das geben, was du brauchst, um wahrhaft glücklich zu sein. Es gibt jedoch eine andere Welt, die für die meisten Menschen unsichtbar ist."

„Und wo ist diese Welt?"

„Sie ist überall. Verborgen hinter dem, was du siehst und hörst. Nenn sie meinetwegen Parallelwelt oder geistige Welt. Diese Welten stecken ineinander wie die Schalen einer Zwiebel. Als ich mich damals außerhalb meines Körpers befand, hatte ich diese Welt verlassen und mein anderes Ich befand sich in dieser geistigen Welt. Ich war nur einige Minuten dort, doch diese Zeit reichte aus, um meine Psyche zu heilen."

„Warum ist es so schwer, in die geistige Welt zu gelangen?"

„Es ist eigentlich ganz leicht. Wir müssten nur diese Welt loslassen, uns nicht weiter mit ihr beschäftigen. Stattdessen glauben wir, die Welt verstehen zu müssen. Doch das ist vergebliche Liebesmühe. Wir werden sie nie verstehen."

„Das verstehe ich nun wirklich nicht."

„Pass auf! Schau dir mal diese Kiefer an! Wie würdest du sie beschreiben?"

„Na gut. Ich würde sagen, sie ist klein, schief und krumm, dürr und wahrscheinlich stachlig."

„Okay. Wie bist du so schnell darauf gekommen? Das hat keine zehn Sekunden gedauert?"

„Ich habe schon viele solche Kiefern gesehen. Ich weiß, wie sie sich anfühlen."

„Wenn du diese Kiefer zum ersten Mal gesehen hättest, wie hättest du sie dann beschrieben?"

„Ich weiß nicht. Ich hätte sie mir wohl erst genauer angesehen."

„Sehr richtig! Vielleicht hättest du dann sogar bemerkt, dass sie ein heilendes ätherisches Öl absondert, dass sie sehr widerstandsfähig ist, dass die Nadeln ganz weich sind, wenn du sie von unten nach oben streifst, dass es ein Wunder ist, dass auf diesem nackten Felsen überhaupt etwas wächst."

„Ja, das kann ich mir gut vorstellen. Aber ich hab sie nun mal nicht zum ersten Mal gesehen."

„Mach dir bewusst, dass du alle Dinge mit einer vorgefassten Meinung betrachtest und dass sich dir alle Dinge gemäß deines Urteils über sie zeigen. Es gibt keine neutrale Meinung. Du als Beobachter formst die Dinge mit deinen Gedanken über sie. Subjekt und Objekt sind niemals getrennt voneinander."

„Das bedeutet, dass ich nur meine Gedanken verändern muss, und die die Welt präsentiert sich mir anders?"

„Ganz genau."

Fred nahm sie an der Hand und bat sie, sich unter den Felsvorsprung zu setzen.

„Wenn du willst, dass du von den schlechten Gedanken befreit wirst, setz dich hier hin, schließe die Augen und öffne dein Inneres. Lass zu, dass du neu geboren wirst. Wenn du Hilfe brauchst, bitte wen auch immer darum. Wende dich an den Geist der Liebe, der immer da war und in alle Ewigkeit da sein wird, und lass dich von ihm führen."

Elke setzte sich und schloss die Augen. Fred bemerkte, wie sie ihre Augenbrauen zusammenzog, so wie es üblich ist bei Menschen, die mit Willenskraft meditieren wollen. Er berührte sie sanft an der Stirn und beobachtete, wie sich ihre Gesichtszüge entspannten. Dann begann sie zu lächeln.

ENDE